情定悍嬌妻 1

風 文創 556

新蟬 著

目錄

序文

新蟬

有幾回和朋友們聊起時光倒退的話題，他們問回到過去我想做什麼？我毫不猶豫回答。

「去韓國學整容，然後把自己整成天下第一無敵美少女，把天下所有女生都整成美女。」

朋友們很好奇地說：「難道不先改變單身狀態嗎？」

我竟然沒想過利用先知條件挑個高富帥，簡直浪費資源。

於是就有了這本書的靈感。女主角重生了，有了通曉未來的先知能力，但她沒有仗著這種優勢為非作歹，仍然抱持著善良的心，積極樂觀地生活著，盡可能幫助身邊的人。

善良但不聖母，黑白分明，縱然經歷過感情的重創仍然願意相信人心。

這不就是我們該擁有的心態嗎？

縱然千帆過盡，我心依然熾熱。

第一章

驚蟄剛過，天氣回冷，縱使春意滿院，也擋不住濃濃涼意。

青岩侯府東北角的一處宅院裡，一襲竹青色長袍的男子臨窗而立，眸色黑如點漆，五官冷硬，此時正半垂著眼，和屋裡人說話。

「妳好生養著，溫兒在書院乖巧，昨日夫子還和我誇他勤學上進，將來會有出息。」話語剛落，屋裡傳來低沈的咳嗽，像是用被子捂著嘴溢出的聲響，男子眼底閃過幽暗的光，頓了頓。「衙門還有事，我先走了，晚上再來看妳。」嘴裡說著，他卻紋絲不動。

下一刻，屋裡壓抑的咳嗽聲大了，似要把心咳出來似的，他一張臉越發陰沈。許久，屋裡的咳嗽聲低了下去，他才抬腳離去，陰冷的風拂過他瘦削的面龐，竟是比這乍寒的天還要冷上兩分。

腳步聲漸行漸遠，床邊伺候的金桂落下淚來。「夫人，您何苦如此？侯爺哪聽不出您故意忍著？」

床榻間，婦人趴在軟枕上，大口大口喘著氣，因為劇烈咳嗽，臉頰通紅，布滿血絲的眼中隱隱有水霧暈染開，她鬆開手裡的手絹，白色蘭花被鮮血染紅，如寒冬臘梅，紅得妖冶刺眼，她蒼白的臉劃過一絲笑意。

「侯爺今日和我說的話比往常要多，金桂，妳聽見了吧！」

金桂偷偷抹了抹淚，嚥下嘴中腥甜，強顏笑了笑，有些哽咽道：「府裡的人都說侯爺在外面嚴肅威嚴，面冷心硬，只在夫人跟前好說話。」

金桂替女子掖了掖被角，目光落到女子頭頂，潸然淚下。

「侯爺生性冷淡，無非看我時日無多罷了，我心裡都清楚，是我拖累了他。」

「夫人……」

這時若有人進屋，定會被婦人的臉色嚇得驚叫連連。三十歲不到的年紀，頭上無半根青絲，因為劇烈咳嗽，蒼白的臉泛起一絲紅暈，紅暈漸漸褪去，面色蒼白如雪，瘦骨嶙峋，空洞的雙眸大得磣人，嘴角殘留的血絲更襯得一張臉怵目驚心，令人渾身發寒。

婦人雙手撐在牡丹花色的軟枕上，直起身子，金桂見狀，忙小心翼翼扶著她，順手往她後背塞了個花開富貴的緞面靠枕，極力控制面上悲容。「夫人，侯爺心底是有您的。」

婦人咳嗽兩聲，嘴角慢慢扯出絲笑，苦澀而酸楚，喃喃道：「我知道。」

可惜，知道得晚了，終究成了她心底的遺憾。

三妻四妾，美人環繞，她以為他大抵也是愛的，哪個男子心裡不盼身邊妻妾、兒女成群？她依著大戶人家主母的風範給他納妾，攜手十年，她是旁人心中善解人意、寬容大度的侯夫人，回首，卻和他漸行漸遠。

過往種種，記憶紛至沓來，她撫著胸口，察覺氣稍微順了，抬起頭，細聲吩咐道：「金桂，拿鏡子來。」

剛生病那會兒，頭髮大把大把地掉，她承受不住，侯爺命人將鏡子、梳妝檯撤走了，不知多久，她沒好好端詳過自己了。青絲不在，容顏已老，她想好好瞧瞧自己最後的模樣。

金桂收起她手裡染血的絹子，轉身遞上條茉莉花花樣的手帕，輕手輕腳退了下去，面色難掩傷痛。侯爺與夫人成親十餘載，相敬如賓的兩人卻視同陌路，她瞧著侯爺是喜歡夫人的，夫人不懂，她看得明白，府裡再多的小妾，眉眼間總有夫人年輕時潑悍的影子，遺憾的是，夫人斂去了所有鋒芒，精緻的眉眼彰顯著當家主母的仁慈，和昔日那個神采飛揚的小姐相去甚遠。

她挑開月白色棉簾，朝門口招招手，立即有丫鬟迎過來，金桂將手裡帶血的絹子遞過去，轉去旁邊屋子，很快，拿著一小面鑲金邊的鏡子出來，這時，屋內又響起了咳嗽聲，她抬腳匆匆忙忙往裡走。

「金桂……」

院門外，一身淺粉色繡桃花鑲銀邊紋裙的崔姨娘揚手喚住金桂，婀娜多姿地扭著腰肢，翹臀細腰，看得門口的丫鬟紅了臉。

金桂轉身，不動聲色地收起手裡的鏡子，面色不善。「崔姨娘可有事？」

崔姨娘是寧櫻的陪嫁，早年寧櫻做主將她抬為妾室，仗著侯爺喜愛，崔姨娘頗為得意。寧櫻病後，崔姨娘無人管束，更為囂張，去年她便免了眾姨娘晨昏定省，侯爺也說過不准人打擾夫人養病，崔姨娘此番前來，顯而易見是居心不良。

崔姨娘揮著手帕，掩面輕笑。「夫人好些時日沒讓我們過來請安，這不，老夫人憂心夫人，讓我過來瞧瞧嗎？」

話語落下，屋裡的咳嗽聲再次響起，金桂懶得搭理她，逕自入屋，吩咐道：「攔著崔姨娘，不得擾了夫人清靜。」

上頭的老夫人胡氏見不得寧櫻掌家，這些年沒少在暗地挑刺，若夫人沒了，管家權便會落到老夫人手上，她恐怕是坐不住了。

金桂大步走向床前，卻聽寧櫻道：「讓她進來吧！」

金桂撇嘴不語，蹲下身，抽出床底竹青色的瓷盆，將寧櫻又弄髒的手絹放進瓷盆，沒急著應聲。崔姨娘什麼心思，大家心知肚明，也不瞧瞧那副容色，若夫人好好的，她連夫人的十分之一都比不上，想到夫人此時模樣，金桂忍不住又紅了眼眶。

「夫人何須與那種沒身分的一般見識，您安心養著，待病好了，再挨個兒懲治她們，總要讓她們瞧瞧誰才是府裡正經的主子。」

寧櫻抬手，蔥白般的手指輕輕落在金桂頭上，安撫地揉了下。「無事，忍這麼久才來，她不見著我，應該是不會離去的。」

崔姨娘原名翠翠，跟在她身邊多年，當年還是她做主讓侯爺開了臉抬為姨娘，得到侯爺歡心，才賜了諧音崔姓。

思索間，崔姨娘扭著腰肢進屋，金桂想到什麼，站起身，手慌亂地伸向床角的烏木四角架，然而已是來不及拿紗帽，只聽崔姨娘驚呼道：「哎喲，我的夫人，幾月不見怎麼成這樣子了？薛太醫是侯爺費盡心思才請來的，怎麼還是根治不了掉髮的毛病，難不成這病真是娘胎裡帶的？」

崔姨娘話裡有話，金桂何嘗聽不出來。當初黃氏死前也是大把地掉髮，死的時候，滿頭青絲一根不剩，夫人是黃氏肚裡出來的，崔姨娘拐著彎罵寧櫻呢！

金桂怒不可遏，憤懣地走上前掌了崔姨娘一耳光，咬牙道：「翠翠，妳別欺人太甚！夫人在，哪有妳放肆的地方。」

崔姨娘挨了一耳光，摀著側臉，惡狠狠瞪著金桂，金桂揚手又給她一耳光。「見了夫人不懂行禮，規矩呢？」

其實，她更想說的是別仗著背後有人撐腰就不把夫人放眼裡。夫人是侯爺三書六禮、明媒正娶回來的當家夫人，她背後那人不過是靠邪門歪道進門的罷了。

「金桂，算了。」寧櫻招手，嘴角微揚，忍不住劇烈咳嗽。

金桂忙著轉過身，斜睨著崔姨娘道：「奴才就是奴才，別以為夫人沒了就能翻身成為主子，夫人不在，看誰護著妳。」

金桂雖說整日在寧櫻跟前伺候，府裡的事她也沒落下，崔姨娘的靠山是什麼德行她再清楚不過。

「翠翠，妳我多年主僕情分，他日，若溫兒遇著麻煩，還請妳施以援手。妳見著我也該看出來，我時日無多，也就這兩日的事。」寧櫻咳嗽得額頭冒出薄薄的汗，她彎下腰，雙手緊緊拽著身上被子，額頭青筋直露。

崔姨娘搗著火辣辣的兩頰，見此，嘴角浮現一絲冷笑，緩緩往前走了兩步，揭開虛與委蛇的面紗，面露猙獰。「夫人別想多了，安心養著身子才好，五少爺那邊會有將來的夫人照看，我一個身分低微的姨娘，哪有那麼大的能耐。」

寧櫻抬起頭，接過金桂遞過來的手絹拭去嘴角的血漬，眉眼溫和端莊。「妳跟著侯爺多年，妳說的話，他總會聽的。」

聽著這話，崔姨娘面上僵硬了一瞬，隨即得意地笑了笑。

寧櫻無力地躺在床上，一番話下來已經氣若游絲。「妳回吧……」

「夫人既然說了，妾身先退下，明日再過來給夫人請安。」崔姨娘假意地福了福身，洋洋得意地退出去。

金桂恨不能追上前再給她兩耳光。「夫人就是縱著她，將她養成蠻橫的性子。」

寧櫻神思恍惚，抬頭望著隨風晃動的簾子，咧嘴笑道：「她處境艱難，老夫人捏著她的把柄，她過來打探虛實，無非遞個消息，我為難她作甚？」

金桂張了張嘴，嘀咕了句，就聽寧櫻問道：「妳有沒有聞著股淡淡的香味？好像是櫻桃花的味道。」

「夫人別說笑了，府裡並無櫻桃樹，哪來的櫻花香？」

「也是，我娘死後就再沒她特製的櫻桃花香胰子，記憶中，都快不記得櫻桃花的香味了。」垂著手，望著荷花帳頂出神，許久，她低低問金桂道：「金桂，我好一會兒沒咳嗽了，是不是？」

金桂一怔，想到什麼，滿臉震驚，頓時眼眶蓄滿了淚，跪在床前，失聲痛哭。「薛太醫醫術通天，您會沒事的。」

「哭什麼，是人總會死的，無非早晚罷了。」嘴上這般說著，眼角卻有淚溢出，她抬起手背，嘆了口氣。「金桂，妳說，當年若是我態度強硬些，會不會死的時候沒有那麼多遺憾？」

嫁進侯府十年，未曾育下一子半女，大度地替侯爺納妾，一個又一個，都忘記最初回京時她的心思了。

那年，她一身櫻桃花色曳地長裙，容顏昳麗，明眸善睞，站在櫻桃花樹下，抬眸望著對面身材挺拔的少年，語氣篤定。「櫻娘不會嫁給好色的男子，與其整日明爭暗鬥，黯然神傷，不如另嫁他人。世間如此大，總有不喜納妾的男子。」

男子一身暗色長袍，低垂的眼微抬，眼底晦暗不明，怔怔地望著她。

那是年少時的寧櫻和譚慎衍。

年少時的心動，禁不起歲月的蹉跎，許多事她都忘了。

「金桂，別哭，好好陪我說說話。妳的賣身契好好留著，往後好好過日子，離府裡遠遠的才好。」寧櫻十指纖纖，輕輕摩挲著金桂頭頂，即使快死了，蒼白枯槁的臉上也依稀能瞧出當年的嬌俏婀娜。

金桂匍匐在床前，痛哭流涕。「夫人……」

另一廂，林蔭小道上，崔姨娘嫌惡地扔了手裡的絲綢絹子。見下人來去匆匆自她身前走過，神色慌張，院子裡傳來滔天的哭聲。她低下眉目，微微側身，停了下來，紅唇微啟，指使身後的丫鬟。「妳折身回去問問，是不是夫人不好了？」

老夫人和寧櫻鬥了十年，被寧櫻壓得死死的，若不是二爺在外面闖了禍急需銀子，老夫人或許能等寧櫻油盡燈枯，順勢接過掌家權；偏生外面催得緊，老夫人急了，否則，不會逼迫她用這個法子。寧櫻為人和氣，待身邊人極好，崔姨娘如何不清楚？寧櫻死了，她也沒多少好日子過了，老夫人氣量小，過河拆橋乃早晚的事。

唇亡齒寒，寧櫻死了，她也快了……

風吹起地上的絹子，崔姨娘面色怔忡。有的事，寧櫻到死都不會明白，人人都說她刁鑽跋扈、容不得人是仗著侯爺的寵愛，然而她與侯爺，循規蹈矩，從未越過雷池半步，外人嫉妒她得到侯爺所有的寵愛，她有自知之明，她不過是侯爺安撫寧櫻，迷惑其他人的棋子罷了。

很快，丫鬟回來了，崔姨娘像有所悟，雙腿癱軟在地。

丫鬟不明所以。夫人死了，崔姨娘該高興才是，為何魂不守舍？她伸手攙扶，剛碰到崔姨娘手臂便被她狠狠推開，見崔姨娘紅了眼，橫眉怒目地瞪著她。

「滾。」

丫鬟心裡委屈，覺得崔姨娘可能會錯了意，又湊上前，幸災樂禍道：「姨娘，夫人不好了，已經派人通知侯爺……」

話未說完，便看見崔姨娘戰戰兢兢站起身，雙眼通紅，淬毒似地瞪著自己，丫鬟心驚膽寒，害怕地縮了縮脖子。府裡，夫人和崔姨娘不對盤好些年了，丫鬟以為崔姨娘聽到夫人死訊會得意，結果並非如此。

崔姨娘直起身子，掃了眼哭聲震天的院落。寧櫻這麼多年殫精竭慮，身子已是極限，死了反而是種解脫，而她呢？

崔姨娘用力地拽著手中絹子，轉過身，身形寂寥。

冷風瑟瑟，福昌瞅著一小丫鬟站在鏤花走廊前來回踱步，朝門口的小廝招手，小廝會意，躬身走了過去。接著，福昌看小廝神色大變，心知不好，待小廝匆匆回來，湊到他耳邊輕輕說了幾個字，福昌面色一痛，來不及通報，逕自推開面前沈重的木門，走了進去。

屋裡檀香味重，福昌有一瞬不適，看向跪坐在蓮花蒲團上的男子，小步走上前，聲音沙啞。「侯爺，夫人沒了。」

男子低著頭，屈膝跪下，雙手合十地看向面前供奉的佛祖，誠心誠意磕了三個響頭。

誰能想到，令人聞風喪膽的青岩侯，房裡供奉著佛祖，早晚都會拜祭，不是為了慘死在他手底的人，而是為了給一個女子積福。

外人只看見譚慎衍手段狠戾毒辣，卻甚少瞭解，近兩年侯爺儘量壓著手裡摺子，實在壓不住了也儘量拖著，不著急處置，其中目的，無非是不想滿手血腥加重家人的罪孽罷了；然而，終究沒能留住那人的命。

靜謐中，細長的眸微微睜開，譚慎衍臉上無悲無喜，轉著手裡的佛珠，像沒聽清楚似的。「誰沒了？」

福昌抿唇不語，見譚慎衍站起身，雙眸無波無瀾，心平氣和地擱下手裡的佛珠，靛青色衣袖拂過桌面，供臺上，盤子水果應聲而落。福昌跪在地上，低下頭，手邊多了塊殘缺的玉。玉佛是前兩年，侯爺千辛萬苦去南山寺求來，還特地請寺裡高僧開過光，侯爺虔誠地供奉著，這會兒已支離破碎。

他喉嚨有些堵，眼眶泛熱，抬起頭，看譚慎衍神色冰冷，冷若玄冰的眸色中，星星點點的落寞散開，好像傍晚灰白的天被黑夜一點點吞噬，只一眼，他便低下了頭。

譚慎衍手撐著桌子，緊握成拳，雙目沈著。許久，外面的哭聲傳開，漸漸近了，他身形才動了動，狀似自言自語道：「當初不該讓她進這豺狼之地，是我欠了她。」

十年夫妻，看著她從灑脫恣意、言笑晏晏的女子轉為奔波於後宅爭鬥的婦人，歲月消磨了兩人的情分，更蹉跎了她明豔動人的笑，是他錯了。

「福昌，你說當初是不是不該讓她進府？」天下之大，總有不會納妾的男子，可惜他卻不是她要的良人。

不等福昌回答，他抬起腳，一步一步往外走。有風來，吹起他衣袖，福昌跟在身後，才發現他的手被劃破了口子，掏出巾子，小心翼翼上前替他止血。

「福昌，什麼時候，院裡的花兒都開了？」

福昌鼻子一酸，落下淚來。夫人最是喜歡春天，草長鶯飛，百花齊放，生意盎然，她常說一年之計在於春，鄉野間到處瀰漫著新生的氣味，泥土都是香的。他嗅了嗅，死氣沈沈的，什麼都沒有。

譚慎衍抽回手，竟覺得這會兒的光有些刺眼。他瞇了瞇眼，落在院中景致的目光閃爍著沈痛、愧疚、眷戀，再眨眼，一切化為冷淡。

這時，有小廝走上前，湊到福昌跟前小聲嘀咕了兩句，福昌皺眉，揮手讓人退下，背過身拭了拭淚，啞著嗓音道：「崔姨娘被人推下湖死了，方才才從夫人屋裡出來。」

譚慎衍面色一凜，喃喃道：「櫻娘年少時最是重用她，櫻娘沒了，她跟著前去伺候也好。福昌，備馬，去刑部。」

福昌面露猶豫。夫人剛走，府裡人心不穩，他不贊同這時候離開，可譚慎衍已闊步朝外走，他只得小跑跟上，吩咐身旁的小廝備馬。

說起青岩侯，文武百官無不忌憚。當年老侯爺貪污受賄，青岩侯當機立斷與老侯爺反目成仇，身為刑部侍郎的他下令徹查此事，牽扯出眾多人。因為那件事，皇上下令重賞，封了譚家一等侯爵；之後，京中大儒但凡和譚慎衍三個字沾上邊的都沒好事，內閣大臣提及他也諱莫如深。

青岩侯夫人死訊傳開，對朝堂來說鬆了口大氣。譚慎衍無須為死去的妻子守孝，然而料理喪事須費不少時日，忙裡偷閒，刑部的人正準備喘口氣休息幾日，便看譚慎衍一身朝服，面容肅穆，周身散發著肅殺之氣，在場的人面面相覷，以為青岩侯夫人病逝的消息錯了，只聽譚慎衍聲音清冷道：「前些日子，御史臺不是遞了摺子彈劾寧府三老爺寵妾滅妻嗎？」

他語氣低沈，眾人卻提心弔膽，斟酌道：「是有這麼回事……」

「不去查，朝廷留你們充面子的是不是？」

眾人叫苦不迭。寧家三老爺可是面前這位的親岳父，侯夫人剛死，矛頭就對準那邊，會不會不合時宜？

譚慎衍目光漫不經心地掃了眼，眾人立即低下頭，夾著尾巴灰溜溜走了。由此看來，下一個遭殃的便是寧家，時隔兩年，寧家這回是難逃一死了。

真說中了。寧三老爺寵妾滅妻，在外面養了好幾房妾室，子嗣眾多，而令人唏噓的是寧老太君毒害前三夫人黃氏，手段毒辣，叫人不可謂不害怕，眾人不由得把視線落在「因病去世」的青岩侯夫人身上，有如醍醐灌頂。寧老太君心腸歹毒，不只毒害兒媳，親孫女也不放過。御史臺彈劾寧府不是一朝一夕，寧府和皇商勾結，以次充好，從中牟取暴利，乘機賄賂官員，上面勒令刑部徹查，一直被譚慎衍壓著，眾人以為譚慎衍徇私，沒承想有後招。不出三日，聖上下旨寧府闔家被抄，上上下下一百多人全部入獄，男女老少流放蜀州苦寒之地。

寧府一事，眾人算是見識了譚慎衍的雷霆手段，對這位六親不認的刑部尚書越發忌憚了。

事情忙完，寧櫻的頭七已經過了，走出刑部府衙，街上人來人往，他有片刻的失神，側頭道：「夫人的喪事沒出岔子吧？」

她生前頭髮大把大把地掉，不願意他瞧見，他便依著她，死後，他也不見。記憶中，她還是那個閃爍著大眼睛、明眸善睞的少女，目光狡黠，眉目帶著鄉野的潑悍。

「沒，喪事由夫人身邊的金桂和五少爺操持。對了，三老爺問您為何對付他……」

寧伯瑾在牢裡撕心裂肺吼著要見譚慎衍一面，福昌明白所為何事。他在外養的妾室大多是譚慎衍送的，誰知，有朝一日，竟成為譚慎衍對付他的把柄。

譚慎衍如遠山的眉抬了抬，語氣沈如水。「瞻前顧後，懦弱不堪，連妻女都護不住，這樣子的人活著有什麼用？」說到後面，他的聲音低了下去，臉上閃過一抹痛意。

福昌若有所思。

「走吧，府裡的人也該好好收拾了。」

府裡，迴廊一側，花團錦簇，其中櫻桃花盛開，若女子低頭盈盈淺笑，他隨手折了枝，握在手裡細細把玩，修長的手指輕輕摩挲著嫣紅的花瓣，如輕撫過女子姣好的面龐。既是喜歡櫻桃花，怎麼就不多等些時日呢？

「福昌，明日，命人將櫻桃樹砍了，全砍了吧！」她既然見不著了，再絢爛也是枉然。

「是。」

第二章

陰雨綿綿的秋，幾場小雨後，天色漸冷，樹上零星懸掛的葉子也隨風搖搖欲墜，官道上，落葉成堆，枯黃的葉子蔓延至視野盡頭，舉目望去，盡是秋意暈染的蕭瑟。

三三兩兩馬車交錯而過，沈悶的車轂轆聲打破一路沈寂，旁邊楓葉林裡，華麗的馬車旁停著兩輛不起眼的馬車。陳舊的車身木頭近乎腐蝕，破敗不堪，擋風的簾子顏色深淺不一，細看，甚至能看清上面縫製的針線印子；布料也是東拼西湊得來的，馬車旁邊，兩匹老馬體形瘦弱，不時發出悲老的嘶鳴。

其中一輛馬車上傳來低低的耳語，聲音細碎，散於陰冷的風中。

寧櫻渾身泛冷，靠在漏風的雕花車壁上，頭痛欲裂，白皙的小臉皺成了一團。

一雙起老繭的手撫摸過她額頭，細細撫平她眉梢的褶皺，小聲和身後的人道：「秋水，櫻娘的身子骨兒不能拖下去，回京再請大夫就晚了，叫熊伯繼續趕路，早日找大夫瞧瞧才是正經。」

松木矮桌前，跪著個眉清目秀的女子，年近三十，清麗脫俗。聞言，女子挪了挪腿，面露愁容。「夫人，小姐額頭還燒著，車壁透風，繼續趕路的話，加重病情不說，您身子骨兒也承受不住。」

黃氏摀著嘴，壓制住喉嚨咳嗽，憋著氣，面紅耳赤，她背過身，不想擾了櫻娘休息，便掀開簾子將頭伸了出去。

寧櫻以為自己身子又不好了，下意識地彎下腰，拿手捂著嘴咳嗽，聲音大，蓋住了咳嗽的黃氏，秋水瞧著兩位主子都不太好，忙站起身執起矮桌上的水壺，沿著杯沿，輕輕倒了兩杯水，一杯遞給黃氏，一杯遞給剛甦醒過來的寧櫻。「小姐趕緊喝杯茶……」

聽著聲音，寧櫻身形頓住，臉紅脖子粗地抬起頭，望著記憶裡和藹可親的女子。她神色怔怔，看著對面站著的人精緻的眉眼，微微上挑的紅唇。這是她娘黃氏身邊的陪嫁秋水，黃氏臥病在床的兩年都是她在身邊伺候的，可黃氏還沒死，她就因為偷情被老夫人處死了。

秋水見寧櫻彎著腰，眉色怔忡，以為她燒糊塗了，伸出手，探了探她額頭的溫度，擔憂道：「小姐莫不是燒糊塗了？」

寧櫻搖頭，眼眶泛熱。

秋水姿色出眾，跟著黃氏從未生出過不軌的心思，待她誠心誠意地好，她記得，寧府裡好幾個管事看中了秋水，向黃氏開口要人，秋水都沒答應。她小時候家裡訂過一門娃娃親，不料瘟疫橫行，她被人賣了，是黃氏救了她，待她在黃氏身邊立足後託人打聽她的未婚夫婿，得知那家死的死、病的病，她悲痛難忍，打定主意一輩子不嫁人，好好侍奉黃氏。可惜最後，她死的時候，連個送別的人都沒有，秋水不知道，她是半夜死的，隔天早上黃氏也跟著去了。

「秋姨……」寧櫻拉著她的手，眼眶含著濃濃水霧，五官靈動，楚楚可憐。

「小姐是主子，秋水是奴婢，回京後萬萬要記得。」秋風掏出懷裡的絹子，替她擦了擦臉上的淚。

寧櫻傻愣愣的，不知曉發生了什麼事？秋水明明死了，怎麼又回來了？沒來得及問，便被一陣劇烈的咳嗽打斷。

秋水收起絹子，急忙轉頭替黃氏順背。寧櫻循聲望過去，才看清楚背對著她的黃氏，身穿素色長裙，裙襬上繡著點點櫻花，精緻的髮髻上僅有支木簪子，裝扮簡單樸素，從背影看和莊子上的管事媳婦沒什麼兩樣。

寧櫻有些驚訝。她記得，黃氏到了京城，不管什麼時候裝扮皆是雍容華貴，滿頭珠翠，這般模樣只在莊子上的時候才有，她轉了轉頭，四下打量。透風的車壁，陳舊的車簾，細聞，車裡散著霉味。

想到什麼，她微微睜大了眼。她有記憶以來一直和黃氏住在莊子上，十二歲那年，她遠在京城的爹想到她們母女，派了管事嬤嬤接她們回去，此番情形，她們應該正在路上。

馬車通風，素來健康的黃氏不知怎麼著涼了，她寸步不離地守在跟前，自己也病了，路上走走停停，到京城已入冬，黃氏病倒了，身子一直不見好，沒三年就去了。

黃氏止住咳嗽，身後便撲過來一人，用力地抱著她，小手扯著自己頭髮，又捏自己臉頰，黃氏還沒來得及訓斥半句，寧櫻便窩在自己懷裡痛哭起來。

黃氏心頭一軟。她為寧伯瑾生了兩個女兒，只有這個養在自己身邊，堂堂寧府小姐過著粗茶淡飯的日子，她心生愧疚，將杯子遞給秋水，伸手抱著寧櫻，粗糙的手拍打著她後背，輕聲道：「哭什麼，娘沒事。」

寧櫻哭得上氣不接下氣。黃氏身子健朗，甚少得病，可是從入京時身子就不太好，病情反反覆覆，死的時候，豐腴的身子只剩下一副骨架，面色蠟黃，不到四十的年紀，看上去跟五十歲的人沒什麼區別。若不回京，黃氏不會生病，秋水也不會平白無故死了，她們都能好好的……

「別哭了，是不是哪兒不舒服？再等等，熊二找大夫去了，待會兒就有消息了。」

寧櫻搖著頭，抬起頭，一臉是淚道：「娘，我們不回京了好不好？就在莊子上好好過日子。」

黃氏失笑，神色恍惚。「芸娘是妳親嫡姊，她成親，娘總要回家看看；再說，妳年紀不小了，回到京城有寧府小姐的頭銜在，妳的親事也容易些，櫻娘聽話。」

寧櫻哭得梨花帶雨。去了京城，黃氏就活不長了，寧靜芸從小養在老夫人跟前，心思早就偏向那幫人，不會體諒黃氏的難處；在寧靜芸眼中，黃氏是費盡心思毀了她大好親事、將其推入貧寒之家的惡人，寧靜芸怎麼會感激？

「娘生下她卻甚少過問，十年不見，也不知她怎麼樣了？櫻娘，妳素來懂事，回京後，多多和芸娘親近，明白嗎？」黃氏的手輕輕落在寧櫻髮梢。她一生最在意兩個女兒，卻對她們虧欠甚多，她不是稱職的母親。
寧櫻搖頭，心知寧靜芸就是條養不熟的白眼狼，無論黃氏付出多少心血都是沒用的，哪怕她嫌棄的丈夫青雲直上成了天子近臣，她仍恨黃氏，在寧靜芸心裡只有老夫人才是好的。
黃氏只當寧櫻使小性子，擦乾她臉上的淚，輕聲道：「妳生下那會兒，芸娘常常守在妳的搖床邊逗妳玩，妳不會走路，芸娘雙手扶著妳，小心翼翼跟在妳身後，怕妳摔著，奶娘都被她擠到一邊去了。」
說到這裡，黃氏頓了頓，臉上閃過悵然。「這些妳不記得了，娘卻記憶猶新，娘帶著妳走的時候，芸娘跟在身後哭得厲害，心裡該是怨恨娘的吧！」
寧櫻不記得自己身邊有奶娘，正要細問，車簾動了動，秋水問道：「誰啊？」
「夫人，奴才去周圍問過了，大夫出診去了，不知何時回來，您看是繼續等著還是趕路？」
車外傳來道熟悉的男聲，寧櫻身子一顫，認出此人是熊二。熊二是熊伯的二兒子，熊伯忠心耿耿，隨黃氏去了莊子，因放心不下兩個兒子，稟明黃氏後，把熊大、熊二也接去莊子。可她記得清楚，熊二在黃氏死後娶了老夫人身邊的丫鬟，金桂曾抱怨熊二忘恩負義，竟娶了仇人的人。熊伯為黃氏操勞了一輩子，黃氏生病，熊伯四處為黃氏尋醫，在回來的路上遇到綁匪沒了命，熊二娶親是好事，為此，她還轉過頭訓斥了金桂兩句。
後來，熊二在寧靜芸的鋪子當管事，她心裡起過懷疑，熊二是不是早就被寧靜芸和老夫人收買了?念著熊伯的死,她不願意往壞處想,加上手裡事情多,忙得不可開交,哪有心思放在熊二身上。

透過車窗,她探出腦袋,望著遠處升起的炊煙,這會兒正是中午,鄉野間大夫即使出診,總該回家吃飯才是,她突然有些懷疑熊二的話。

「娘,左右時辰還早,不如我們下車轉轉,待會兒讓熊二再過去問問。」她明明死了,不知怎麼又活了過來,回到黃氏剛生病那會兒,不管如何,她都要好好照顧黃氏!

車外,低頭的男子面上閃過詫異,像是沒料到寧櫻會突然插話,熊二低下眉目,粗嘎著嗓音道:「小姐說得是,待會兒奴才再走一趟,外面風大,夫人和小姐待在車裡為好。」話語一落,便見一隻蔥白般纖細的手挑開了簾子,熊二急忙退到旁邊,低眉屈膝,目不斜視。

車簾掀開,寧櫻蛾眉輕抬,斜睨的餘光淡淡掃過熊二粗獷的面龐。由於他低著眉,寧櫻瞧不清他眼底的神色,只看著他俯身行禮時,動作中規中矩,頗有大戶人家小廝的教養。寧櫻收回視線,手托著裙襬,跳下馬車。

黃氏看女兒動作俐落,皺了皺眉。嬌滴滴的小姐多是養尊處優,哪有這般粗魯的?她挑開簾子,待秋水放好木凳子,手搭著秋水的手臂下了馬車。寧櫻從小養在莊子裡,規矩差了,她以身作則地示範給她看。

陰沈沈的天空下,楓葉紅似晚霞,隨風落地,宛若小片小片的花兒盛開於一地枯黃的枝葉中，黃氏拍了拍胸口，伸手牽過寧櫻的手，緩緩朝楓樹林走去。

這時，從旁走過來兩個圓臉嬤嬤，體型偏胖的嬤嬤嘴角長了顆黑痣。寧櫻記得她，老夫人身邊的管事嬤嬤——佟嬤嬤，頗得老夫人器重。

上輩子黃氏病得最重的那陣子，佟嬤嬤明裡暗裡給梧桐院的下人苦頭吃，下人們不敢得罪她。她還在暗地換了黃氏珍貴的藥，後來被秋水發現鬧到老夫人跟前，老夫人為了臉面將這件事壓下來，卻不問她的罪，極為偏袒。

秋水的死，寧櫻曾懷疑是佟嬤嬤做的，奈何老夫人處置了和秋水之死有關的人，她又是個不受寵的小姐，能耐有限，一直沒查出秋水死的真相。

「天氣涼，夫人和小姐的身子本就不太好，怎不在車上好好休息，還出來吹風？回府老夫人若問起這事，就是老奴的不是了。」

佟嬤嬤字正腔圓，談吐隱隱帶著威嚴。

寧櫻心想，果然是老夫人身邊伺候的人，老夫人給她一分體面，便以為所有人都該敬著她。

「佟嬤嬤多慮了，櫻娘在車裡拘著十來日，出來透透氣，很快就回車裡。」黃氏牽著寧櫻繼續往前。不說櫻娘，這些日子，她在車裡也坐得渾身難受，透透氣，身心舒暢不少。

佟嬤嬤蹙了蹙眉，面色嚴肅。「風大，離京城還有半個月的路程，路上人煙稀少，若夫人和小姐不好了，老奴沒法給老夫人交代，還請三夫人體諒老奴的難處才是。」

寧櫻心下不喜。何時看個楓葉還要看下人臉色了？於是視線落在含怒的佟嬤嬤身上。比起黃氏這個主子，佟嬤嬤穿得極為體面，暗橙色緞面長衫，外罩件暗色上衣，頭插玉蘭花的簪子，態度高高在上，明顯看不起黃氏和自己。

「怎麼說我娘也是寧府正經的主子，佟嬤嬤見著我娘竟忘記禮數不成？都說老夫人重規矩，想來是我和我娘長年在莊子裡，孤陋寡聞了。」寧櫻美目圓睜，被佟嬤嬤的態度氣著，話脫口而出，說完，便自顧自地牽著黃氏朝楓樹下走。

佟嬤嬤心裡一震，被寧櫻掃了面子，臉上無光，瞋怒地瞪著寧櫻。思及五小姐寧靜芸成親，京城起了閒言碎語，提及被趕去莊子上的黃氏，因五小姐這門親事對老爺寧國忠的官職大有助益，為堵住悠悠眾口，老夫人不得已讓她接黃氏回京，若不是為了保住寧府的臉面，黃氏怎有機會回京？

念及此，佟嬤嬤心底不屑，她心裡是不願意來的。黃氏為人粗鄙、生性善妒，和後宅姨娘爭風吃醋活活害死了三爺的妾室，以及剛出生不到一個時辰的長子，三爺鬧著休妻，那會兒寧府正是處於朝堂風口浪尖，不敢再世事端，為安撫三爺才將黃氏和六小姐送走了。

轉眼竟都十年了，往日那個話都說不清楚的六小姐今日能張口反駁她，佟嬤嬤嗤之以鼻。老夫人把兩人接回去，不過是怕壞了清寧侯府的這門親事，畢竟黃氏乃六小姐嫡母、清寧侯府世子未來的岳母，黃氏名聲不好，寧府和清寧侯府都會受拖累。

收拾情緒，佟嬤嬤心中有了思量，屈膝彎腰，恭敬道：「老奴擔心三夫人和六小姐的身子才一時失了方寸，三夫人為人寬宏大量，別與老奴一般見識。」

寧櫻背著身，回眸掃了眼蹲著身子的佟嬤嬤。不愧為老夫人跟前的人，三言兩語就將自己不懂規矩的事揭過不提，反而裝作為自己和黃氏操碎心的樣子。

黃氏察覺到她的目光，輕拍了拍她的手。「坐會兒咱就回去了，妳還發燒著，別使小性子。」

寧櫻的眼神越過佟嬤嬤，落到旁邊的三輛馬車上，靠左邊的馬車裝飾得富麗堂皇，一眼就看得出是大戶人家的馬車，中間和右邊的馬車陳舊不堪，與最左邊的馬車格格不入。

「娘，為什麼不選輛好的馬車？咱是主子，她們是奴才，何須看她們的臉色？」

秋水說這兩輛馬車還是當年護送黃氏出京的馬車，佟嬤嬤她們到莊子上，黃氏才吩咐人將馬車清洗出來，然而洗得再乾淨，裡面總有股發霉的味道，她不喜歡。

秋水左右手抬著兩把小凳子，放在樹下，黃氏拉著寧櫻坐下，目光落到吃草的馬兒身上，小聲道：「妳不懂其中利害，寧可得罪君子，切莫得罪小人，下人們見風使舵，暗地使壞叫人防不勝防。妳在莊子長大，遇見的都是良善之人，待到了京城，妳便明白，何謂吃人不吐骨頭。」

她如何不知，上輩子的黃氏不就是被那些人折騰死的嗎？

「娘，咱不回京了好不好，莊子挺好的，衣食不愁。」

黃氏揉著她烏黑柔順的髮，笑著道：「莊子上千好萬好，終究不是妳該待的地方，別被娘的話嚇著了，不管發生什麼事，娘都在妳身後給妳撐腰。」

寧櫻想與她說實話，回到京城，她活不過三年，寧櫻寧可什麼都不要，只要她好好活著。

「怎麼又哭了？寧府聲名顯赫，妳別怕，嬌滴滴的小姐自然比莊子上的野丫頭好，妳喜歡左邊的馬車，娘便陪著妳坐如何？」

寧櫻神色悲戚，應該是被她的話嚇著了。有的人窮其一生都想翻身當主子，寧櫻生下來就是寧府三房的嫡小姐，多少人羨慕的身分……

寧櫻吸了吸鼻子，靠在黃氏肩頭。寧府看似氣派，根子早就爛了，遺憾的是上輩子她到死也沒瞧見寧府的衰落。

秋水彎腰站在旁邊，看佟嬤嬤走了過來，她皺了皺眉，小步走上前。「夫人和小姐說話，不知佟嬤嬤有什麼緊要事？」

佟嬤嬤面不改色，端著臉道：「妳既是夫人身邊伺候的人，就該知曉這會兒風大了，扶著夫人上車歇息才是，怎麼任由小姐使性子？」

秋水面色不豫。寧櫻在莊子上人人捧在手心，何時使過小性子？佟嬤嬤算盤打得響，沒到寧府就想毀了小姐名聲。

秋水辯解道：「車裡味道重，夫人和小姐出來透透氣，人在屋子裡待久了都會悶，何況是狹小的馬車，佟嬤嬤怎將事情推到小姐頭上？」

兩人針鋒相對，對峙而立，寸步不讓。

「佟嬤嬤，櫻娘身子不舒服，想坐妳們那輛馬車，沒事吧？」寧櫻掩下面上淒然，清脆著嗓音道。她身子不適，黃氏又咳嗽，窗戶透風，吹得人頭昏腦脹，換輛馬車再好不過。

佟嬤嬤面色微變，頓道：「老奴坐的馬車乃府裡下等人坐的，夫人和小姐乃千金之軀，怕是不妥，否則事情傳開，夫人和小姐面上無光，老奴們只怕也凶多吉少。」

寧櫻看佟嬤嬤不順眼。假如佟嬤嬤毫不遲疑應下這事，她或許不會計較，佟嬤嬤拒絕了，她便滿臉不耐，冷著眉，眉梢慍怒。「那櫻娘的那輛馬車如此破舊，回京不也是丟了寧府的臉面嗎？時辰還早，煩勞佟嬤嬤找輛配得上我和我娘身分的馬車來。」

「櫻娘……」黃氏無奈地嘆了口氣。見她和佟嬤嬤置氣，回府後若佟嬤嬤在老夫人跟前說一句，寧櫻連還手的餘地都沒有。

寧櫻抓著她的手，寒風拂面有淡淡的櫻桃花味，是出自黃氏自製的櫻桃花香胰子，由於馬車上味道重，櫻桃花的香味被掩蓋住，這會兒，又能聞見了。

佟嬤嬤不卑不亢。「還請六小姐莫為難老奴。」

「我和我娘乃千金之軀，竟坐如此破爛的馬車，著實不妥，難不成，佟嬤嬤覺得沒問題？那成，回京後如果有人問起來，我就說是妳的意思，讓大家好好瞧瞧……」

寧櫻態度堅決。她想清楚了，如果佟嬤嬤反駁一句，她立即拉著黃氏回莊子，看佟嬤嬤怎麼回去交差？

佟嬤嬤頓了片刻，屈膝道：「老奴找人去問問，誰家可有好一點的馬車？」

「熊伯，你跟著。」寧櫻朝牽著馬的熊伯喊了聲，聲音清脆洪亮。

佟嬤嬤嘴角抽搐了兩下，想著，莊子上養大的孩子果然沒個規矩，當目光轉到中間那輛馬車上時，她眉峰微蹙，經過馬車旁邊步伐加快，好似馬車裡有吃人的玩意兒，避之唯恐不及。

寧櫻看在眼裡，心下冷笑。

刺骨的寒風恣意掠過樹梢，落葉隨風在空中打著旋，少女蔥白般纖細柔嫩的手伸向窗外，臉上笑意明媚，這時候，一隻略微蒼老的手探向少女背後，語氣帶著嗔怒。

「還發著燒，怎麼還敢吹風？關上窗戶，大夫難尋，妳要多注意自己的身子。」

寧櫻轉頭，餘光中似看見不同的顏色，她定睛一看，枯黃蕭瑟的草叢堆裡，一朵秋菊盛開，如果不是她眼睛好，根本沒留意，她激動地探出身子，指給身後的黃氏瞧。

「娘，您看，秋菊，秋菊開花了。」

馬車駛過，視線又被寧櫻身子擋著，黃氏哪兒瞧得見，不過仍笑著附和道：「看見了、看見了，快進來，吹了風，妳的病何時才能好？」

新換的馬車裡縈繞著淡淡的檀香味，氣味好聞，黃氏拉著寧櫻坐好，關上窗戶，讓秋水挑了挑炭火，裹著寧櫻的小手替她哈氣。

黃氏的手很粗糙，在莊子裡，很多事她親力親為，久而久之，掌心起了厚厚的老繭，摩得寧櫻的掌心疼，然而，寧櫻臉上揚著喜悅的笑，打心底透著歡喜。

被她的笑晃了神，黃氏嘆道：「回到京城莫這般任性，佟嬤嬤是妳祖母跟前的老人，甚得妳祖母信任，得罪她，吃虧的還是妳。」

女兒養在莊子裡，凡事有自己護著，性子純良，不懂後宅盤根錯節，牽一髮而動全身，佟嬤嬤背後的人，暫時，她們招惹不起。

「娘，您好似沒怎麼咳嗽了，是不是舊車霉味重，您被嗆著了？」寧櫻倒下身，躺在黃氏雙腿上，抬眉撒嬌道：「娘，繼續給我捂著，有點冷。」

黃氏好笑，蒼白的臉色泛有淡淡的紅色。「閉眼休息一會兒，娘替妳捂著手，待會兒就暖和了。」

寧櫻在莊子裡落過水，手腳冷的時候渾身都涼，黃氏請了大夫給她調理，這兩年好很多了，她擔心寧櫻發燒，養好的身子又折騰回去。

行了五、六日，黃氏咳嗽好了不說，寧櫻的病也痊癒了。黃氏略微後悔，佟嬤嬤提出回京時，她該尋人買一輛馬車，她和寧櫻也不會遭此罪；然而想到手裡的錢財，她又皺起眉頭。在莊子的十年，寧府不管她和寧櫻的死活，逢年過節從未派人送過禮，當年她帶離京的布疋、藥材、銀子，早用沒了。養著孩子，手頭拮据，日子過得艱難，寧伯瑾心裡記恨她，可櫻娘是他的嫡女，他不聞不問十年，其心何等薄倖，想著自己在寧府的女兒，黃氏眸色漸深。

一路上，寧櫻興致勃勃，馬車走走停停，佟嬤嬤催促了好幾次說老夫人等著，寧櫻置若罔聞，慢條斯理和佟嬤嬤對著幹。佟嬤嬤得老夫人信任，她再討好巴結，佟嬤嬤都不會對她好言好語，與其吃力不討好，不如由著自己的心思來。

馬車入了城門，簾外喧囂聲不絕於耳，黃氏擔心寧櫻好奇心重，便坐在簾子邊，管著不讓寧櫻掀開簾子。殊不知寧櫻興致不大，人多是非多，京城一草一木都帶著人的氣息，處處都是算計、勾心鬥角，她厭惡不已，哪有心思張望。

四輛馬車沿著朱雀街往前經過鬧市，一炷香的時辰後，馬車往左，拐入喜鵲胡同，嘈雜聲沒了，周圍安靜下來。

黃氏掀起一小角車簾，望著久違的街道，怔忡道：「再半炷香的時辰就到了，記著娘說的，妳祖母喜歡乖巧懂事的，妳莫要忤逆她，京城不比莊子，名聲極為重要，好事不出門，壞事傳千里，壞了名聲，往後可要吃不少苦頭。」

說這話的時候，黃氏眉梢閃過淡淡的嘲諷，寧櫻不知道她是不是想起了當年之事。寧伯瑾寵妾滅妻，黃氏所作所為乃正妻的本分，卻被丟到莊子上十年，寧府任她們母女自生自滅；回京後，黃氏疾病纏身，與寧伯瑾針鋒相對、寸步不讓，夫妻感情如履薄冰，兩看生厭。一年到頭，寧伯瑾沒在黃氏屋裡歇過，美人環繞，夜夜笙歌，他心裡沒有黃氏這個正妻。

想著黃氏過的日子，寧櫻鼻子發酸。「娘……」

「多大的人了，還哭呢！咱回來是件好事，哭什麼？安頓好了，娘帶妳到處走走，多結交些朋友，妳便能見著京城的好了。」黃氏抬起頭，輕輕取下櫻娘頭上的簪子，替她重新盤髮。時隔十年，又回來了，黃氏不免心生感慨。

弄好髮髻，黃氏讓秋水將她準備的衣衫給寧櫻穿上，因手頭不寬裕，這件淺粉色絹絲繡花長裙是她連夜趕製出來的。

「娘，不用了，這身就挺好。」

老夫人不會見她們的。她和黃氏在莊子上住了十年，長年與鄉野為伍，不懂規矩禮數，頂著寧府小姐的頭銜是給寧府丟臉，上輩子，老夫人便以身子不適為由拒絕了她和黃氏的請安。

黃氏搖頭，接過秋水手裡的衣衫。「第一次見府裡的親人，不能寒磣了……」

她見櫻娘臉蛋精緻，眉目間隱隱帶著鄉野中的灑脫，氣質宛若櫻桃花，嬌柔中有著自己的倔強。

「留著，明日穿。」寧櫻皺了皺眉，想起一件事來。「娘，待會兒讓大夫來瞧瞧您身上的病好了沒？」

黃氏笑道：「好了，沒聽見都不咳嗽了嗎？」

回府第一天就找大夫上門，傳到老夫人耳裡又會有番爭論，她暫時不想和老夫人起衝突。隔了十年，物是人非，一舉一動都該謹言慎行才是。

寧櫻明白黃氏心裡的顧忌，心思一轉，有了主意，哀求道：「不只讓大夫給娘把把脈，我也不太舒服，要讓大夫看看才行。」

她沒有忘記黃氏死前滿頭柔順的頭髮掉得一根不剩，而她亦不能倖免。女為悅己者容，若這輩子她仍然活不過三十，她不想死得那麼難看，想著，手不由自主落到自己髮髻上，眼神一痛。

黃氏以為她不舒服，擔憂道：「怎麼了，哪兒不舒服？和娘說說。」

「娘，讓大夫來瞧瞧，我心裡難受……」

黃氏忙不迭地點頭，摟著她，心知她應該是怕著了，安撫道：「好，晚些時候娘託人找大夫給妳瞧瞧。」

寧櫻就是她的命根子，哪怕老夫人覺得不吉利她也顧不得了。

被黃氏抱著的寧櫻吸了吸鼻子，喉嚨發熱。「好。」

馬車在兩座巍峨的石獅子前停下，秋水先挑開簾子下車，黃氏擔心寧櫻又不懂規矩自己跳下馬車，拉著不讓她動，待聽見秋水的聲音後，才鬆開寧櫻，小聲道：「讓秋水扶著妳下車。」

寧櫻點頭，深吸口氣，緩緩將手遞了出去。探出身子，抬頭，看向威嚴宏偉的大門，侍衛身形筆直，目不斜視，彷彿沒有見著她們一行人似的，不見任何人出來相迎。寧櫻想，果然一切還和上輩子一樣，寧府的人看不上她與黃氏。

踩下地，寧櫻掀了掀嘴角，黑不見底的眼裡盡是嘲諷。再威武氣勢的門面都抵不過已經壞透的裡子，寧府的人個個心如蛇蠍，老夫人尤甚，最重門庭子孫教養的寧府，最後不也是靠著幾個嫁出去的女兒撐起門面？偏老夫人猶不自知，以為寧府蒸蒸日上，會繁榮昌盛百年。

佟嬤嬤和門口的侍衛說了兩句，侍衛朝這邊看了眼，寧櫻挑眉笑了笑，侍衛面色一紅，快速地低下了頭，作揖道：「佟嬤嬤等等，我找二管家過來。」

話完，轉身跑了進去，很快走出來個胖子，四十歲左右的年紀，圓臉，小眼睛，一身青色繁花直裰，眉眼溫和，看上去十分慈眉善目，笑盈盈的，只見他朝佟嬤嬤點頭哈腰道：「入冬後老夫人身子就不舒坦，今天早上去柳府做客吹了冷風，病又不太好了，妳與三夫人說，院子收拾出來了，過去就好。」

不知情的人聽著這話，還以為她和黃氏不是回家，而是落難來京城尋求寧府庇佑的窮酸親戚呢！寧櫻揚了揚眉，唇角譏諷更甚。

金順以為自己看錯了，馬車前十二、三歲的小姐，面上竟流露出嘲諷和不屑來，正欲仔細一瞧，寧櫻已轉過身，只看得見半邊臉，金順不由得想起三夫人在府裡的做派，六小姐跟在她身邊耳濡目染，心思怕不是個好的，從方才的神色就能看出一二。

佟嬤嬤轉頭，朝黃氏恭敬地福了福身子。「老奴領著三夫人和小姐回梧桐院，之後再去給老夫人回話。」

黃氏蛾眉輕抬，叮囑旁邊的秋水。「妳讓吳嬤嬤整理馬車裡的物件，先隨我一塊兒回梧桐院吧！」

聞言，秋水轉過身，矮了矮身子。「是。」

亭臺樓閣，假山迴廊，玲瓏清雅，無處不精緻，無處不崢嶸，一山一水，皆彰顯著寧府的榮華。

半個時辰後，黃花梨木的羅漢床上，一身暗紅色緞面祥雲紋長裙的婦人眉峰輕蹙，橫眉道：「那丫頭果真是個沒規矩的，妳說三夫人要請大夫，誰不好了？」

「路上，兩位主子雖身子不舒服，這會兒都好了，不知為何，六小姐嚷著心口疼，三夫人託人找大夫去了。」青石木的地板上，佟嬤嬤雙膝跪地，低眉屈膝稟告道。

「她哪是不舒服，是乘機給我臉色瞧呢！別跪著了，起來吧，舟車勞頓，妳先下去歇會兒，晚上再過來伺候。」

「是。」

佟嬤嬤小心翼翼站起身，退到門口時想起一件事，怔了怔，隨即又搖搖頭，覺得不可能。天冷趕路，有個傷風病痛實屬正常，黃氏的病與那件事毫無關係才是。

想清楚了，她略微鬆了口氣，自己也說不上來原因……

第三章

梧桐院，雕花窗戶下，寧櫻懶洋洋地靠在窗櫺上，望著院子裡進進出出的丫鬟皆眉宇微蹙，像是沒料到黃氏會帶著她回來，一時間，院子裡的丫鬟手忙腳亂，掃地的掃地，除草的除草，動作慌亂而狼狽，哪裡有大戶人家下人的有條不紊。

「櫻娘……」象牙刻湖光山色屏風外，黃氏低沈的嗓音傳來。

寧櫻轉頭，黃氏已走進屋內，輕蹙著眉頭與她說道：「趕路妳也累了，去床上睡會兒，傍晚去榮溪園給妳祖母請安。」

寧櫻心不在焉，見黃氏臉上並無惱意，她卻略有不平，淡淡應了聲。「好。」

老夫人派佟嬤嬤去接她們，下人們卻毫無準備，弦絲雕花架子床、楠木嵌螺鈿雲腿細牙桌，以及黃花梨透雕鸞紋玫瑰椅到處都蒙了一層灰。佟嬤嬤圓滑，將責任推到偷懶耍滑的下人頭上，然而老夫人掌家嚴格，沒有她的應允，下人們哪敢偷懶？

分明是老夫人故意給她們難堪，黃氏竟能裝作不知，她撇嘴，想起什麼，突然問黃氏。「娘，大夫什麼時候來？」

黃氏這會兒神采奕奕，說不定什麼時候就不好了，早點讓大夫瞧瞧她心裡才安心。

黃氏挪了張烏木七屏卷書式扶手椅坐下，溫和道：「待會兒就來，妳身子不舒服，趕緊關上窗戶，別又發燒了。」

寧櫻搖頭，新月似的眉彎了彎，悵然道：「我好著呢！」

話語剛落，門外傳來秋水的通報聲。「夫人，張大夫來了。」

寧櫻抬起頭，幾不可察地皺了皺眉。張大夫是寧府家養的大夫，祖祖輩輩都替寧府的主子們看病，上輩子，黃氏的病也是張大夫看的。在她眼中，張大夫醫術並不高，甚至說得上只略懂皮毛，開的藥都是些貴重之藥，補身子還行，對病情沒好處。

思索間，只聽黃氏不疾不徐道：「進來吧！」

黃氏進寧府時張大夫就在了，張大夫長得三角眼、鷹勾鼻，瘦骨嶙峋，其貌不揚。越過屏風，張大夫眼觀鼻、鼻觀心地彎腰行禮。「老奴見過三夫人、六小姐。」

黃氏頷首，拉過寧櫻，從容不迫道：「起來吧，六小姐舟車勞頓身子不適，你給她瞧瞧。」

寧櫻倔強地轉過頭。張大夫醫術平平，即使身子真有毛病他也看不出來。她記得上輩子，老夫人生病都是遞了牌子請宮裡的太醫，張大夫不過是糊弄她們這些不受寵的主子罷了，左右她在老夫人跟前名聲不好，也不怕多一條，倔著性子道：「我不讓張大夫看病，我要宮裡的薛太醫。」

薛太醫如華佗再世，醫術甚是了得，哪怕她病入膏肓、藥石罔效，薛太醫也想法子延長了她兩年的壽命，她聽薛太醫嘆氣，說退回去幾年，她的病情是有法子控制的，可惜拖太久，補得太過，裡子被掏空了。

念及此，寧櫻害怕起來，手捂著自己腦袋，語氣充滿了驚恐，臉色煞白。「娘，找薛太醫來瞧瞧。」

說不定，她和黃氏都生病了，只不過身子沒反應罷了。

黃氏不在京城走動也聽過薛神醫的大名，那是給皇上看病的，哪輪得到她們？於是她輕握著寧櫻小手安慰道：「張大夫醫術了得，府裡誰生了病都是他給治好的，讓他給妳瞧瞧，待會兒娘讓秋水去抓藥。」

寧櫻也知道自己想多了。她如今不過是寧府名不見經傳、鄉野來的小姐，哪請得動薛太醫？望著張大夫，寧櫻不情不願地伸出手。

見她臉色好轉，黃氏挪了下椅子，抱著她坐在木鏤雕桌前，輕輕撩起她的袖子，方便張大夫把脈。

張大夫低著眉，對寧櫻的輕視心有不悅，端坐在凳子上，低下頭，看見的是一隻蔥白如玉、毫無瑕疵的手，肌膚瑩白如雪，光滑細膩，不比府裡的小姐差，和旁邊那隻蠟黃粗糙的手有著雲泥之別，他不由得想起五小姐閉月羞花的容貌，一個娘胎裡出來的，六小姐應該長得不差。

有寧櫻懷疑他的醫術在前，張大夫把脈的時間格外長，等寧櫻眉梢隱有不耐之色，他才抽回了手，慢吞吞道：「六小姐沒行過遠路長途跋涉，身子吃不消，休息幾日即可。」

果真是醫術平庸之輩，寧櫻暗想，拉著黃氏的手，字正腔圓道：「張大夫再給我娘看看吧，她路上挨餓受凍的，身子不太好。」說話間，手順著黃氏手腕，拉起一小截衣袖。

黃氏欣慰她的貼心，輕聲道：「都多久的事了，全好了。」

「娘讓張大夫給您瞧瞧吧！」

張大夫無法，只得又給黃氏把脈，半晌，他如實道：「夫人身子健朗，想來病過一場，身子有些虛了，老奴開些食補的藥，調養一陣子即可。」

寧櫻想說真是亂說，黃氏身子明明不太好了，上輩子回來，黃氏礙於老夫人的面子，瞞著自己病情，半個月後才找張大夫把脈，張大夫說的也是這番話，結果越補，身子越發虛弱，漸漸地連床榻都起不來。

「張大夫回吧！」寧櫻冷笑，頓了頓。「吳嬤嬤，妳送張大夫出去……」

「是。」吳嬤嬤站在門口，躬著身子答道。

黃氏搖頭，待張大夫出了門，她才與寧櫻道：「府裡比不得莊子，別將人得罪狠了。」

寧櫻不以為然，站起身，緩緩走向門口。

待寧櫻出了屋子，秋水上前扶著黃氏起身，道：「奴婢覺得小姐心思通透，夫人別太擔心了。」

有其母必有其女，黃氏為人果敢，六小姐也不是泛泛之輩。

「她性子不受拘束，做事由著性子，老夫人手段陰險毒辣，櫻娘哪是她的對手？我手邊事情多，顧不著她，擔心她著了老夫人的道……」黃氏由秋水扶著，叮囑道：「這些日子妳守著她，待我清算好院子的事再說。」

秋水知曉黃氏的本事，恭敬地點了點頭，說起另一件事。「待會兒院子裡的管事會過來給您請安，田莊、鋪子那邊也傳了消息，最遲後天就來。」

黃氏帶寧櫻去莊子，十年不曾過問手裡的田莊、鋪子，進項全給了五小姐，想到自己女兒，黃氏一怔。「嗯，可派人去五小姐那邊了？她心裡不要記恨我才好。」

「您也是逼不得已，五小姐不會怪您的。」

不一會兒，院子裡的管事來了。管事是黃氏的心腹，進屋給黃氏磕頭，舊人相見，皆忍不住紅了眼眶，半個時辰，黃氏才理清楚院子裡的事。

傍晚，黃氏欲領著寧櫻給老夫人請安，順便與搬去和老夫人一起住的女兒見面，下人卻說老夫人身子不舒服，五小姐服侍跟前離不開，改明兒再讓她們母女相見。黃氏並未多說，打發了下人，夜裡和寧櫻睡一塊兒。

寧櫻夜裡睡得並不踏實，迷迷糊糊，看見一個禿頭女子站在鏡子前，面容枯槁，神色哀戚，嚇得她失聲痛哭。

「櫻娘怎麼了？醒醒，是不是作惡夢了？」黃氏捧著她的小臉，吩咐外面的秋水掌燈。暈紅的光忽明忽暗，寧櫻睜開眼，滿頭大汗，眼角濕潤，恍恍惚惚地望著黃氏發呆。

「櫻娘別怕，應該是作惡夢了，喝點水，安安神。」

大病過後，寧櫻夜裡常常作惡夢，這也是黃氏不放心她一個人睡的原因。她與寧伯瑾的夫妻關係名存實亡，他不會過來，照顧寧櫻才是緊要事。

「娘……」寧櫻聲音沙啞，用力地摟著黃氏脖子，哽咽道：「我不想娘死，娘，您別離開我。」

黃氏心口一軟，順著她烏黑的秀髮，輕笑道：「娘沒事，好好的呢！」

秋水遞來天青色舊窯茶杯，頓道：「六小姐夜夜睡不安穩，過些日子，夫人帶著三小姐去南山寺拜拜，求個平安符戴在身邊才好。」

南山寺在京城以南，香火鼎盛，祈願甚是靈驗，秋水以為寧櫻是被髒東西纏住了。

半晌，寧櫻才平緩情緒，靠在福壽吉慶如意靠枕上，由著黃氏替她擦額頭的汗，想了想，道：「娘，明日我想出門轉轉。」

薛太醫醫術了得，不管以怎樣的法子，都要請他給自己和黃氏瞧瞧，對症下藥，或許還有一線生機。

「好。」見她眼裡水光盈盈，楚楚可憐，黃氏恨不得替她受了所有的苦，哪會拒絕她。

天不亮，黃氏就起了，替熟睡中的寧櫻掖了掖被角，套上鞋子，恰好，秋水掀開芙蓉花色的棉簾走了進來。

黃氏對她比劃了個噤聲的手勢，從黃花梨雕祥雲架子上取過衣衫，示意秋水去後罩房，耳語道：「時辰還早，讓櫻娘多睡一會兒。」

秋水躬身應下，伺候她穿好衣衫洗漱好，去外面吩咐傳飯。

灰濛濛的天像要下雨似的，寧櫻睜開眼，床畔空盪盪的，她撐著身子，見秋水坐在床前的矮杌子上，眉目溫柔。

她伸出手臂，秋水當即望過來，笑道：「六小姐醒了？夫人在外面等著您一塊兒用膳呢！」

秋水找出之前準備的衣衫替寧櫻穿上。寧櫻本就生得不差，肌膚瑩白如雪，雙瞳翦水，眼波盈盈，眉目甚美，在莊子裡，黃氏雖不曾如寧府嬌養孩子那般待寧櫻，但夏季甚少讓寧櫻出門，怕她曬黑了不好看，這麼些年，寧櫻皮膚一直很白皙。

一白遮千醜，何況寧櫻本就長得好看。

飯桌上是清淡的粥，和莊子裡差不多，寧櫻喝了一碗粥，吃了兩個包子和四、五個餃子，接過秋水遞來的巾子擦拭嘴角道：「府裡的飯菜不如吳嬤嬤做得好，明日，還是讓吳嬤嬤下廚吧……」

話沒說完，被秋水摀住了嘴，秋水略有忌憚地瞥了眼門口站著的丫鬟，低聲道：「小主子，咱回了府，膳食都是大廚房準備的，讓吳嬤嬤做飯，可是小廚房的事，這話萬不可在外面說，會惹來是非。」

寧櫻一怔。她忘了，上輩子梧桐院有自己的小廚房也是後來的事，黃氏病久了，大廚房那邊抱怨藥味重，廚房充斥著淡淡的苦藥味，老夫人這才開口讓黃氏在梧桐院造個小廚房，由吳嬤嬤管著。

「咱該出門了，大房、二房的人也會在，記著娘和妳說的規矩。」黃氏回屋替寧櫻找了件披風出來，天冷，榮溪園離得不算近，小半會兒才能到。

落木蕭蕭，百花凋零，有秋菊綻放其間，黃氏叮囑寧櫻府裡的人情世故，寧櫻一路緘默。七拐八繞，許久才經過榮溪園的拱門，進入拱門，不由得眼神一亮。鵝卵石小徑旁，桂花繁茂，香味縈繞，耳側流水聲輕輕淺淺，隱於樹叢怪石間，彷彿人間仙境，而榮溪園則立於仙境盡頭。

門口守著兩名灰色衣衫婆子，見到她們，伸手攔住，面露陌生之意。「這是老夫人的院子，還請兩人速速離去。」

寧櫻駐足，看著兩人的衣衫，毫不留情道：「一大把年紀，三等丫鬟都不如，何時守門的婆子都敢對著主子指手畫腳了？」

寧府的丫鬟等級以衣衫區分，橙、黃、綠乃一等、二等、三等丫鬟，灰色最末，奴才則以青、藍、紫區分，仍以灰色為末。老夫人好面子，院子裡伺候的人起碼是三等，眼前之人明顯是老夫人從其他院子叫過來給她和黃氏下馬威的。

黃氏拉著她，示意她別出頭，秋水走上前，沈聲呵斥道：「哪來的刁奴，連夫人和六小姐都不認識？」

兩人面面相覷，聲音軟了下來，屈膝微蹲道：「奴婢有眼不識泰山，還請夫人和小姐大人有大量，別和奴婢一般見識。」

大夫人讓她們守著無非刁難一下，誰知六小姐性子潑辣，哂笑地盯著她們兩人，好似能看穿她們齷齪的心思，兩人不敢端著架子，開口求饒。

「和老夫人通報聲，我帶著櫻娘給她請安來了。」黃氏神色平靜，並未因兩人的無禮露出半分不豫。

很快，老夫人跟前的佟嬤嬤走了出來，笑盈盈道：「是三夫人來了？」話完，看向門口的兩人，訓斥道：「妳們不長狗眼，三夫人和六小姐都敢攔著？老夫人剛還說起六小姐，想念得緊，三夫人快進屋吧！」

老夫人屋裡的裝飾金碧輝煌，富貴大氣，和她記憶裡的沒什麼差別，大房、二房的人已經到了，正圍在紫檀水滴雕花的羅漢床前說笑，黃氏盈盈上前，雙腿著地，給老夫人磕頭道：「兒媳帶著櫻娘給老夫人磕頭請安來了。」

屋內，各種聲音戛然而止，意味深長地望著額頭著地的黃氏，一時之間針落可聞。

寧櫻學著黃氏，中規中矩地磕頭道：「孫兒櫻娘給老夫人請安。」

好一會兒，屋裡沒人說話，老夫人保養得當的手搭在寧靜芸手臂上，熱淚盈眶道：「回來就好、回來就好，快讓祖母好好瞧瞧妳，這麼多年，妳在外面受苦了啊！」

寧櫻心中冷笑，面上並不表現分毫，抬起頭，眼中隱隱含著淚花，越發顯得楚楚動人。

老夫人欣慰道：「都長成大姑娘了，快來祖母身邊……」

老夫人鬆開寧靜芸的手便要下地，寧櫻闊步上前，扶住老夫人，緩緩道：「聽說老夫人生病了，哪能讓您下地，好好歇著才是。」

言語之間不卑不亢，沈熟穩重，老夫人連連點頭。「可真是大姑娘了，祖母沒什麼大礙，年紀大了，身子骨兒比不得從前罷了，是妳大伯母憂心忡忡，非得我好好養著，否則，昨日就該替妳和妳娘接風洗塵的。」

「娘可別折煞三弟妹和……」頓了頓，柳氏沒稱呼櫻娘，櫻娘是莊子上的叫法，回到京城，哪能還跟不懂規矩的粗鄙之人似的，斟酌道：「您是長輩，有我和二弟妹在呢，我們給三弟妹接風洗塵即可。」

寧櫻開朗地笑了笑，又一一給柳氏和秦氏見禮，柳氏笑得眉眼彎彎。「真是好孩子，三弟妹怎麼教小六的，嘴兒跟抹了蜜似得甜呢！」

一圈下來，寧櫻停在黃氏跟前，自然而然扶著黃氏起身，笑容可掬道：「娘，讓老夫人好好瞧瞧您，老夫人也想您了。」

寧櫻故作不懂老夫人讓黃氏故意跪著是下黃氏的面子。

老夫人面不改色，順著寧櫻的話，慈眉善目道：「是，這麼多年，妳受苦了，快讓我好好瞧瞧。」

黃氏在莊子的事老夫人知之甚詳，黃氏在莊子上就跟變了個人似，斂了鋒芒，和下人們一起下地種菜，皮膚黑了不少，一雙眼亮若星辰，乍看下不會讓人覺得黑，只覺得是個健朗的人，渾身透著股乾淨俐落的勁，沒了大戶人家夫人的雍容，也沒了渾身的潑辣勁。

老夫人收回目光，慈祥道：「瘦了，也黑了。」

「老夫人說笑了，兒媳覺得挺好。」黃氏的目光落在老夫人身旁的少女身上，眼眶頓時就紅了。「靜芸，還記得娘不？」

她帶著寧櫻離開的時候，寧靜芸才五歲，如今已是亭亭玉立的少女了，黃氏手動了動，欲上前拉她，不過心有遲疑，並未付諸行動。

老夫人好似才想起寧靜芸，熟稔地拉過她的手，輕拍了她兩下。「靜芸，那是妳親娘，還不過去行禮？」

寧靜芸面無表情，從容起身，拍了拍褶縐的衣角，屈膝道：「女兒給母親請安。」

黃氏心情瞬間跌落，嘴角牽強地維持著笑意。「好、好。」

黃氏抬起手，輕輕落在寧靜芸滿頭珠翠的髮髻上，被靜芸躲開她也毫無惱意，感慨道：「都長成大姑娘了。」

寧櫻上去扶著身子搖搖欲墜的黃氏，輕蹙蛾眉。「姊姊還記得櫻娘嗎？娘說妳小時候對櫻娘很好的。」

黃氏心裡對寧靜芸愧疚頗深，被寧靜芸那聲母親傷著了。在府裡，稱呼母親的多是庶女、庶子對正房夫人的稱呼，寧靜芸該稱呼她一聲娘才是。

寧櫻不想黃氏心裡難受，故意和寧靜芸套近乎。

寧靜芸的神色淡淡的。「記得，六妹妹長高了。」

黃氏穩住心神，在桌前椅子上坐下，這時候，門外響起一聲喧鬧，混著男子的笑聲，傳到屋裡，老夫人臉上的表情生動許多。「老三回來了。」

人未至而聲先至，循著聲音望去，寧伯瑾到了門口，門側的丫鬟低眉屈膝地替他解披風，態度極為恭順。他還如記憶裡那般眉清目朗，俊逸儒雅，近四十的年紀，保養得當，歲月不曾在他臉上留下痕跡，不像黃氏，眼角已有細細褶皺。

寧伯瑾目光溫和，眉眼柔和，丫鬟抽回手退下時，他還多看了兩眼，眼波流轉，說不出的懾人心魄，丫鬟頓時滿臉通紅。直到老夫人發出乾咳聲，他才笑著斂神，閒庭信步走了進來。

寧伯瑾一身暗紫色祥雲網底直裰，肩寬腰窄，眉目清俊，舉手投足皆透著儒雅，也不給老夫人行禮，逕自挨著老夫人坐下，笑逐顏開道：「娘，上回您不是覺得屋裡悶嗎？我給您尋了隻鸚鵡，掛在走廊的樹枝上，沒事您就逗逗牠，什麼煩心事都沒了。」

寧伯瑾進門，老夫人臉上笑意就沒有消過，聞言，佯裝惱怒道：「整日無所事事，又去哪兒胡鬧，昨晚門房說不見你回來。」

「您身子不好，我這不想著逗您高興，費盡手段討這隻鸚鵡去了嗎？」寧伯瑾視線在屋內掃了一圈，起初沒反應過來，多看兩眼，認出是黃氏，他猛地站起來，像見鬼似的。「毒婦，妳還回來做什麼？」說完，又似心有忌憚，惶惶不安地縮了下脖子。

相隔十年，難為寧伯瑾還記得黃氏，兩眼就認出她來。

相較寧伯瑾的驚愕，黃氏則安之若素，波瀾不驚，垂著眼，她語調平平道：「三爺回了。」

見寧伯瑾輕哼聲，心高氣傲地別開臉，老夫人失笑地看著他，和藹道：「小六也回來了，十年不見，你和她好好說說話。」

當年，黃氏離開京城，以寧櫻年紀小需要人照顧為由，把寧櫻帶去了莊子，老夫人有心為難黃氏要留下她兩個孩子，誰料，黃氏直言，不讓她帶寧櫻走，就將寧伯瑾做的事情捅出去，魚死網破，誰都討不著好處。思慮再三，老夫人不得已讓寧櫻跟著黃氏走了。

寧伯瑾眼眸轉動，順著老夫人的手落在寧櫻身上，眼神亮了起來。他閱人無數，府裡寧靜芸的容貌算出挑的，否則，入不了清寧侯府世子的眼；然而，和寧櫻站一塊兒，寧靜芸卻落了下乘，寧櫻年紀小，容貌沒有完全長開已有絕色之貌，再過兩年，憑藉這份姿色，上門求娶的人只會有多無少。

越打量，他越覺得不可思議，忍不住落在黃氏黑瘦的臉上。黃氏相貌平平，容貌比不過她身邊的秋水，生出來的一對女兒卻是一個比一個好看，委實怪異。

約莫是他視線太過熾熱，黃氏抬眸，嘴角噙笑地凝視他，目光帶著淡淡的嘲諷，如十年前那般，十年不見，寧伯瑾保養得當，容貌沒多大的變化，依舊是俊雅風流的寧三爺，而她已懂得收斂怒氣，虛與委蛇。

四目相對，兩人沈默不語，半晌，寧伯瑾先回神，輕笑了聲。「有其母必有其女，府裡難得安生，別又起了什麼風波。」

他的態度明顯不肯認寧櫻。

老夫人嗔怒道：「小六是府裡正經的嫡小姐，是你嫡女，方才一番話是你該說的嗎？被你爹聽見，又有你苦果子吃了。」

寧櫻對寧伯瑾極為排斥。黃氏為他生了兩個女兒，而黃氏死的時候，寧伯瑾不知在哪兒花天酒地；黃氏纏綿病榻，寧伯瑾不曾探望過一次，對她這個女兒，更是諸多挑剔，三房孩子多，寧櫻不會上趕著自討無趣，她牽起寧靜芸的手腕，裝作不懂老夫人和寧伯瑾的談話，淡然道：「昨日娘吩咐將梧桐院清掃出來，姊姊和我們一塊兒回梧桐院住？」

寧伯瑾蹙起眉頭，疾言厲色道：「長輩說話，哪有晚輩開口的分，這些年在莊子沒學規矩嗎？」

寧櫻故作驚慌失措，抬眉，清亮的眸子水光閃閃，像被嚇壞似的，寧伯瑾一怔。他素來為人儒雅和氣，平生也就黃氏一個仇人，恨屋及烏，寧櫻從小養在黃氏膝下，耳濡目染學了黃氏作風，他當然不喜，只是沒承想，會將她嚇成這樣子。

「櫻娘，那是妳爹，上前行個禮。」黃氏悠悠開口，眼神黑如點漆，波瀾不驚。

寧伯瑾下意識地縮了縮脖子，餘光瞥見旁邊的老夫人，又挺直了脊背。

黃氏蠻橫潑辣又如何，他有法子把她送去莊子十年，自然也有法子再將她送走。

寧櫻神色怔怔的，良久才反應過來，低下頭，盈盈施禮，斂去了眼中的情緒。見此，老夫人開口打圓場道：「小六，妳爹沒有惡意，別怕。」

寧櫻抿著唇，像受了驚嚇的兔子，規規矩矩地退到黃氏身旁，閉嘴不語。屋裡沈悶下來，老夫人覺得索然無味，揚手道：「沒什麼事，你們都回吧，小六剛回府，過兩日遞帖子出去，請大家過府熱鬧熱鬧。」

柳氏笑盈盈接過話。「您放心，待會兒我便吩咐下去，三弟妹若有想請的人，和我說，我一併置辦帖子。」

「依大嫂的意思來就好。」黃氏的心思全在寧靜芸身上。離京十年，她不知京裡實際什麼情形，待安頓好身邊事宜，再細細打探。

柳氏和秦氏領著大房、二房的人走了，黃氏一動不動地盯著寧靜芸，捨不得眨眼。老夫人低頭和寧伯瑾說話，好似沒留意屋裡還有人，寧櫻大步上前，拉著寧靜芸往外走。「姊姊，妳熟悉府裡，帶我轉轉，府裡比莊子大，我不認識路。」

她聲音清脆，帶著少女獨有的明亮，寧伯瑾好奇地抬頭望著她，只聽身旁的老夫人蹙眉道：「小六在莊子上如何行事我管不著，回到京城，一言一行該有大戶人家嫡小姐的風範，尖著嗓門說話，出去不是叫人笑話我寧府規矩不嚴，嫡小姐沒有教養嗎？」

老夫人一席話對著黃氏說，令寧櫻沈了臉。她說話嗓門比旁人大些，因為這個，上輩子沒少被人嘲笑。

「老夫人，我生下來就是嗓門大的，和教養無關，您怕我丟臉，往後我出門不說話，外人就抓不著我短處了。」

寧櫻一派天真，老夫人有心訓斥又覺得有辱身分，手扶著額頭，頓道：「算了、算了，妳剛回來，規矩的事稍後再說，妳不認得路，讓靜芸帶著妳轉轉，我乏了，想休息會兒。」

黃氏身形一動，福了福身。「兒媳先下去了。」

走出榮溪園的門，寧櫻鬆開寧靜芸，走向黃氏，撒嬌道：「娘，您說過准我出府的，還記得不？」

黃氏無奈地點頭，目光看向低頭站在一旁的寧靜芸，好幾次，動了動唇，欲言又止。她看得出來，寧靜芸不喜歡她，甚至說得上是厭惡，自己留她一人在京裡，果然是錯了。

記憶接踵而至，黃氏不由得紅了眼，別過身，偷偷拭去眼角的淚痕，溫和道：「妳不熟悉京城，我讓吳嬤嬤陪妳……」

寧櫻在中間，將黃氏拭淚的動作看得分明，寧靜芸養在老夫人膝下，性子早就歪了，黃氏掏心掏肺對她好都拉不回她的心，念及此，寧櫻忍不住嘆了口氣，伸出手，舉起黃氏粗糙的手，攤開手掌給寧靜芸瞧。

「姊姊瞧，娘掌心的繭，是在莊子上幹活留下的。」

京中貴婦最是注重保養，便是老夫人的手看上去都比黃氏的細嫩。

寧靜芸眼神微詫，一瞬即挪開了眼，神色淡淡的，事不關己的模樣。

「娘擔心姊姊在府裡過得不好，名下田莊、鋪子的進項全給了妳，而她在莊子上，和鄉野農婦般下地幹活，掌心的繭一年厚過一年。」

回想在莊子上的日子，其實，不如意的更多。夏天蚊蟲多，冬天沒有炭火，日子拮据，她千方百計地想要回去，貪戀的不過是黃氏無病無災陪著她的那段時光，金銀珠寶、綾羅綢緞都抵不過黃氏的健康平安。寧櫻說這些並非埋怨黃氏厚此薄彼，是想寧靜芸體諒黃氏的難處。

寧靜芸臉上恢復了沈靜，從容不迫道：「女兒絲毫不曾忘記母親的生養之恩，既然母親歸來，靜芸有府裡的月例已足夠，多餘的，還請母親收回去，替妹妹置辦幾身衣衫。」

她跟在老夫人身邊，見的都是好東西，寧櫻身上的衣衫襯得她明豔乖巧不假，款式卻有些俗氣，京中早已不流行，她和寧櫻乃一母同胞的嫡親姊妹，寧櫻出門丟臉，她面上也無光，故而才善意提醒黃氏，同時也是含蓄地告訴黃氏，她不需要那些銀子。

黃氏面色發白，嘴唇微微哆嗦，顫抖道：「靜芸……」

「哼，姊姊會算計，娘寧可自己吃苦也怕妳在府裡受了委屈，妳倒好，翻臉比翻書還快……」

黃氏為寧靜芸嘔心瀝血，費盡心思，換來的便是「多餘的」三個字，寧靜芸一點都沒變，依舊是養不熟的白眼狼。

寧靜芸置若罔聞，臉上掛著得體的笑。「妹妹不是要我陪妳在府裡轉轉嗎？怎麼又想著出府？」

黃氏低下頭，落寞地解釋道：「櫻娘在馬車上拘了好些時日，想出門透透氣，妳熟悉京城，不如妳和她出門轉轉，替她挑兩身衣衫，我讓吳嬤嬤拿銀子給妳。」

寧櫻面露不豫，見黃氏對她搖頭，面露祈求，她於心不忍，拒絕的話到嘴邊又嚥了回去，點頭應下。

黃氏欣慰一笑。小時候，寧靜芸就愛守著寧櫻，靜芸不喜歡她，和寧櫻一塊兒也是好的，她沒有盡到做娘的本分，往後會好好彌補靜芸。

寧靜芸的目光落在兩人親暱牽著的手，嘴角笑意更甚。「母親說笑了，妹妹回京，我當姊姊的送她兩身衣衫以表心意，怎好意思讓母親破費？不過出府的話，還得請示祖母，她老人家應允後才成。」

寧靜芸以老夫人馬首是瞻，說出這番話，寧櫻一點也不疑惑，但聽黃氏道：「老夫人身子不適，妳爹在屋裡守著，妳進屋打擾不好，妳們快去快回，老夫人不會責備的。」

「祖母待靜芸好，靜芸清楚她不會責備，知會一聲也是擔心祖母找不著人。」說著，寧靜芸側頭朝身邊的丫鬟擺手，丫鬟會意，屈膝施禮後，緩緩退下，給老夫人報信去了。

黃氏臉上又白了兩分，寧櫻以為她身子不好，擔憂道：「娘，您是不是哪兒不舒服？」

她記得薛太醫的府邸，今日過去碰碰運氣，薛太醫為人隨和、彬彬有禮，救人的事，他一定不會推辭的。

「娘沒事，出去聽妳姊姊的話，別到處張望，早點回來。」寧櫻做事不計後果，黃氏擔心她得罪了人。京城不比其他地方，到處是貴人，她們招惹不起。

很快，寧靜芸身邊的丫鬟折身回來，躬身稟道：「老夫人身子不適不出門了，讓您陪六小姐轉轉，開銷算在榮溪園。」

話剛說完，迴廊盡頭，佟嬤嬤揮舞著手中錦帕，緩緩走來。「三夫人稍等……」

回京途中，寧櫻和佟嬤嬤對著幹，將她氣得不輕，到後面，佟嬤嬤凡事睜隻眼、閉隻眼，寧櫻落得輕鬆自在，這會兒看佟嬤嬤不苟言笑地瞪著自己，寧櫻回瞪一眼，故作不解地問寧靜芸。「府裡的管事媳婦都這般沈重嚴肅？怪嚇人的。」

寧靜芸皺了皺眉，臉上維持著長姊的寬容，輕聲解釋道：「佟嬤嬤自小伺候祖母，和管事媳婦不同，她平日笑盈盈的，該有急事才會如此。」

說完，佟嬤嬤已經到了跟前，矮著身子道：「老夫人讓老奴跟著五小姐、六小姐一同去伺候，不知三夫人意下如何？」

佟嬤嬤見識過黃氏對寧櫻的溺愛，涉及到寧櫻的事情先通報黃氏較好。黃氏性子潑辣，剛回府就鬧起來，傳出去，對老夫人名聲不好，佟嬤嬤明白這點，因而先詢問黃氏。

寧櫻心下冷笑。前去伺候是假，怕自己花錢才是真，於是她朝黃氏搖頭示意她別應，黃氏會意。

「櫻娘和靜芸十年沒見，她們姊妹倆說說話，妳跟著，櫻娘會畏首畏尾，擾了她們姊妹敘舊不太好。妳和老夫人說聲，她惦記櫻娘，待櫻娘好，我們都明白。」

佟嬤嬤再次屈膝微蹲，垂下眼，暗紅色的雙唇微張。「老奴會如實轉達老夫人。」

怎麼聽，都是不懷好意……

順著影壁往外，到岔口時，黃氏停了下來，望著左側只給她看一張側臉的寧靜芸，心思千迴百轉，緩緩抬起手臂，朝寧靜芸伸去，低喚道：「靜芸……」

「母親可有什麼吩咐？」寧靜芸聞聲轉身，如湖水沈靜清澈的眼眸噙著若有還無的譏笑。

黃氏身形一震，一時忘記自己叫住她的目的，怔怔道：「沒什麼，早點回來。」

「是。」

寧櫻不忍看黃氏落寞，臉上揚起微笑，輕快道：「娘先回，我和姊姊出去了。」

她本意是獨自出門，可黃氏讓寧靜芸跟著，她不好拂了黃氏的苦心，不得已才應下。

寧櫻如鶯啼的嗓音拉回黃氏思緒，笑道：「成，好好跟著靜芸，別惹麻煩。」

「您都說過兩回了，我記著呢！」寧櫻故作熱絡地挽起寧靜芸的手，言笑晏晏地朝黃氏揮手，轉過身，用只有兩人才聽得到的聲音挖苦寧靜芸道：「百行孝為先，妳自幼養在閨閣之中，有專門的教養嬤嬤教導，竟連怎麼安慰娘都不會嗎？」

寧靜芸眉峰微蹙，臉上的溫婉斂去。「妳想說什麼？」

「娘在原地看著，別讓娘難受……」寧櫻說著，故意往左靠了靠，蹭了下寧靜芸的手臂套近乎。

寧靜芸身形一僵，抬起手，欲將她推開，手觸著寧櫻手臂，頓了頓，又垂了下來。

兩人維持著這個姿勢，沿著迴廊拐彎不見了蹤影，瞧不見人了，黃氏還站在原地和身邊的秋水感慨道：「靜芸終究是喜歡櫻娘的，她只是氣我，當初狠心將她留在府裡。」

秋水上前扶著她，視線落在精緻的影壁上，安慰道：「五小姐會體諒您的難處，夫人別擔心，六小姐聰慧，有她在中間，您與五小姐會冰釋前嫌的，血濃於水，哪是說割捨就能割捨的。」

「但願吧，咱也回了，待田莊、鋪子的管事過來，好好清算近十年的帳冊。對了，那邊可有消息？」黃氏嘆息一聲，打量著熟悉的院落，神思恍惚。

秋水轉頭，見四下無人，低頭小聲道：「還沒呢，昨日回府事情多，沒來得及，可要奴婢和熊伯說……」

話未說完，被黃氏揚手打斷。「暫時不用，暗地多少雙眼睛盯著咱，小心為好，她做事妥帖，該不會留下把柄的，當務之急，先打聽清寧侯府的情況，靜芸的親事，只怕沒那麼簡單。」

「奴婢明白。」

第四章

寧櫻和寧靜芸上了馬車，兩人各在角落而坐，沈默不語。

街上喧鬧，寧櫻注意著路況，雲淡風輕地朝寧靜芸開口道：「姊姊，老夫人說今日開銷算在榮溪園的帳上，我們去悠玉閣吧，我在莊子上聽說那裡乃京中最奢華的首飾鋪子，想去見識一番。」

悠玉閣遠近聞名，能去悠玉閣挑選首飾的多是達官貴人，其中，長公主獨鍾愛悠玉閣一事更是讓悠玉閣聲名大噪，在眾多首飾鋪子中獨占鰲頭。

寧櫻知曉這些還是因為譚慎衍。每年譚慎衍都會送一套悠玉閣的頭飾給她，後來，她頭髮掉得厲害，譚慎衍便不再送了。她甚至想過，譚慎衍是不是早看出她會沒有頭髮，才在成親的頭幾年，送她朱釵簪子好好裝飾自己一頭濃黑的秀髮？

想起那個清冷煞氣的男子，寧櫻沈下了臉，只聽寧靜芸輕笑了聲，眼底盡是諷刺之色。

「祖母宅心仁厚，擔心妳穿著寒磣出門給寧府丟臉，才有心替妳置辦幾身適宜的衣衫，妳倒好，不感激祖母一番苦心，開口便要去悠玉閣。」

想想也是，老夫人不過想替她置辦幾身拿得出手的衣衫，她卻獅子大開口，悠玉閣的首飾價格昂貴，難怪寧靜芸替老夫人抱不平。

然而，她有自己的一番思忖。薛太醫極受皇上信任，皇上在臨天街賞賜了府邸，那一帶住的都是天子近臣，而悠玉閣就在臨天街後面，離薛府近，她和寧靜芸進了悠玉閣，再想方設法抽身去薛府，方便得多。

當然，寧櫻不會向寧靜芸解釋，理了理今早換上的新衣，語氣不明道：「過兩日，府裡宴客，除了衣衫，我總得要有拿得出手的首飾，否則，那些人真以為我是莊子上出來的，像樣的首飾都沒有。」

趕車的是熊大，寧櫻朝坐在天青色簾子邊的吳嬤嬤使眼色，吳嬤嬤將兩人的對話聽得明白，掀開一小角簾子，吩咐熊大去悠玉閣。

聞言，寧靜芸臉色微變。

悠玉閣裝潢精緻，外面停著幾輛富麗堂皇的馬車，幾位眉清目秀的小姐從裡面出來，戴著紗帽，寧櫻看不清她們的臉，放下簾子，叮囑吳嬤嬤道：「讓熊大停下，待她們走了，我們再過去。」

寧靜芸一直留意著她的動作，看寧櫻有自知之明，不由得鬆了口氣。一母同胞，一榮俱榮，一損俱損，寧靜芸深諳此理，寧櫻不丟臉就是對她的幫助了。

待馬車和她們交錯而過，寧櫻才吩咐繼續往前，側頭見寧靜芸望著她的目光柔和不少，清楚寧靜芸是看她識趣。

「小姐，到了。」

馬車停下，外面傳來熊大渾厚的聲音，吳嬤嬤回眸，示意寧櫻別動，和旁邊的丫鬟掀開簾子先出去。

重新站在悠玉閣門前，寧櫻百感交集。大廳裡迎出來兩位青色衣衫的小二，一人逕自走向馬車，引熊大離開；一人上前，恭敬地朝她們彎腰施禮。

「兩位小姐裡面請。」

悠玉閣只做大戶人家的生意，馬車上有各府的標誌，門第低了，進不了悠玉閣的門，小二既是引路的也是攆人的。

寧靜芸不動聲色地拉過寧櫻，從容道：「我們去二樓，不用引路。」

悠玉閣有五層樓高，能上到最高樓的自然是京中有頭有臉的家眷，高處不勝寒，越往上，價格自然越高，寧靜芸怕寧櫻不懂規矩，嚷著去三樓或是四樓，故而先開口。寧伯瑾整日遊手好閒，不思進取，官職還是寧國忠為其謀劃得來的，全因有寧府庇蔭，她才有資格來悠玉閣。

寧靜芸牽著寧櫻，緩緩往樓上走，道：「妳肌膚瑩白如雪，待會兒我替妳好好挑幾樣首飾，妳站著別動。」

寧櫻明白寧靜芸防備什麼，擔心她只選貴的讓老夫人破財，她來悠玉閣的目的不是為了首飾，寧靜芸嫌棄她正合她意。「姊姊目光獨到，我聽妳的。」

寧櫻記得樓上共有六間屋子，其中兩間茶室，逛累了或拿不定主意，可以去茶室品茶休息。「姊姊，我不懂首飾，妳選吧，我去旁邊屋等妳。」

寧靜芸拿起其中一只碧綠通透的手鐲，在眼前晃了晃，道：「妳去吧，我選好了過去找妳。」

寧櫻下樓，悠玉閣後院庭院中有通往外面的甬道。沿著走廊，一路往右，到了弄堂，往裡穿過石青色木板，十幾步遠，視野中多出了條甬道。她熟門熟路走了出去，沒留意弄堂邊的石柱後，有小二盯著她的一舉一動……

寧櫻怕耽擱久了，回去會令寧靜芸懷疑。她疾行如飛，穿過甬道，遇見薛府的馬車行駛而過，她面色一喜，揚唇揮手道：「薛太醫……」

竹青色簾子掀開，丰神俊美的臉轉了過來，寧櫻喜上眉梢，明媚的臉笑若花開。

誰知，薛墨面無表情，如墨的眸子冷冷斜睨著她，與上輩子那個溫潤如玉的太醫大相徑庭，寧櫻錯愕地僵在原地，面露不解。

馬車並未因為她的一聲「薛太醫」停下，而是繼續往薛府駛去。寧櫻屏息，毫不猶豫地跟了過去。

薛墨一身肅穆的朝服，身形筆直，沈穩的臉上顯露與年紀不符的陰冷之氣。寧櫻走上前，被迎面而來的小廝攔住，她神色一斂，忽然有什麼一閃而過。

薛墨每次給她診脈都會聊及外面的趣事，談吐詼諧幽默，和譚慎衍的孤傲截然不同，但從眼下來看，他估計是看譚慎衍的面子，念及此，她客氣很多。「久聞薛太醫妙手回春，小女子家人身患重疾，想與薛太醫討教一二，方才魯莽，請勿見怪。」

踏上臺階的腳停下，寧櫻看薛墨轉過身來，如扇的睫毛低垂下去，語速加快。「說來奇怪，家人起初不過染上風寒略有咳嗽，大夫開了兩副藥，吃後不見好轉，且咳嗽加劇，頭髮大把大把地掉，身子日漸消瘦，慢慢竟下不了床；換了大夫，說是心思重、太過操勞，還請薛太醫為小女子解惑。」

薛墨喜歡開門見山、直奔話題，兩年多的相處，即使回到過去，她也清楚他大致的性子。垂眼沈思間，眼角多出了一雙黑色靴子，寧櫻抬眸，對上他暗沈如水的眸子，又一瞬的失神。

「得病之人除了這些還有什麼？」身為大夫，對疑難雜症尤為感興趣，故而，薛墨才會問出這話。

寧櫻將方才的一番話又說了一遍。上輩子，她和黃氏都死於這種病，她不想重蹈覆轍，想黃氏好好活著。

「薛太醫能不能找個機會……」

「我知道了，妳走吧！」

寧櫻話沒說完便被打斷，她疑惑不解地抬起頭，而薛墨已經轉過身去，語氣不鹹不淡。「心思鬱結，思慮過重，大夫並未說錯。」

寧櫻說的症狀，後宮娘娘大多都有，並不是什麼稀罕之病。

寧櫻啞然，不相信他不留情面。她記得，每個月初三薛墨都會替她診脈，有一月他晚來一天，她問起，他說京城附近的小村子有人渾身起白色的疹子，他好奇去瞅了瞅，因此才耽誤了，抓準這點，她才敢開口直接說黃氏的病情，誰知，他絲毫不敢興趣。

「薛太醫……」

「小姐莫叫錯了人，我爹在府裡，我資質尚淺，一聲太醫，擔待不起。」說完，薛墨闊步走上臺階，在門口侍衛彎腰行禮中進了大門。

寧櫻無所適從地站在原地，聽門口的侍衛小聲地對她指指點點，她恍然不知。

她認識的薛墨，不會見死不救的。

望著來時幽深的甬道，寧櫻渾身蔓延無盡的疲憊。她以為早點找到薛墨，黃氏就能保住一條命，誰知道，竟是無力回天。

高宅院牆，她白皙的手撐著白色牆壁，走了幾步，她停了下來，無力地癱軟在地，低下頭，肩膀微微顫動，瘦弱的身板寂寥而孤獨……

回到悠玉閣，讓老夫人破財的心思瞬間沒了。如果重活一世，她與黃氏仍然改變不了早死的命運，又何苦留給她這麼多年等死的日子？

寧靜芸見她興致不高，拿出自己挑選的首飾，一支紅梅金絲鏤空珠花簪，一對金鑲紅寶石耳墜以及白銀纏絲雙釦鐲。寧櫻皮膚白皙，紅色襯得臉容光煥發，明豔動人，宴客那日，不會寒磣。

「妳瞧瞧顏色款式是否喜歡？不喜歡的話我們再挑。」抬起頭，寧靜芸才發現她眼角通紅，像是哭過，於是她皺眉看向旁邊的吳嬤嬤，吳嬤嬤搖頭不知，寧櫻說要去庭院逛，不准她跟著，回來就這副樣子了。

寧櫻勉強地勾了勾唇，無精打采道：「姊姊跟在老夫人身邊，眼光好，妳挑出來的自然都是好的。」

寧靜芸又選了其他首飾，不過都不是貴重東西，從悠玉閣出來，又去布莊替寧櫻挑了兩身衣衫，應付兩日後的宴會。

一圈下來，回到府裡已是晌午，寧靜芸急著去榮溪園和老夫人回話，穿過垂花廳，和魂不守舍的寧櫻道：「吳嬤嬤識路，妳與她一道，我也回榮溪園了。」

短暫的相處，她看得出來，寧櫻並未表現得與她親近，故作親暱不過有所圖謀，鄉野回來的嫡小姐，在府裡沒有依仗，巴結這個嫡姊好過孤立無援。

自己這個妹妹，腦子並不傻。

寧櫻沈浸在自己的思緒中，久久回不過神來，吳嬤嬤跟在寧櫻身後，見寧靜芸皺起了眉頭，忙上前施禮，替寧櫻回道：「辛苦五小姐了，我領著六小姐回梧桐院即可。」

依著寧櫻的年紀，本該搬出梧桐院自立院子居住，無奈剛回來，府中情形不明，寧櫻只得和黃氏一起住在梧桐院，以後再安排。

想到黃氏這十年對寧靜芸的思念，吳嬤嬤又道：「五小姐還未用飯，不如和六小姐一同去梧桐院……」

「不用了，祖母身子不適，離不得人，待祖母身子痊癒後再說吧！」寧靜芸輕描淡寫說完，轉著手腕上的玉鐲，沿著青石磚鋪的地面，舉步而去。

吳嬤嬤心下無奈，見身旁的寧櫻動了動，提醒道：「六小姐好好瞧瞧五小姐，大戶人家的小姐走路步履從容輕盈，不疾不徐，跟五小姐學學。」

在莊子裡，三夫人憂心五小姐安危，心思鬱結，食慾不振，虧得有六小姐陪著才漸漸振作起來，可也因為這樣，三夫人對六小姐幾乎有求必應。六小姐七歲時，她提醒該學規矩，三夫人也應了，誰知六小姐一撒嬌，三夫人就由著六小姐去了。

眼前的六小姐，年紀尚幼，性子灑脫隨意沒什麼不好，但目不識丁，傳出去就不太好了。

寧櫻回過神，只來得及看見寧靜芸的背影，她意味深長道：「姊姊賢德淑良，溫婉大方，舉手投足哪是我比得上的？吳嬤嬤也莫太過憂心，我不會給娘丟臉的。」

吳嬤嬤自幼看著她長大，凡事為她好，她哪會不懂，抬起頭，望著熟悉又陌生的院落，感慨道：「又回來了呢……」

吳嬤嬤心底也頗為感慨。那件事分明是有心陷害，為此，三夫人付出了十年光陰，以為是結束，不過是開始，那筆帳總要翻出來的。

起風了，捲起樹梢為數不多的葉子在空中打轉，天陰沈沈的似要下雨。

「六小姐，回吧，夫人怕是等著妳用膳呢！」

庭院深深，外人只見其繁華，內裡人才明白其中骯髒。吳嬤嬤收回目光，但看寧櫻走在前面，斂下思緒，慢慢追了上去。

「吳嬤嬤，妳聽說過薛太醫嗎？」經過一處矮竹林，寧櫻停住腳步，輕聲問道。

今日一見她才知薛墨乃冷漠之人，請她給黃氏看病，怕要費不少周折。

吳嬤嬤低下頭，拂了拂泛舊的衣襬，如實道：「薛太醫乃皇上跟前的紅人，其長女賜婚於當今六皇子，小姐怎麼問起薛太醫來了？」

「其女？」寧櫻咀嚼著關鍵字，才恍然大悟。前世她認識薛墨的時候，薛墨的醫術已在京城傳開，算起來那是十年後，這時候的薛墨不過是個年長她幾歲的少年，醫術不顯，旁人都叫他薛小太醫，至於薛太醫，則是對薛墨之父薛慶平的稱呼。

吳嬤嬤看她輕蹙著眉頭，面露憂思，黑曜岩般明亮的眼神一眨不眨，忍不住笑道：「其實小姐不用愁眉不展，您不信任張大夫，等過兩日夫人空閒了，再請外面的大夫過來給您瞧瞧。」

明日，田莊、鋪子的管事就該來了，清算帳冊，今年的銀子入帳，黃氏手頭寬裕了便會給寧櫻請大夫的。

「也只能這樣了。」

重來一世，若不能護黃氏周全，有什麼意義？

寧府有五進院落，一路上時不時遇到人經過，來去匆匆，沒人上前見禮，她和黃氏在府裡不受寵，下人們哪會將自己放在眼裡。

倒是吳嬤嬤忿忿不平，小聲嘀咕道：「一群狗眼看人低的，小姐別與她們置氣，過些日子，待夫人得空了，一一收拾她們。」

寧櫻臉上並未有氣惱之色，淡然道：「娘剛回來，到處樹敵不好，身分、臉面是自己掙的，用不著費力勞心地與一幫下人見識。」

寧櫻見識過黃氏的手段，知道她有能耐。

吳嬤嬤欣慰一笑。「夫人聽見這番話不知多開心，六小姐懂事了。」說完，忍不住嘆息一聲，暗想，五小姐如果能和三夫人心無芥蒂，三夫人就更開心了。

寧櫻苦笑。「吳嬤嬤別打趣我了，我無非怕給我娘添麻煩罷了。」

兩人一前一後進了梧桐院，秋水正提著水壺從屋裡出來，寧櫻喊了聲秋姨，秋水抬起頭，清秀的臉上笑容緩緩展開。「六小姐回來了，快進屋，夫人等著您和五小姐用膳，奴婢這就去廚房吩咐人傳膳。」

說著話，秋水將水壺遞給門口的丫鬟，盈盈走了過來，屈膝行禮，眼神看向寧櫻身後。

寧櫻會意，解釋道：「姊姊惦記老夫人，回榮溪園了。秋姨，天冷，妳在屋裡陪我娘說話，傳話的事情交給丫鬟們就是……」

話說到一半，被秋水急促打斷。「我的六小姐，秋水乃一個婢女，哪擔待得起您一聲姨？之前和您說過了，府裡不比莊子，一言一行都要依著規矩來，主子是主子，奴婢是奴婢，六小姐別壞了規矩。」

秋水生得好看，和嬌媚婀娜的小妾、姨娘不同。秋水舉止大方，氣質如蘭，寧櫻喜歡她，為數不多的人當中，她是真心掏心掏肺地對待她和黃氏的人。

「一時忘記了，往後我會記著的，我娘是不是等很久了？」她招手叫過走廊上的碧綠色衣衫丫鬟，吩咐道：「妳去廚房傳膳。」

為了照顧老夫人和寧國忠，廚房的位置靠近榮溪園，離這邊的梧桐院有些遠，中途不知會發生什麼，寧櫻不想秋水走出梧桐院，中了奸人的計。

丫鬟驚愕地抬起頭，秋水哭笑不得，正想出聲阻止寧櫻，卻聽寧櫻四平八穩道：「待會兒我和夫人說，提拔妳為二等丫鬟，去吧！」

府裡規矩嚴苛，二等丫鬟方能出入廚房，替主子傳膳，這個丫鬟戰戰兢兢才混到三等丫鬟，沒承想喜從天降，猛地被提拔為二等丫鬟。要清楚，二等丫鬟的月例高多了，衣服也好看得多。

丫鬟反應極快，低下頭，笑盈盈道謝。「奴婢謝過六小姐，這就去廚房。」話完，提起裙襬，小跑著衝出去，步伐輕快，難掩喜悅之情。

秋水無奈地搖頭。「小姐……」

「我看得出來，她是個好的，否則娘也不會讓她守在門口。剛回來，人手不夠，左右府裡出銀子，提拔幾個丫鬟算什麼。」寧櫻說得雲淡風輕，院子裡其他丫鬟、婆子卻精神一振，不約而同望了過來。

秋水心思一轉，立即明白寧櫻用意，笑意微斂，肅穆道：「小姐說得是。」下人們見風使舵，黃氏不得勢，她們辦事多敷衍了事，寧櫻一番話，透露不少事情，由她們自己揣測了。

秋水乃黃氏身邊的陪嫁，在院子裡她的話便代表了黃氏的意思，有她為寧櫻造勢，院子裡的人還有什麼不明白的，昨日散漫應對的人此刻只恨不能殷勤些，入了這位六小姐的眼才好。

寧櫻回屋換衣衫去了，黃氏沒見著寧靜芸，難免一陣失落，秋水明白黃氏的心思，繼而將院子裡的事情說了。

黃氏面露詫異，隨即笑了出來。「櫻娘做事隨興，那位丫鬟怕是有她的過人之處，妳私下敲打一番，沒問題的話，提她為一等丫鬟，往後跟在櫻娘身邊服侍。也不知她哪兒學來的規矩，竟然懂得這些。」

出京的時候寧櫻年紀小，身邊沒個伺候的人，回到京城，到處是權貴，寧櫻身邊沒兩個忠心的丫鬟可不行。

「我看小姐和在莊子上的那會兒不同，做事穩重，夫人不用操心。對了，已經知會西廂房的姨娘們了，下午過來給您請安，您瞅著……」秋水站在黃氏身旁，細細稟告。

寧伯瑾風流儒雅，處處留情，三房子嗣眾多，黃氏不在的十年，那些人更是用盡了手段，庶子、庶女成群。

「她們八面玲瓏，不會得罪我，妳且看著，下午自有一番熱鬧。」

想起自己早上探聽來的事情，秋水不置可否。聽著門口傳來腳步聲，她止了話循聲望去，不由得皺起了眉頭。「我的六小姐，這身衣衫是前兩年的，您身子長高穿著有些短了，怎麼還穿這身？」緩步上前，拉著寧櫻回屋。「早上不是買了新的衣衫嗎？您先穿著，別寒磣了。」

黃氏朝寧櫻背影搖頭，將目光移到窗外凋零的樹枝上，面露沈思。

小丫鬟被提拔為二等丫鬟，領著廚房的丫鬟過來時，舉步生風，到了門前，她駐足彎腰，理了理身上泛舊的衣衫，恭謹道：「三夫人，膳食來了。」

「進來吧！」

寧櫻一回來就發現門口多了人，黃氏盯著面前的小丫鬟，十三、四歲的年紀，瓜子臉，眉眼清秀，一身碧綠色的衣衫有些舊了，衣角被洗得發白，此時，規規矩矩地站在門外，低頭屈膝。

金桂，很好聽的名字。金秋碩果，桂花飄香，喜慶吉利，跟在寧櫻身旁，能為寧櫻帶來好運。放在寧櫻身邊的人，性子必須穩妥才行，黃氏看得出來，小丫鬟是個心思通透的人。

「下午找秋水學學規矩。」

「是。」

飯桌上，黃氏問寧櫻去了哪些地方，得知去了悠玉閣，她蛾眉一抬。「妳聽誰說起過悠玉閣？」

悠玉閣的首飾價格不便宜，素日她只顧著栽種的瓜果、蔬菜，甚少將心思放在珠玉首飾上，身旁的吳嬤嬤和秋水也應該不會和寧櫻說這些才是。

「娘當掉了兩只鐲子，不就是在悠玉閣嗎？」

悠玉閣有名的除了首飾獨一無二，還因為它也收集各地珍稀首飾。她有次落水染上風寒，病情拖了大半個月，黃氏走投無路，吩咐熊伯去就近的鎮子把首飾當了，指名當給悠玉閣，悠玉閣給的價錢高，且到了悠玉閣如果沒有被人買走，來日攢夠銀子，去悠玉閣總能買回來。

黃氏一怔，這件事她自然記得，那會兒寧櫻發著燒，她特意壓低了聲音和熊伯在外面說話，沒想到，還是被她聽去且記在心裡。「妳啊……算了，買了就買了，過兩日娘手頭有錢了，帶妳出門轉轉。」

寧櫻點頭。飯菜算不上豐盛，勝在精緻，寧櫻胃口不錯，黃氏也陪著多吃了些。

下人們剛將碗筷收走，就聽院子裡突然熱鬧起來，黃氏拉過寧櫻，替她理了理衣衫。寧靜芸眼光好，這身衣衫極襯寧櫻膚色。

「姨娘們過來請安，妳認個臉熟就好。」

話語落下，門外傳來丫鬟的通報聲，黃氏還未開口，門口已傳來女子如夜鶯的笑聲。「夫人總算回來了，每年過節，妹妹們都想著夫人何時能回來，千盼萬盼，總算將妳給盼回來了。」

女子一身藤青曳羅靡子長裙，小臉精緻，身段凹凸有致，挪著步子往屋裡來，黃氏不動聲色地鬆開寧櫻，瞥了眼門邊的吳嬤嬤。

吳嬤嬤當即伸手攔住了人。「夫人和小姐說話，不經通報就往裡面走，誰教的規矩？」

女子一隻腳已踏入屋內，聞言，緋紅的臉頰閃過惱怒，舉起纖纖細手，狠狠朝吳嬤嬤拍了下。「哪來的刁奴，竟敢打斷我和夫人敘舊……」

黃氏挑了挑眉，緊接著，身後傳來聲不高不低的驚呼聲，聲音略微沙啞。「我說月姨娘，夫人舟車勞頓，晌午剛過正是午歇的時辰，三爺喜歡妳婉轉細柔的聲音不假，可擾了夫人休息，再是餘音繞梁的聲音，都和神嚎鬼哭沒什麼區別。」

後來的這人乃寧伯瑾身邊的丫鬟竹畫，她懷寧靜芸的時候抬了竹畫為姨娘，沒兩年就生下三房的長子，在三房出盡了風頭，十年不見，竹畫妝容越發出色，眉目間哪還有當年當丫鬟的影子？

黃氏不認識月姨娘，對竹畫卻是瞭解的，耐人尋味地挑眉。「竹畫，好久不見了……」

竹畫面色怔了怔。下人說黃氏容貌老了許多，可真正見著的時候，她仍驚訝得說不出話來。黃氏在後宅女子中長相一般，如今曬黑了，身子清瘦，乍一看去，和府裡的管事媳婦沒什麼兩樣。

「三房多了許多新人，妳常年在府裡，就由妳介紹吧！」黃氏一錘定音，心底冷笑，輕聲道：「都進屋吧，我瞅瞅都添了多少新人。」

竹畫面色一白，難以置信地望著黃氏，好似不認識黃氏似的。

三房的人都來了，寧櫻上輩子或多或少瞭解些。竹姨娘生了三房長子，自詡身分尊貴；月姨娘年輕，嗓音好，吳儂軟語哄得寧伯瑾暈頭轉向。兩人針鋒相對不是十天半月了，三房稍微有點眼色的人都明白。

竹姨娘想藉著黃氏打壓月姨娘囂張的氣焰，字裡行間盡是挑撥。上輩子，竹姨娘得償所願借黃氏的手除掉月姨娘，鷸蚌相爭，漁翁得利，只差一步，竹姨娘就成了三房的主母，可過猶不及，功虧一簣，敗在出身上。

回想著上輩子眾人的遭遇，寧櫻想起薛墨，不知如何開口才能讓薛墨為黃氏診脈？轉著手中竹青色的茶杯，她心中苦澀，偶然抬頭，見金桂站在門口，雙手垂在兩側，不住地朝裡張望，秋水和吳嬤嬤站在黃氏左右兩側，垂眼肅然，並未注意到門口的她，她踟躕片刻，起身走了出去。

「可是有事？」金桂容貌還沒長開，臉上顯露稚嫩的天真。

上輩子，她纏綿病榻，金桂一直服侍床前，也不知她死後，金桂的日子過得如何？

金桂剛從三等丫鬟升為二等丫鬟，表現得再得體也難掩悅色，矮身小聲道：「角門有位聞嬤嬤求見，奴婢過來通傳……」

聞嬤嬤？寧櫻蹙了蹙眉，目光轉向屏風內側的黃氏身上。她記憶中，黃氏身旁並未有什麼聞嬤嬤，莫不是弄錯了？

「她可說找夫人何事，夫人和諸位姨娘說話，走不開。」

金桂心思一轉，會心地抿了抿唇，道：「奴婢這就給回了。」

寧櫻但笑不語。金桂跟著她十四年，性子沈穩內斂，做事不卑不亢，她能收到角門的消息，可見在府裡有自己的人脈，想了想，朝退出去幾步遠的金桂道：「昨日張大夫開了藥，妳找秋茄去廚房熬藥。」

金桂一頓，繼而明白寧櫻的深意，去廚房會經過弄堂，聽說角門有人來並不奇怪，小姐不想她行事被人抓住把柄，替她找藉口呢！金桂不由得佩服寧櫻的蕙質蘭心，短短幾句話就看出她在府裡有人，還幫她遮掩，金桂不由得抬起了頭。

「奴婢這就去。」

三房庶子、庶女多，黃氏略表心意一一賞了點禮。月姨娘年紀小，仗著寧伯瑾喜歡，言語頗為倨傲；竹姨娘看似不動聲色，握著茶盞的手緊了又緊，心裡並未如面上表現得雲淡風輕。

三房骯髒事多，寧櫻不予理會，回屋，安靜地坐在黃氏身旁，繼續聽眾人刀光劍影、明褒暗諷。

認過人，黃氏讓大家散了。「有妳們為三爺解難排憂，我也省心，都回吧，明日過來。」

晨昏定省是各府的規矩，以前黃氏不在，三房的人自在無人管束，如今，卻是不成了。「哎喲，還以為夫人回來，手裡事情多，顧不上我們，明日五少爺從書院回來，妾身答應他陪他去南山寺上香來著……」竹姨娘掩面，保養得當的臉閃過一絲為難。

只聽身旁的月姨娘輕哼了聲。「竹姊姊，妳可是三爺身邊伺候的老人了，怎麼連規矩都不懂？夫人回來，五少爺有再大的事情也該見過夫人再另行安排，否則傳出去，旁人會說咱三房的少爺不懂禮數，不是連累三房的名聲嗎？」

月姨娘扶著頭上的簪花，露出一大截白皙滑嫩的手，不由得叫人感慨，年輕就是好，皮膚細嫩緊緻能討男人喜歡。身為姨娘，沒有什麼比男人的寵幸重要，月姨娘敢當面含沙射影不給竹姨娘臉面，全因背後有靠山撐腰。

竹姨娘心生惱意，面上仍大度道：「月妹妹說得是，是我思慮不周了，不過，三爺應承五少爺的事情從未食言過，這件事，稟明三爺再說吧！」話完，從容地理了理裙襬，抬首挺胸走了出去。

月姨娘不肯落後，三步越過竹姨娘走在前面，昂著頭，聲音清脆入耳地和丫鬟說話，明顯有意氣竹姨娘。

寧櫻失笑，回過神，看黃氏望著自己，寧櫻指著院子裡的背影道：「月姨娘心直口快，為人張揚了些，其他還好。」

秋水朝外面瞅了兩眼，低聲道：「小姐何須對她們品頭論足？自以為是，目中無人，一輩子都是登不上檯面的小妾，別污了您的嘴。」

黃氏笑著抓起她的手。「秋水說得對，出了門記著些。方才是金桂與妳說話？說什麼呢？」

「說角門處有位聞嬤嬤要見娘，我不認識，讓她給回了。」寧櫻看黃氏臉色微變，以為發生了什麼大事，抬眸看秋水，秋水也微微變了臉。

她思忖道：難不成，聞嬤嬤是娘以前跟前伺候的？

回想上輩子黃氏身邊的人，的確沒有聞嬤嬤這個人，不等她想出個結果，就聽黃氏怔道：「她辦事從未出過差池，既然過來，必然有事，秋水……」

黃氏想到什麼，頓了頓。「吳嬤嬤，妳去角門把人接進來吧！」

話語一落，吳嬤嬤腳下生風地跑了出去，急切的模樣和平日判若兩人，寧櫻疑惑更甚。

「娘，聞嬤嬤是誰，怎麼沒聽您說起過？」

黃氏朝秋水看了眼，後者頷首，緩緩走了出去，站在門口，眼神打量著秋意蕭瑟的院子，與其說是打量，不如說是觀察，防止有人偷聽。

寧櫻百思不得其解，由黃氏拉著她的手，細細解釋。「妳不是問過妳的奶娘嗎？聞嬤嬤就是妳的奶娘，那時候妳還小，不記得了，出京那會兒，聞嬤嬤的丈夫在外面與人結了仇怨，被人打斷了腿，她放心不下，回家照顧她丈夫去了，因而妳身邊才未有奶娘伺候。」

黃氏的聲音染上回憶的悵然，寧櫻看了眼黃氏，又看了眼門口神色嚴肅的秋水，順著黃氏的話道：「奶娘當初也是不得已，娘別嘆氣。金桂年紀小，十年前不過是個小姑娘，不認得聞嬤嬤也在情理之中，只望吳嬤嬤來得及留下奶娘。」

這時，院門口進來一身著橙色衣衫的丫鬟。

認出是寧靜芸身邊的貼身丫鬟，黃氏面露喜色。「榮溪園那邊有妳姊姊的消息了，秋水，讓她進屋。」

「五小姐得知六小姐回府身邊沒有伺候的丫鬟，特讓奴婢請六小姐去榮溪園，選幾個貼身服侍的丫鬟……」丫鬟聲音清脆，蹲著身，舉止得體。

黃氏卻皺起了眉頭。「妳叫什麼？」

「奴婢柔蘭。」

低下眉，黃氏欲言又止，擺了擺手。「我知道了，妳先回了五小姐，六小姐隨後就去。」

「是。」

柔蘭退下後，黃氏又皺起了眉，寧櫻自是明白所為何事。寧靜芸訂了親，身邊的丫鬟往後都要跟著去侯府，柔蘭身量不算出挑，姿色卻不差，但凡是真心為晚輩好的，府裡挑選出來的陪嫁哪一個不是相貌平平、容貌普通的？柔蘭是老夫人給寧靜芸的人，老夫人懷著怎樣的心思，由此可窺一二。

黃氏臉上已恢復了平靜，紅唇微啟，淺笑在嘴角暈開。「妳姊姊對妳的事情上心，遇著合眼緣的丫鬟，妳就要過來放在身邊。對了，讓秋水和妳一塊兒去。」

黃氏眉目溫和，朝秋水招手，示意她帶寧櫻出去。

寧櫻本是想留下瞧瞧聞嬤嬤，誰知，中途橫生出這事，張了張粉紅的櫻唇，緩緩道：「記著了，奶娘這次來就不走了吧？娘說奶娘對櫻娘好，櫻娘想瞧瞧她長什麼模樣？」

黃氏啞然。「妳和秋水去榮溪園，回來就能見著她了。」

寧櫻點了點頭，和秋水一道出了院子，路上忍不住向秋水打聽聞嬤嬤的事。秋水不肯多說，翻來覆去就是小時候的那些事，寧櫻哪記得兩歲的事？到了榮溪園門口，她收起臉上的情緒，十指纖纖揉了揉自己臉頰，頓時，臉頰緋紅，她展顏一笑，輕快興奮地走進去。

看在秋水眼裡，總覺得寧櫻是裝的，繼而又覺得不對。府裡發生的事情寧櫻知之甚少，哪懂其中彎彎繞繞？她垂眼，跟著寧櫻走了進去。

上輩子，她身邊除了金桂、銀桂，其他都是老夫人藉著寧靜芸的名義送的，熟人相見，說不上波濤洶湧，她仍然選了那些人，只是最後，目光落在那名叫翠翠的丫鬟身上時，心思恍惚。

「妹妹既然覺得好，就她了，妳運氣好，這幾日正是莊子往府裡送人的時候。祖母念著妳剛回來，特意讓妳先挑選，等妳挑完了，再問其他院子有沒有缺人？」寧靜芸順勢點了翠翠的名字，算起來，加上金桂，寧櫻身邊的丫鬟配齊了，兩個一等丫鬟，四個二等，兩個粗使丫鬟和兩個粗使婆子。

寧櫻情真意摯地道謝。「有勞姊姊和老夫人惦記，櫻娘銘記於心。」她的視線掃過那些稚嫩的臉頰，心生感慨，目光停在翠翠身上，若有所思地對寧靜芸道：「娘想和妳說說話，姊姊沒事的話，和我一起回梧桐院吧！」

寧靜芸心裡只有老夫人，鐵定是不會去的，寧靜芸不去，她才好早些回去，實在是她太過好奇聞嬤嬤到底是何人了。

果不其然，下一句，寧靜芸便拒絕了她。

「祖母病著，喜歡聽我唸書，一時半刻走不了。母親回府，一年半載不會離開，何愁尋不到說話的機會？妳選了人，我回去和祖母說一聲，剩下的得送到其他院子去。」

寧靜芸吩咐身邊的婆子將人送走，處事有條不紊，眉目賢淑，像極了大戶人家的主母，可惜上輩子，寧靜芸未能如願。

寧櫻帶著挑選的幾人往回走，避開了翠翠的名字，不知該以何種心情待此人？翠翠對她是忠心的，為了她甚至差點沒了命，最後，走到那步田地，並非她所願。

第五章

梧桐院，尚在門口，寧櫻就被裡面一身菊紋繡花長裙的婦人所吸引，那人看上去三十多歲，背影溫厚，站姿從容，即使背著身，寧櫻也能感受到她慈眉善目的暖意，沒想到，她竟是自己的奶娘。

黃氏餘光瞥見寧櫻站在門口，止住了話題，嘴角噙笑地朝寧櫻招手。「妳不是嚷著要見妳的奶娘嗎？快來瞧瞧。」

聞嬤嬤聞言轉過身，臉上的笑意越發慈祥。「這就是六小姐了？亭亭玉立，奴婢都不敢認了。」

說著，低頭屈膝，恭敬地朝寧櫻行禮。寧櫻不由自主地走上前，扶住了聞嬤嬤，喉嚨有些發熱。

「瞧這孩子，怕是忘記小時候妳伺候她的事情了，沒認出妳來。」黃氏拉過她的手，替她順了順因為走路而略微飛揚的碎髮。「妳身邊缺人，聞嬤嬤回來就不走了，往後，娘不在妳身邊，什麼事可與聞嬤嬤商量……」

話沒說完，就看見一顆顆淚珠往下掉。黃氏心下驚訝，定睛一看，卻是寧櫻眼眶通紅，抿唇哭泣，淚跟斷了線的珠子似的，順著臉頰滑落。黃氏蹙了蹙眉，手滑至寧櫻臉頰，聲音越發柔和。「好端端地怎麼哭了？」

看向門口的秋水，秋水盈盈屈膝，如實稟報道：「小姐自幼沒離開過您，怕是聽您說往後不在她身邊才哭的。」

黃氏哭笑不得，掏出手裡的絹子，輕輕替寧櫻拭去眼角的淚痕，輕聲解釋道：「娘手邊還有其他事，再者，妳年紀不小了，住在梧桐院像什麼樣子？過兩日我稟明老夫人，旁邊的院子空著，妳搬到那邊，離得近，想娘過來就是。」

寧櫻晚上常作惡夢，黃氏信了秋水的說法，覺得當務之急是去南山寺上香，祈求菩薩保佑寧櫻平安才是。

寧櫻心緒久久不能平靜，望著聞嬤嬤稍顯圓潤的臉頰，又忍不住紅了眼眶，哽咽道：「聞嬤嬤……」

聞嬤嬤和藹一笑。「老奴在。」

「好了，別哭了，不是帶丫鬟回來嗎？讓聞嬤嬤敲打一番，過些日子再放在妳身邊伺候。」黃氏拍著寧櫻的手，感慨地看向聞嬤嬤。「妳下去找吳嬤嬤說說話，好些年不見，她也怪想妳的。」

聞嬤嬤低頭稱是，俯首走了出去。

望著那張臉，寧櫻想起了更多。她身子不太好說起來還是聞嬤嬤先發現的，剛和譚慎衍成親，她性子開朗，譚慎衍乃沈默寡言之人，常常是她在說，譚慎衍聽，日子久了，外面傳出她是妒婦，攔著不讓譚慎衍納妾的名聲，她有心不予理會，可耐不住身邊人一而再、再而三提起。那段時間，頭髮掉得厲害，她以為自己是思慮過重沒有休息好的緣故，經過黃氏的事情後，她對大夫格外排斥，是聞嬤嬤私底下請了大夫來為她診脈。

那時候的聞嬤嬤是青岩侯府的管事，和她的奶娘八竿子打不著關係。

聞嬤嬤的身上還有其他事，黃氏不想她知曉，上輩子，直到黃氏死，聞嬤嬤都沒有現身，這次回來想必是發生了什麼事。

黃氏臉上漾著如沐春風的笑，站起身，拉著寧櫻走到門邊，比劃了腳下的位置。「妳若有喜歡的刺繡，明日讓吳嬤嬤去庫房弄扇屏風安置在這兒。妳姊姊可說了什麼時候過來？」

寧靜芸不搭理她，黃氏能理解，換作她，心裡對拋棄自己的爹娘也會存著恨。小時候的寧靜芸是個黏人的，守著她能安安靜靜在屋裡坐半天，小孩子愛玩的心性，寧靜芸半點都沒有；然而，那樣黏她的女兒卻被她丟在府裡十年不聞不問。

「姊姊說得空了就過來。娘，不如櫻娘去榮溪園照顧老夫人，叫姊姊過來陪您如何？」

黃氏不被寧靜芸傷透心不會醒悟，寧靜芸的性子被老夫人養歪了，她想讓黃氏早點看清寧靜芸的為人，老夫人生病，她去榮溪園侍疾說得過去。

黃氏一怔，眉峰稍顯凌厲。「說什麼呢，妳祖母那兒規矩多，妳去榮溪園，哪有妳說話的分？」

老夫人心懷鬼胎，寧靜芸畢竟是她一手養大的，有利用價值不會心生歹意，而寧櫻不同，老夫人豈會給寧櫻好臉色瞧？

寧櫻沒有說話，黃氏以為自己嚇著她了，頓了頓，語氣軟和下來。「妳祖母身邊的人多，不差妳，府裡還有大房、二房，哪輪得到妳身上。」

從榮溪園領回來的丫鬟不見蹤影，金桂也不見了，寧櫻沒有多問，她對聞嬤嬤身上的事情極感興趣，夜裡不和黃氏一起睡了，將東邊的屋子收拾出來，讓聞嬤嬤陪著，黃氏既高興又失落，多少有些吃味。待聽聞嬤嬤稟告說寧櫻打聽她在京城這十年發生的事情後，黃氏收起了酸味。

「她對什麼都好奇，妳記得別說漏了嘴，否則平白生出事端來。對了，暗地做手腳的人一點消息都沒有？」

黃氏想不明白，誰會在背後偷偷幫她？

聞嬤嬤替黃氏捶肩。常年幹活的緣故，黃氏身上的肉結實，聞嬤嬤的力道有些輕了，如隔靴搔癢，她擺手道：「妳坐著說吧，這事到底是有心人為之還是巧合？」

「照我說，估計是巧合。清寧侯府乃二等侯爵，侯爺還算年輕，這幾年做出功績說不定還能往上升一升，府裡的人不就是看準這個才應下這門親事的嗎？」聞嬤嬤鬆開手，恭順地站在黃氏跟前。說來諷刺，她在京城等了十年才等到這個契機，結果被人誤打誤撞搶了先，望著黃氏枯瘦的臉頰，聞嬤嬤心裡一陣悔恨。「若奴婢早日想到法子，您和六小姐也不會在莊子上吃這麼多苦。」

莊子是寧府名下的，山高皇帝遠，莊子的管事只怕沒少給黃氏臉色，想到這些，聞嬤嬤只覺得氣血翻湧。「她們欺人太甚，這筆帳總要找人算清楚，明明不是夫人您做的，憑什麼冤枉到您頭上？」

「這事不急，我擔心的是芸娘。清寧侯府和寧府各有所需，府裡不是沒有和芸娘同齡的女子，她卻偏生挑中芸娘，內有蹊蹺，這樁親事我不答應便不作數，她利用芸娘，我便叫她丟盡寧府臉面。」

黃氏臉上帶著狠絕，聞嬤嬤領會過黃氏的手段，知道她的能耐，只是這件事情談何容易？雙方應下的親事好端端地作罷，會損了寧靜芸臉面，一個壞了名聲的小姐，什麼都沒有了。

回寧府的日子不如莊子自在，加上寧櫻有心結，夜裡翻來覆去睡不踏實，夢境中，反覆看見照鏡子的她，面色灰白，望著鏡子，眼裡盡是哀戚之色，很快，嘴角溢出了暗紅色鮮血，不住地咳嗽，像要把心臟咳出來似的。

晨曦的光剛灑下一室灰白，茉莉花色的被子下，一顆腦袋冒了出來，趴在床邊，摀著嘴劇烈咳嗽，恍恍惚惚輕喚了聲「金桂」。

聞嬤嬤挑開桃粉色棉簾，提著燭檯大步過來。「小姐別怕，又作惡夢了，您再睡會兒，時辰還早著，今日府裡宴客，晚些去榮溪園給老夫人請安。」

聞嬤嬤放下燭檯，蹲下身，輕輕替寧櫻順背。昨晚寧櫻也是這般，反覆醒來咳嗽。聽著熟悉又陌生的聲音，寧櫻瞇了瞇眼，好一會兒才適應屋內的明亮，盯著聞嬤嬤溫柔的臉頰，嗓音乾澀道：「我要鏡子……」

不看看她自己的模樣，總覺得現在的日子是場夢，而她滿頭烏黑的秀髮全部脫髮，光禿禿的，什麼都沒有。

聞嬤嬤不知寧櫻從哪兒學來的習慣，好在她心思轉得快，前兩晚寧櫻醒來兩次找鏡子時，她便拿了一面巴掌大的鏡子擱在寧櫻的枕頭下，寧櫻伸手就能拿出來，聞嬤嬤手伸向枕頭，不忘提醒。「枕頭下，小姐記著，往後要的時候伸手拿就是了。」

聞嬤嬤扶著寧櫻坐起身，抓過一個如意靠枕墊在寧櫻背後，安慰道：「夫人說，明日就去南山寺上香，小姐莫害怕，明日就好了。」

蔥白般的手輕握著銅鏡，寧櫻目不轉睛地盯著銅鏡裡的人。眉若新月，顧盼生姿，不點而朱的唇抿著，銅鏡中的少女明豔清麗，重要的是，一頭烏黑柔順的秀髮散落在兩側，黑亮黑亮的，她抬起手握著自己的秀髮，喃喃道：「真好，都在，什麼都在。」

聞嬤嬤以為寧櫻擔心自己的容貌醜，小聲道：「小姐生得好看，有點像夫人，又有點像三爺，最是好看不過了。」

寧靜芸和寧櫻生得好看，兩人隨了黃氏和寧伯瑾的長處，眉目如畫，精緻得很，比大房、二房的小姐要好看。

聞嬤嬤收起鏡子，勸寧櫻再睡會兒。「府裡來客，您是主角，有得忙，趁著這會兒時辰早，多睡會兒，我放下簾帳。」

照過鏡子，寧櫻心裡的石頭落地，看聞嬤嬤將鏡子放在枕頭下，她才躺好，手探向枕頭下，甜甜一笑。「好，時辰到了，妳記得叫我。」

「老奴記著，小姐睡吧！」

晨光熹微，蕭瑟清冷的院子傳來灑掃的聲響，窸窸窣窣，甚是惹人煩躁。

床榻上，寧櫻掀開被子，揉了揉惺忪的眼，星眸轉動，看清頭頂的簾帳後才恢復了清明，掀開簾帳，沙啞地朝外喊了聲。

「小姐醒了，老奴服侍小姐穿衣。」聞嬤嬤聞聲而來。榮溪園送的人黃氏不放心安置在寧櫻身旁，可不好明面上拂了老夫人的好意，只有暫時留著，待尋著適合的機會逐一打發，這兩日都是她伺候寧櫻的。

黃氏和寧櫻回府的宴會是給外面人瞧的，老夫人有心操辦，宴請的賓客多，衣衫是前兩日備好的，迷離繁花絲錦長裙，領口、衣袖處拿金絲線勾勒出兩圈繁複綠葉，裙上百花綻放，美不可言，如姹紫嫣紅的春，昭示著生機勃勃。

寧櫻跟著黃氏去到榮溪園，裡面已是歡聲笑語，丫鬟挑開簾子，正好遇見大夫人柳氏和二夫人秦氏出來。柳氏穿著玉渦色雙繡緞裳，髮髻珠翠適宜，恰到好處地彰顯出她沈穩端莊的舉止；秦氏和柳氏齊肩，妝容與之不相上下，兩人皆雍容華貴，而她們對面的黃氏，裝扮則太過普通了些。

柳氏瞧見寧櫻，眼裡閃過驚豔，像不知怎麼招呼她，動了動唇，視線落在黃氏身上，笑盈盈點了點頭。「三弟妹來了，客人們快到了，我和二弟妹去外面迎客，妳回屋裡陪著母親。」

黃氏頷首，側過身讓兩人先出門，隨後才和寧櫻進了屋子。越過雙面繡的屏風，看老夫人精神矍鑠地坐在黃花梨雕花紋羅漢床上，暗青色的祥雲圖案馬面裙整潔地散落在身旁，脊背筆直，臉上掛著淺笑，威嚴不失溫和。

她和黃氏的到來讓老夫人止住了話，眼神帶著些許滿意地望著她，語氣親暱，像真心待她好。「小六來了，過來坐，妳年紀小，這種鮮豔的衣衫穿在身上正適合，靜芸眼光好，妳可得好好謝謝她。」

寧櫻漾著笑，提著裙襬緩緩上前給老夫人行禮，動作行雲流水，一氣呵成，與府裡正經的小姐並無出入，老夫人越發滿意。「好、好，快過來，在祖母跟前坐下，今天來的都是些親朋好友，妳別害怕，跟著靜芸，她會照顧妳的。」

府裡宴客，老夫人自持身分，自然不會和一群未出閣的小姐玩，實則京城規矩多，像辦這種宴會，多是長輩和長輩一塊兒，小輩和小輩一塊兒，美其名曰不拘束小輩，以免她們不自在。

寧櫻緩緩起身，扶著黃氏起來，眉目含笑道：「老夫人，我不懂規矩，在您身邊怕給您丟臉，今天來的客人多，不能叫她們看了笑話不是？」

老夫人看似慈眉善目，心腸卻是個歹毒的，寧櫻不想整日陪老夫人逢場作戲。

「妹妹，祖母賞識妳，妳常年不在府裡，今日多結交些朋友有何不可？」寧靜芸坐在右側凳子上，摩挲著手腕的玉鐲，面容沈靜，語氣卻不甚好，指責寧櫻狗咬呂洞賓，不識好人心。

老夫人佯裝氣惱地瞥了眼下首的寧靜芸，呵斥道：「小六剛回府，膽子小，妳別嚇著她了，今日多給她引薦幾位其他府裡的小姐，儘早融入這個圈子才是正經。」

寧靜芸垂眼，恭謹地回了聲是，寧櫻卻能感覺她落在自己身上的目光帶著怨氣。

有她和黃氏在，氣氛微冷，一時之間無人說話，皆垂著眼，沈思不語。

不一會兒，外面傳來鬧烘烘的腳步聲，寧靜芸理了理衣角，從容大方地站起身，緊接著，簾子被拉開，走進來一群雍容貴婦，笑意盎然地給老夫人見禮，屋裡熱鬧起來。

寒暄一圈，眾人的目光不約而同落在她與黃氏身上，其中一名身著暗紅色褙子的婦人問道：「這就是府裡的六小姐了？真真生得好看，眉目間和靜芸有些相似，仔細瞧又覺得不像。」

寧櫻認識她，清寧侯府的侯夫人陳氏，上輩子差點成了寧靜芸婆婆的人。

寧櫻不卑不亢地施禮，只聽陳氏又道：「旁邊這位就是芸姊兒的母親吧？妳將六小姐教養得很好，和她姊相比不差。」

黃氏善意地笑了笑，不疾不徐道：「多謝程夫人稱讚，程小姐聰慧動人，您是有福氣的。」

黃氏不願意得罪陳氏，尤其她是寧靜芸未來的婆婆。

漸漸又來了許多人，寧靜芸通達人情，招呼著大家去東側的八角亭子，亭子坐落在寧香園中央，共有三層，站在高處，能俯瞰整個寧香園的景致，假山樓閣，亭臺水榭，籠罩於青蔥枝葉間，清幽雅致。寧香園是平日寧府待客的院子，朝東經過一片蘭花園，入了拱門就是寧府的書閣，裡面的書應有盡有，和寧府來往的人沒有不喜歡去寧府書閣的。

寧靜芸臉上掛著生為嫡姊的溫婉，主動執起寧櫻的手往外面走，端莊穩重，儀態萬千。大家都是妙齡女子，正是愛美的年紀，亭子四面通風，冷得鼻子通紅，二、三樓備有炭火，然而，眾人明顯更想去書閣，景致何時都能看，而書閣的書卻是不能，加上又來了好些人，個個花枝招展，端莊高貴，明裡暗裡露出要去書閣的心思。

「五姊姊，大家既然想去，不如我們就去書閣。昨天傍晚我遇見三叔從外面回來，看樣子今日不會出門了，妳讓丫鬟找三叔拿鑰匙，三叔不會拒絕的。」

說話的是大房的嫡女寧靜芳，年紀與寧櫻同歲，比她稍微小幾月，寧府的七小姐，甚得柳氏寵溺，久而久之有些驕縱了。上輩子她在府裡的難堪，前面是寧靜芸給的，後面就是這位七小姐了。

寧櫻打量著眾人神色，默不作聲。

在場的人都是矜持有度的小姐，哪好意思越過主人開口？這也是為什麼大家想去而不敢把話挑明白的原因。沒想到寧靜芳直截了當地說出來，眾人心下赧然，目光閃躲地看向別處。

寧靜芸為人八面玲瓏，哪不懂大家的心思，瞅了眼急不可耐的寧靜芳，打趣道：「明明是妳等不及了，怎麼把事情推到大夥兒身上？說吧，是不是昨日看我爹回府，妳就打這個主意了？」

寧靜芸心思活絡，三言兩語就把事情拋給了寧靜芳。

寧靜芳故作不滿地噘著嘴，上前晃著寧靜芸的手臂，撒嬌道：「妳就說答應不答應，我可與妳說了，三叔在府裡，妳不答應，三叔也會答應的。」

兩人一番對話，氣氛熱絡不少，寧靜芸鬆開寧櫻，朝亭外的柔蘭揮手，後者會意，轉身朝寧伯瑾的住處走去，寧靜芳立即笑得眉眼彎彎。「我就知道五姊姊心裡是有我的。」說完這句，有意無意看了眼寧櫻，眼裡帶著挑釁。

上輩子便是這樣，寧靜芳是府裡最小的嫡女，刁蠻跋扈，處處與自己作對，什麼都要拿出來比較，回憶間，耳邊傳來寧靜芳得意的嗓音。

「六姊姊，書閣有各式各樣的書，妳也是感興趣的吧，可我聽說莊子裡沒有夫子，不知書閣的那些書，六姊姊看得懂不？」寧靜芳收起臉上的笑，彷彿想起什麼似的，摀住了自己的嘴，眼裡卻閃爍著幸災樂禍。

她這般，惹來不少人注目，更有甚者，湊到寧靜芳耳朵邊嘀咕起來，寧櫻聽兩人耳語了一陣，不時斜眼掃過自己，她眉目低垂，處變不驚。

交頭接耳中，不遠處的青石磚路上傳來男子的說話聲，透過青蔥樹木，隱隱看到為首的男子一身青色長袍，側頭和右側的寧伯瑾說著話，眉目間盡是與年齡不符的嚴謹，寧櫻喜不自勝，抬了抬腳，下意識要走過去。

近水樓臺先得月，薛墨來寧府，她就能找著機會讓他給黃氏看病，念及此，她深吸一口氣，握緊拳頭，抬腳，目光堅定地走了過去。

薛家這兩年極得聖寵，想巴結薛府的人數不勝數，可薛慶平深居簡出，不和各府往來，原配死後一直不曾續弦，府裡沒有張羅事情的主母，家眷也不與後宅人往來，令那些有意結交薛家的人找不著門路。

薛墨是薛慶平唯一的兒子，也是六皇子的小舅子，今日主動找上門，寧伯瑾頓覺蓬蓽生輝，自要小心款待。

「書閣的書乃我閒來無事蒐集的，不曾仔細過目，不知有沒有你要的書？」

薛墨抬了抬如遠山的眉。「前兩日無意間聽人說起，那人語氣肯定，應不會假；況且，寧府書閣在圈子裡是有名的，有孤本也不足為奇。」

聽見這般含蓄的稱讚，寧伯瑾笑意溢於言表，便開始介紹書閣的布局，驀然，眼角留意薛墨停了下來，他也一怔，抬起頭，見寧櫻站在不遠處。

寧伯瑾怔了怔，忘記要說什麼，血濃於水，親情總是抹滅不掉的，側頭解釋道：「這是小女，剛回府。」

薛墨理了理手腕衣袖，上下端詳寧櫻兩眼，若無其事地收回目光，但黑色眼眸分明閃過驚詫。

寧伯瑾對朝堂之事不甚上心，然而生於寧府，識人眼色的本事還是有的，發現薛墨的目光在寧櫻身上停了兩眼，他心思一轉。「小六兩歲就隨她娘去莊子養病，前幾日才回來，不通曉京裡人情世故。」

「不礙事。」薛墨垂著眼，輕輕勾了勾唇，回想第一回見面寧櫻說的話，玩味地笑了笑，意有所指道：「小姐溫婉端莊，眉目間有兩分眼熟。」

寧伯瑾喜上眉梢。「薛小太醫喜歡四處遊歷，和小女有過兩面之緣也沒什麼好奇怪的。」說著，招手讓寧櫻上前，眉目間盡是為人父的慈祥。「小六過來見過薛小太醫。」

寧櫻大喜過望，笑靨如花。

「三叔好生厚此薄彼，我們也在，怎偏生點了六姊姊的名。」

身後傳來聲近似咄咄逼人的嗓音，寧櫻反應不及便被人推開，寧靜芳提著裙襬，面色緋紅如桃花從自己身前走過，後面其他小姐們似赧似羞地捣著面，時不時偷偷看前面的薛墨。

「靜芳，不得無禮，快過來給薛小太醫見禮。」寧伯瑾言語雖多為斥責，眼底卻無半分不悅，不難聽出他對寧靜芳的喜歡。

寧靜芳落落大方走上前，幾步後在薛墨身前停下，屈膝微蹲，不緊不慢行了半禮；緊隨寧靜芳，寧靜芸也走了過去，比起寧靜芳的嬌羞，她舉手投足更顯高貴。

寧伯瑾含笑地點了點頭，解釋道：「我與薛小太醫去書閣，方才外面送了幾盞菊花過來，這會兒估計到榮溪園了。」

男女有別，寧伯瑾不是拎不清的，尤其，身旁這位可是個不近女色的，得罪他豈不是得不償失？

「女兒明白，正好這會兒起風了，正準備換個地方呢！」寧靜芸嘴角掛著得體的笑，隻字不提大家準備去書閣的事。

薛墨在京裡小有名氣，生於富貴卻不驕不躁，年年四處給人診脈看病，又有譚侍郎和六皇子當靠山，身分尊貴，薛墨要去，她們不好湊熱鬧，故而準備領著大家去榮溪園。

寧櫻被隨後而來的小姐擠開，落在最後面，眼瞅著寧靜芸轉身引大家走向榮溪園，她心下皺眉，卻聽寧伯瑾道：「小六回京不可荒廢了學業，妳與我一道選兩本書吧！」

平日這話聽著，大家只認為是寧伯瑾要考察寧櫻功課，然而薛墨在，這話聽著總覺得是別有用意了，其中緣由，不得不叫人浮想聯翩。

便是前面的寧靜芸也停了下來，略微不贊同地看著不以為然的寧伯瑾，皺眉道：「今日來的姊妹眾多，爹有什麼事不如等明日再說？」

眾人嘴上不說，她卻看得明白，寧櫻要真是和寧伯瑾走了，明日京城上下就該議論寧櫻了。傳出去只會給寧府抹黑，更別說還有些不太好的過去，只有寧櫻的名字便足以讓大家翻出寧府的陳年舊事，一位是生她的母親，一位是養她的祖母，不管誰占了上風，於她來說都是丟臉的事。

念及此，她轉身走了回去，執起寧櫻的手，姊妹情深地往榮溪園走。

「靜芸，小六隨我去書閣，妳們自己先玩。」寧伯瑾乃和善溫良之人，即使寧靜芸駁了他的意思，臉上也絲毫沒有惱意，盡是慈和祥。

寧靜芸回眸瞅了寧櫻一眼，輕輕捏了捏她的手，示意她吭聲，寧櫻不為所動，低垂著眼，如扇的睫毛在臉上投下黑影，外人看去，只覺得寧櫻面色羞紅，遲疑不決。

靜默片刻，寧靜芸鬆開了寧櫻的手，笑意不減道：「正好，上回翻閱了本《千草集》甚是有趣，煩勞六妹妹順手為我取來。」

《千草集》顧名思義，記載了自古以來民間流傳的花草樹木，其中不乏有藥引，寧靜芸一句話算間接解釋薛墨來薛府的目的。

寧櫻暗地勾了勾唇，佩服寧靜芸的八面玲瓏，不管人心裡如何想，至少明面上叫人抓不到把柄。

寧櫻幾不可聞地應了聲，和寧伯瑾一塊兒去了書閣。經過蘭花園時，薛墨側頭掃了旁邊垂目抿唇的寧櫻一眼，目光鋒利，像要看透她似的。寧櫻抬頭，友善地笑了笑。

「據聞六小姐常年不在京城，不知六小姐這些年住哪兒？」薛墨瞇了瞇眼，細長的眼裡閃過幽光，語氣輕描淡寫。

一旁的寧伯瑾有片刻停頓，解釋道：「小六的娘生了場重病，不得不出京調養，放心不下小六，遂讓她跟著前往，小太醫可聽過蜀州？蜀州氣候宜人，最適合靜養，小六和她娘住了十年……」

「蜀州……」薛墨暗暗重複著這兩個字，低眉思忖，深沈的眼底盡是不解。

書閣環境清幽，獨棟的閣樓，只有兩個負責守院子的侍衛。

寧伯瑾打開門的剎那，一股淡淡的檀香味撲鼻而來，寧伯瑾轉身吩咐小廝備茶，屋裡只剩下寧櫻和薛墨。

收起一身溫潤，薛墨渾身散發著陰冷之氣，眼底更是一片晦暗。「前兩日我遇到位穿著寒磣的小姐，對方稱家裡親人病重，煩勞我幫忙診脈，說來也巧，對方容貌竟和六小姐有七、八分像。」

寧櫻坦白道：「當日剛回京，那身衣衫看在薛小太醫眼裡不起眼，卻是我娘一針一線熬夜縫製的，慈母手中線，於你是寒磣，於我卻是我娘全部的心血了。」

薛墨皺了皺眉。「是我說得不妥，不知六小姐家中哪位親人身子不適，既然來了就看看吧，舉手之勞。」

寧櫻喜不自勝，面上卻不顯。薛墨不喜趨炎附勢之人，她若表現得太殷切，只怕會引他厭惡。對上輩子和她交好的人，寧櫻心存感激，即使這輩子關係不如之前，她也不想對方心生厭惡。

寧伯瑾回來，看兩人靠在書架前，相談甚歡，面上難掩喜悅，眼角瞥到小廝端著茶欲進屋，比劃了個噤聲的手勢，毫無聲息退了出去。

「不瞞小太醫，回京途中，家母偶然得了風寒，病情來勢洶洶，吃了藥也不見好，後來不知為何，莫名其妙好了，我覺得蹊蹺，又聽說過薛太醫的名諱，故而才起了心思。」她與薛墨說的每一句都是實話，不曾有半句欺瞞。

薛墨先是一怔，隨即，嘴角漾起抹高深莫測的笑。「既然如此，待我尋到《千草集》便去向三夫人請安。」

寧櫻皺了皺眉。黃氏在榮溪園，薛墨一介男子，去榮溪院少不得引來注目，剛回京，她不想給黃氏惹來話柄，思忖一番，斟酌道：「榮溪院人多，小太醫能不能等等，我去榮溪院叫我娘出來，回梧桐院？」

薛墨掃了眼面色沈靜的寧櫻，眼角不著痕跡地挑了挑，輕輕點了點頭。

寧櫻笑了笑，走過左側書架轉到第二排，黃色書皮陳舊不堪，她蔥白般的手一一拂過褶縐泛白的書角，走了四、五步，她垂下眼，眼神落在其中第二排的書上，蹲下身，手托著書皮兩側，緩緩將書拿了出來，隨意翻閱了兩頁。「小太醫，你瞧瞧是這本嗎？」

思緒聚攏，寧櫻蓋上書頁，遞了出去。

窗外的亮光透過書架在她臉上映上點點斑駁，如扇的睫毛鋪開，濃密烏黑，看在薛墨眼底，寧櫻面容溫婉，十二、三歲的年紀，從杳無人煙的莊子上回府，成為眾人矚目的寧府小姐，該被迷了眼才是，而寧櫻的臉上，絲毫沒有進入繁華後的虛榮。

薛墨想起她初見到自己眼中的欣喜，面上一軟。「走吧！」

寧櫻輕輕嗯了聲，手自然垂在兩側，快到門邊時，啞著嗓音道：「小太醫，我娘的病情古怪，還請你務必多花些時辰。」

薛墨聽出她嗓音帶了哭腔，心中困惑，隨寧櫻出門。寧伯瑾站在飛簷下的石柱邊，慵懶地逗著手裡的鸚鵡，聽到腳步聲，含笑地轉過身來。「找到了？」

薛墨臉上恢復了平靜，禮貌道：「找到了，多虧六小姐幫忙，府裡還有事，我先回府，過兩日就吩咐人送過來。」

寧伯瑾擺手。「又不是什麼稀罕物，送你吧，正好我也要出門，送你一程。」說完，側身將手裡楠木的鳥籠遞給身旁的小廝，朝薛墨拱手，餘光掃到旁邊的寧櫻，寧伯瑾一頓。「小六去找妳姊姊，剛回京，多結交些朋友。」

寧櫻微微福身，望著兩人先後出了書院，在回梧桐院的半途找到了聞嬤嬤，道：「我身子不舒服，先回梧桐院，妳叫三夫人回來。」

黃氏視她如掌上明珠，一定會回來的。

聞嬤嬤一臉擔憂地望著寧櫻，見她面色發白，的確不太好的樣子，回道：「要不要派人請大夫？」話落，察覺不妥，今日的宴是為黃氏和寧櫻接風洗塵，寧櫻這會兒身子不好，傳出去怕會起閒言閒語。

斟酌半晌，聞嬤嬤會意道：「老奴這就去。」

奶娘做事謹慎小心，寧櫻明白她有法子，且薛墨答應她在梧桐院等著就不會食言，她沿著迴廊避開人多的地方，心事重重朝梧桐院走。薛墨如華佗再世，若他不能根治黃氏的病該怎麼辦？有的東西，失去了再擁有，然後再失去，她恐怕會承受不住。

心思千迴百轉，等她到了梧桐院的大門，黃氏已經到了，正和薛墨在屋裡說話，見到她，黃氏起身走了出來，陰冷的天，黃氏額頭卻冒著密密麻麻的汗，想來是急了。

「妳哪兒不舒服，是不是人多嚇著了？別怕，府裡大，伺候的人自然多些，妳當我們還在莊子上就成。」說話間，黃氏已經伸手探了探她的額頭。

寧櫻拉著她的手，如實道：「我沒有不舒服，小太醫醫術高明，娘，讓他為您瞧瞧，路上的時候您不總是咳嗽嗎？快讓他替您看看。」

黃氏心思轉得快，明白這是寧櫻為了叫她過來故意編造自己不適的藉口，哭笑不得道：「娘的身子不是好了嗎？妳讓金桂抓回來的藥都不肯讓我吃，怎麼又想起來了？」

張大夫醫術平平，開出來的多是補藥，補空了身子對黃氏有百害而無一利，寧櫻哪敢讓黃氏吃。

「三夫人，既是六小姐擔心您，不如讓小輩瞧瞧，小輩醫術不如家父，一般的病情還是看得出來的。」薛墨擱下青花瓷的茶杯，不疾不徐開口打斷兩人說話。「三夫人面色略顯疲憊，思慮過甚，六小姐的擔憂不無道理。」

薛墨開了口，黃氏再推辭反而不好，於是在薛墨對面坐下，吩咐秋水再抬凳子來，讓寧櫻挨著她坐下，從容地伸出手。

薛墨眼底精光一閃，手輕輕搭在黃氏脈搏上，寧櫻坐在旁邊，留意著薛墨臉上的表情，屏住呼吸，生怕驚擾了薛墨，一顆心懸在半空，撲通直跳。

片刻，看薛墨抽回手，寧櫻小心翼翼道：「小太醫，我娘沒事吧？」

薛墨輕蹙了下眉頭，即便一瞬即逝仍然被寧櫻捕捉到了，她面色發白。「是不是我娘不太好了？」

黃氏自覺身子沒什麼不適，聽寧櫻這般說也忍不住慎重起來，面色沈著地等著薛墨開口。

「三夫人憂心過重，這種病症說大不大、說小不小，倒是六小姐眼角發黑，臉發白，請抬起手，順便為妳看看。」眼珠轉動，眼裡無波無瀾，薛墨聲音沈穩，莫名叫人覺得安心，像以前很多次號脈那般，寧櫻抬起手，這一次，薛墨診脈的時辰更長，時而蹙著眉、時而舒展，換黃氏心裡不安了。

「六小姐剛回府，多喝茶、飲食清淡些，其他沒什麼大礙，待會兒我開副安神的藥，六小姐和三夫人喝茶時一起飲用即可。」薛墨抽回手的時候，臉上明顯輕鬆不少。

黃氏一喜。「多謝小太醫了。」

送薛墨出門後，黃氏拉著寧櫻，碎唸道：「也不知妳怎麼說動薛小太醫的，方才妳也聽見了，小太醫都說沒事，娘身子骨兒好著，別再胡思亂想了。」

寧櫻想不明白黃氏怎麼突然好了，既然薛墨說沒事，可見是真的沒事了。「知道了，老夫人沒有為難您吧？」

黃氏失笑，手輕輕點了下寧櫻的額頭。「那是妳祖母，什麼老夫人，被外面的人聽到就該亂傳了。今日來的姑娘多，妳選一、兩個可以相交的人做朋友即可，朋友不在多，交心就好。」

母女倆說說笑笑地往榮溪園去了。

第六章

另一邊，走出寧府的薛墨撣了撣肩頭的灰，隨手將手裡的書一拋，身後多出一雙手，穩穩將其接住。

「回去告訴你家主子，那母女倆身子沒有大礙，別上戰場的時候分心沒了命。」男子一身青衣，恭順道：「小的記住了，薛爺妙手回春，有您親自跑一趟，奴才也好回去交差。」

薛墨側頭，斜睨男子一眼。「黃氏母女被寧府送去莊子，什麼時候入了你家主子的眼了？福昌，你家主子縱然到了說親的年紀，可那六小姐身板平平，你家主子好這口？」

福昌退後一步，為難道：「世子的事，奴才也不知。」

他說的是實話。邊境動盪，皇上派譚慎衍領兵打仗，一切都好好的，誰知，譚慎衍看了京城的消息後，要他快馬加鞭回京叫薛墨來寧府為兩人看病，言語間盡是慎重，即使從小跟著譚慎衍，他也不懂譚慎衍心裡想什麼？

「你不說也不打緊，算日子，他過年總要回來的，到時我替你問問。」薛墨轉過身，輕佻地揚了揚眉。

譚慎衍為人古板，最是厭惡人打聽他的私事，福昌可以想像薛墨問出這話後，他這個年怕是不好過了。

背過身，薛墨臉上恢復了冷漠，想起什麼，招了招手，福昌小跑上前。「薛爺有什麼吩咐？」

「你家主子既然對人家上了心，你可要好好盯著，寧府水深，別等到你家主子回來，那兩位卻死了。」他和寧伯瑾走到中途，沒少聽一些閒話。黃氏和寧櫻的處境不容樂觀，好友難得有入眼的姑娘，雖然，那姑娘的確有些小了，薛墨覺得，如何也要給好友提個醒。「那位六小姐叫寧櫻，寧府正正經經的小姐哪怕是庶出都有『靜』字，嫡出的六小姐卻單名櫻字，寧府的水深著呢！」

福昌皺了皺眉。他常年跟著譚慎衍，哪有心思理會官員後宅之事，抿了抿唇，順勢道：「主子若有吩咐，奴才自然是要做的。」

看福昌老氣橫秋的，薛墨沒了興致，擺手道：「罷了罷了，你家主子那性子，百密無遺漏，說不定早就吩咐其他人做了，回侯府記得把你主子上月得來的好茶送來，不枉我辛苦走這一遭了。」

「已經差人送去府上了。」福昌低頭看向手裡的書，試探道：「這本書，薛爺準備如何處置？」

「作戲做全套，既然借了，你就趁著這兩日謄抄出來吧，我答應寧三爺過兩日還，福昌啊，你不會叫我言而無信吧？」

福昌叫苦不迭。譚慎衍領的是刑部的差事，這種謄抄之事他哪會？愁眉不展道：「這是自然。」

薛墨擺手，徐徐上了馬車，回府第一件事便是叫人將青岩侯府送來的茶泡上。他以為是多了不得的事，結果是給人看病，若非寧櫻主動，他想搭上兩人的脈搏只怕還要費些工夫。接過小廝遞上來的茶，薛墨掀開茶蓋，拂了拂上面的茶泡。譚慎衍最會算計人，這是第一次敗在他手裡，慢慢抿了口，只覺通身舒暢，半眯著眼，呢喃道：「不怪他捨不得，自己摘的茶味道就是好，比進貢的茶要好喝。」

身旁的小廝接話道：「主子的心情好，這茶可謂是錦上添花了……」

「你去打聽打聽，什麼時候譚爺去過蜀州？」薛墨翹起腿，靠在椅子上，半眯著眼，細細琢磨譚慎衍和黃氏母女的關係。兩人一塊兒長大，譚慎衍去過哪些地方他心裡清楚。蜀州？從未聽譚慎衍提起過。

小廝頷首，福身道：「是。」

傍晚，寧府的喧鬧隱去，又恢復了寧靜，陰沈沈的天際露出少許的紅。

鬧了一日，老夫人精神不濟，飯桌上吃了兩口便由寧靜芸扶著回去了，走之前，意味深長地瞥了眼黃氏，語重心長道：「小六走的時候年紀小，沒有正經的名字，如今年紀大了，寧櫻這個名字不好。」

寧府人口多，七歲不同席，吃飯時男女分桌，中間安置了扇落地大插屏，另一側的寧國忠聽見這話，抬了抬略微迷濛的眼，興致頗高。「這有何難。寧靜櫻，這名字就不錯。」

府裡藏不住事，老夫人也知道薛墨為黃氏和寧櫻診脈的事情了，薛家人丁單薄，薛慶平在太醫院，不問朝堂之事，卻極得皇恩，若能籠絡薛府，個中好處不言而喻，故而老夫人才會款語溫言地說這番話。

「是。」黃氏點頭應下，臉上一派雲淡風輕，像早在她意料之中，又像漠不關心，聲音透過雙面繡的屏風傳出。

寧國忠分辨不清黃氏臉上的表情，又道：「都是一家人，過去的事情就算了，外面局勢複雜，別鬧出么蛾子叫外人看了笑話，要知家和萬事興。」

寧國忠點到即止，黃氏低下頭，收斂起眼中情緒。

夜幕低垂，華燈初上，抄手遊廊一側掛滿了燈籠，光影隨風搖曳，稀稀疏疏的影壁上，或明或暗，黃氏提著燈籠，細細和寧櫻說起接下來的打算。「明日我讓吳嬤嬤帶人將旁邊的院子收拾出來，過兩日，再給妳置辦幾身衣衫。妳琴棋書畫樣樣不會，明日我和老夫人說說，請個夫子進門教妳。」

黃氏不擔心寧櫻的教養，而是擔心她目不識丁出門被人嘲笑。大戶人家最是注重詩書禮儀，寧櫻沒有出色的地方很難在京中立足。

寧櫻走在靠牆的位置，偏過頭，望著自己投在影壁上的身影，漫不經心地揮了揮手，影壁立即有黑影閃過。「聽娘的。」

黃氏為了她好，寧櫻分得清，即使她心裡不願也不會拒絕。都說讀書明理，而有的人書讀得多了，心卻越來越黑，整日算計鑽營。她心願很小，和黃氏平平安安活著就好，至於其他順其自然即可。

黃氏會心一笑，眼裡有些濕潤，喉嚨發熱。「都是娘連累了妳。」

剛去莊子，她心力交瘁，對寧櫻疏於管教，凡事都由著她，不知不覺就這樣過了十年，她以為對寧櫻好的，或許不見得是對的。

手輕輕滑過寧櫻髮髻上的簪子，黃氏感慨道：「再過些時日就好了。」

寧櫻嫣然一笑，伸展三根手指，彎下大拇指和食指，讓黃氏看影壁。「小太醫說您憂心過重，您莫太過傷神，我好著呢！」

影壁上現出山羊的形狀，維妙維肖，黃氏哭也不是、笑也不是，又問起寧櫻白天結交了哪些人？

回到梧桐院，寧櫻去後罩房洗漱，出來時發現寧伯瑾來了，他喝了酒，臉頰微紅，溫文儒雅的臉越顯柔和，他和黃氏各坐一側，相對無言。寧櫻上前給寧伯瑾行禮，側頭瞥了眼手搭在膝蓋上、別開臉的黃氏一言不發。

「剛才，爹把我叫去書房訓斥了一番。妳既然回來了，我一直住在姨娘院子不合規矩，過兩日等旁邊院子收拾出來，我就搬回來。」醉酒的緣故，寧伯瑾聲音模糊，臉色平靜，沒有當日看見黃氏的氣憤，不知情的人看見這一幕，只以為是對相敬如賓的夫妻。

可寧櫻清楚事實並非如此。寧伯瑾待人隨和，那些人中卻不包括黃氏和她，寧伯瑾對她們厭惡至極，這番話，明顯不是寧伯瑾清醒時能說出來的。

黃氏冷冷一笑，不置可否，站起身，召來門口的丫鬟。「三爺喝醉了，送他出去。」

聞言，寧伯瑾圓目微睜，手搖搖晃晃地指著黃氏站了起來，身形不穩，想發火又有顧忌似地垂下了手，耐著性子道：「話我說清楚了，也該走了。」

經過寧櫻身邊時，寧伯瑾步伐微滯，細長的目光上下打量著寧櫻，想說點什麼，欲言又止，到了門口，拒絕了丫鬟的攙扶，獨自走了出去。

待身後的光淡了，他才雙手撐著腿趴下，大口大口喘著粗氣，回眸望了眼晦暗不明的院子，低聲道：「金端，你有沒有察覺三夫人好似客氣許多，換作往日，早就冷言冷語相向了，哪像方才那般好說話？」

金端跟著寧伯瑾好多年，明白自家主子心裡怕什麼。「莊子上日子不好過，三夫人怕是想清楚了；何況，三夫人明白五小姐能有這門親事是靠著寧府得來的，再大的怨氣也該消了。」

「怨氣？」寧伯瑾抬眸，臉驟然一冷。「她去莊子上贖罪乃咎由自取，她有臉怨恨？你是沒聽說莊子上的事情，莊子上的人被她收拾得服服帖帖，我寧府的下人，對她點頭哈腰不敢有半點不敬，她可不是個省油的燈。」

金端自知失言，連連點頭附和，寧伯瑾撐起身子，撣了撣衣襟。「算了，有的事情和你說了也沒用，她這回最好老老實實的，否則，哼……」

說到後面，寧伯瑾轉身望著院子，眼裡閃過害怕。他懼怕黃氏多年，哪是一時半刻就改得過來的，想起往日黃氏拿著荊條打他的情形，寧伯瑾只覺得身子發顫，冷風吹來，彷彿後背添了兩道傷口，又冷又疼。「走了、走了，今晚去月姨娘院子。」

月姨娘年輕，身子緊緻，床榻間最是勾魂，想著這個，寧伯瑾臉上的懼意盡消，晃著步子，腳步虛浮地朝一旁的甬道走去。

翌日一早去榮溪園請安，黃氏提起給寧櫻請夫子的事，老夫人應承得爽快，她對京中人情知之甚少，請夫子的事情由柳氏主動攬在身上，省下她不少心思，順便，黃氏說了去南山寺祈福的事情，老夫人也沒拒絕。

黃氏想，應該是那日薛墨過來，讓老夫人有所忌憚了。

待梧桐院旁邊的院子收拾出來，院子不大不小，勝在屋子敞亮，離湖邊不遠，夏天時，湖面的風吹來，不會熱，寧櫻搬過去第一天就改了院子名字。

「桃園的名字雖好，可這院子沒見著一株桃樹，年後，我讓花房送幾株桃樹過來應景。」

寧櫻趴在窗櫺上。「娘，種幾株櫻桃樹吧，往後，您製作香胰子過來摘櫻桃花就成。」

黃氏好笑，上前掩上一半窗戶。「櫻桃樹也成，只要妳喜歡。過幾日那些丫鬟就過來了，若有人不安分，妳只管與奶娘說，她知曉怎麼做。」

「我記著了。」

話語落下，身著一襲橙色襦裙的秋水走了進來，手裡提著兩包藥。秋水將藥擱在桌上，打開外面包裹的暗黃色的紙，取了一小袋出來。「薛府的小廝送了兩包藥來，說給夫人、小姐熬成藥，沖著茶喝的，奴婢這就去廚房。」

「秋水，讓吳嬤嬤去吧！」寧櫻看了眼，叫住了秋水。

黃氏聽出不對勁，像是怕秋水惹麻煩似的，她不由得好奇。

面對黃氏，寧櫻信口胡謅道：「聽府裡的下人說，廚房的人多是些老媽子，仗著在府裡待了多年，最是看不起人。吳嬤嬤素來不吃虧，她去廚房鐵定錯不了，秋水長得好看，別被那些不長眼的冒犯了。」

黃氏蹙起了眉頭。回府短短幾日，寧櫻竟然懂這些了，黃氏看向秋水，見她搖頭不知，想了想道：「妳的擔心不無道理。秋水，往後有什麼事情就交給吳嬤嬤她們吧，妳待在我身邊。」

秋水點了點頭，拿著草藥走了出去。「奴婢給吳嬤嬤送去。」

見過莊子、鋪子管事，黃氏將今年收成的銀兩拿了回來。流言出來的日子巧，逼得老夫人不得不在年前接她們回來，若是年後派人去接她們，今年的收成全給了寧靜芸，黃氏手裡沒有銀兩，只有靠府裡的月例過日子，像她和黃氏是府裡正經的主子，一個人一個月六兩銀子，加起來十二兩，說少不少，可真要辦事，卻是難。

想起月例，寧櫻突然想起一件事情來，問聞嬤嬤。「府裡的小姐從生出來第一個月就有月例，我和夫人離開京城十年，府裡不會剋扣我們的月例吧？」

聞嬤嬤是聰明人，當即就明白寧櫻話裡的意思，笑道：「若鬧起來，老夫人不會坐視不理，六小姐想要那筆錢？」

寧櫻毫不隱藏自己心思地點了點頭，她有自己的算計。黃氏十年不理會田莊、鋪子的事情，老夫人暗中派人操縱那些管事；今年，黃氏從管事手裡拿回來的銀錢並不多。

「管著月例這一塊的是大夫人，小姐莫要和大夫人硬碰硬，否則吃虧的還是自己。錢財乃身外之物，依著夫人的本事，再過兩年，鋪子就活了，您別擔心。」聞嬤嬤替寧櫻理好衣衫。

今日，黃氏說好去南山寺為老夫人祈福，真正的緣由是為寧櫻求平安，聞嬤嬤伺候寧櫻，自然知曉寧櫻半夜醒來咳嗽之事，清醒後就沒事，然而咳嗽那陣子撕心裂肺，像要把心都咳出來似的，聞嬤嬤聽著都覺得難受。

寧櫻不懷疑黃氏的本事，然而叫她嚥下這口氣卻是不成，旁人在乎名聲，她卻是不在乎的。「奶娘，我心裡有數。」

「奶娘就怕妳惹了不該惹的人，吃虧。」

聞嬤嬤慈眉善目，和記憶裡那個勸自己好好過日子的敦厚管事一模一樣，想到前世聞嬤嬤陪伴她那麼多年，她到死都不知曉這就是自己的奶娘，鼻子忍不住一酸。「奶娘，妳怎麼在京城住了十年都不來找我和夫人呢？熊伯兩個兒子都來了呢！」

她不過有感而發，聞嬤嬤卻險些落下淚來，背過身，指了指自己眼角，故作輕快道：「奶娘不是說過了嗎，家裡出了點事走不開，奶娘即使不在，心裡卻時刻惦記著小姐和夫人的，這不，您和夫人一回來，奶娘就回來了？」

寧櫻張了張嘴，望著聞嬤嬤眼角的褶皺，懂事地伸出手，摟住聞嬤嬤腰身。「回來就好。」

上輩子，黃氏和秋水死了，熊伯死了，吳嬤嬤投奔親戚走了，就剩下金桂陪著她，金桂再好，都不是陪她度過幼年童趣的人，心底始終少了份從小到大的情分，聞嬤嬤則不同。

聞嬤嬤嘆了口氣，順著寧櫻的頭髮。「所幸回來了，往後不會再發生類似的事情，小姐放心吧！」

想到這十年，聞嬤嬤垂下頭，神色複雜。

「奶娘替我梳個好看的髮髻，去南山寺上香，妝容精緻些總是好的。」不想沈浸在悲傷中，寧櫻抬起頭，眼巴巴望著聞嬤嬤。

聞嬤嬤被寧櫻一雙濕漉漉的眼睛看得心頭發軟，哪說得出拒絕的話來？

黃氏去南山寺名義上是替老夫人祈福，而寧靜芸孝順，為老夫人祈福的事自然義不容辭。寧櫻和黃氏穿過弄堂，就看見寧靜芸穿了身素色衣衫，髮髻上只插了兩支木簪子，極為素淨；而寧櫻則張揚得多，粉紅大朵簇錦團花芍藥紋錦長裙，外面罩了件桃紅色外裳，白皙的臉略顯紅潤，妝容精緻，宛若桃中仙子，寧靜芸不禁蹙起了眉頭。

向黃氏見禮後，她端詳寧櫻兩眼道：「南山寺乃佛門清淨之地，妳的裝束太過豔麗……」

「心誠則靈，常人凡胎所以為常人凡胎，便是因為易被眼中所見迷了心，佛祖慧眼如炬，豈是膚淺之輩？姊姊不用操心。」寧櫻故意穿這身衣衫有意不讓寧靜芸舒服，另一方面是告訴府裡眾人，她不懂規矩，往後別拿規矩壓她。

府裡的都是聰明人，會懂她的意思。她的話何嘗不是指責寧靜芸有眼無珠，放著真正對她好的人不聞不問？

南山寺在京城以南，上山有九百九十九臺階，馬車沒法上山，男女老幼，凡入寺都要自己走或坐轎子。

寧靜芸戴上紗帽，待外面的丫鬟掀開簾子才提著裙子緩緩走出去，寧櫻緊隨其後。

站在山腳，仰望青翠蒼鬱的林蔭小道，寧櫻只覺得恍如隔世。那些石階和木階，上輩子她懷著虔誠的心一步一步往上祈求黃氏不要死、祈求佛祖給她一個孩子、祈求自己能再多活幾年，她許下的所有願望，皆不曾實現。

黃氏牽著她，趁熊伯牽著馬車去旁邊客棧，黃氏簡單介紹下南山寺的地形，輕聲道：「時辰還早，咱慢慢走，累了就休息一會兒。」

南山寺香火鼎盛，路上遇見打掃石階的僧侶，黃氏和寧靜芸一一頷首施禮，寧櫻站在一旁，算不上失禮，卻也絕不是虔誠。上山的路被清掃得乾乾淨淨，路過一處水池時，寧櫻忍不住轉頭望了過去。池子裡的水清涼見底，映射著淡淡的黃光，盛傳是佛祖修行時的汗水，能治百病，路過的人都會過來飲一口以求無病無災。

「櫻娘，那邊叫平安池，咱們過去休息一會兒，順便掬一捧水喝。」黃氏細聲向寧櫻解釋。

寧靜芸已經走了過去，留下個清冷孤傲的背影，黃氏眼眸一轉，強顏歡笑地拉起寧櫻的手，輕聲道：「靜芸，妳也喝些，有佛祖保佑妳們姊妹平平安安，娘心裡就踏實了。」

寧靜芸默不作聲，到了池子邊，掀開紗帽前傾著身子，手順著石縫中流出的水流向下，平攤開手掌，掬了一捧湊近嘴邊，抿了一小口就鬆開了手，緊接著接過丫鬟遞過來的巾子擦拭了下嘴角，又將紗帽放下，舉手投足高貴典雅。

寧櫻想，寧靜芸的氣質，她一輩子都模仿不來。

喝了水，三人休息一會兒繼續往上，到山頂已是晌午了。山裡霧氣重，山間更冷，南山寺大門金碧輝煌，後門處卻靜悄悄的，毫不起眼，已經有管事的打過招呼，有位僧侶站在門口候著。寧靜芸記得此人名叫圓成，是南山寺守後門的人，平常有夫人、小姐上山居住，皆是他招待的。其人性子古怪，他眼中沒有達官貴人，皆一視同仁。

寧靜芸取下頭頂的紗帽，中規中矩地將雙手在胸前合十道：「家母與我們姊妹兩人會在這南山寺住幾日，一切有勞圓成師父了。」

「施主客氣，裡面請。」

進入南山寺後門是一處偌大的院子，綠竹環繞，五步一景，十步一庭，煞是幽雅別致；往裡是二門，二門左側有間屋子，裡面橫豎幾排的櫃子，內裡疊放著被子、褥子；再往裡走，就是獨立的拱門和小院子。

寧靜芸回眸看著寧櫻。「妳和母親稍等，我與柔蘭去拿換洗的枕頭、被子。」

南山寺僧侶多，而這處管理的只有圓成一人，平日有自恃身分的人大吵大鬧，為了住處相持不下，結果被南山寺執法主持逐出南山寺，且一輩子不得上山，那次事情後，大家不敢仗著這處只有圓成一人為所欲為，來的人都恪守寺規，安分守己。

圓成坐在門邊的蓮花凳子上，盤腿而坐，像是在打坐。

寧櫻感到好笑，慢悠悠走了過去。「圓成師父。」

一雙深沈的眼睜開，目不轉睛望著她，寧櫻盈盈一笑。「圓成師父好。」

圓成的脾氣出了名的古怪，有人說他犯了戒規，在南山寺人緣不好才被派來守門招待後宅婦人；寧櫻知道是外人對圓成的偏見，捕風捉影的次數多了，加上大家以訛傳訛，假的也成了真的。

圓成抬起頭，多看她兩眼，滿意地笑了起來。「來寺裡上香祈福之人生怕穿得太過豔麗惹得佛祖不快，妳倒是個反其道而行的，一身紅衣，不怕得罪了佛祖？」

「佛祖不是小氣之人，且河池荷花朵朵嬌豔欲滴，說不定佛祖喜歡亮色。你剛才是在睡覺嗎？其實你睡覺也沒什麼的，佛祖也常常睡覺，所以很多時候都聽不到大家的祈求，年年都有乾旱、水患、雪災、疫情……」

所以，佛祖才沒聽到上輩子她許下的那些願望。

圓成來了興致，鬆開腿，站了起來，眼裡含著促狹。「我沒有睡覺，我在聽佛祖講禪。」

寧櫻無所謂地聳聳肩，她都聽見鼾聲了。舉目望去，青山綠水皆籠罩在薄薄雲霧中，如夢如幻。「圓成，山裡景致一年四季沒什麼變化，你會不會看累了？」

圓成眼裡閃過詫異，隨即釋然。「施主這就說錯了。春日萬物復甦，山裡萬紫嫣紅、鳥語花香；夏日樹林成蔭，舒適宜人；秋日青黃相間，不見蕭瑟；冬日冰天雪地、白雪皚皚。四季分明，每一天的景致皆不相同，施主怎麼認為沒什麼變化呢？」

寧櫻思忖半晌，頓道：「看天知天，日子久了，再複雜多變的景致在心裡也是一樣的。」

見圓成許久沒有說話，寧櫻失笑道：「別想多了，我胡謅的，看你一個人守著，總覺得是寂寞的，其實有四季景色為伴，你並不寂寞。」

圓成依舊沒有吭聲，寧櫻轉過身，朝著南山寺敲鐘的方向望去，聽身後圓成唸了句什麼，她沒有聽真切。

圓成看似古怪，實則最好相處，只是許多人沒發現罷了。

來南山寺燒香禮佛的人多，院子時常有人住，桌椅、牆壁打掃得乾乾淨淨，趁著丫鬟們整理被子的空隙，寧櫻向黃氏開口說想要出門轉轉。

「山裡地形複雜，妳不識得路，坐會兒喝杯茶，待會兒我陪妳在周圍轉轉。」黃氏推開窗戶，側身看向院子裡含苞待放的金菊，轉頭對檢查桌椅是否乾淨的寧靜芸道：「園中盆栽精緻，還未撤下，應該剛有人搬走，是乾淨的，妳用不著檢查。」

「母親和妹妹坐著吧，我隨意瞧瞧。」寧靜芸我行我素，確認桌椅上沒有灰塵又去了另一間，不一會兒走了回來。

這時候，拱門邊傳來一道清脆的嗓音。「芸姊姊，妳們都收拾好了？我們在山下看見寧府標誌的馬車，一問才知是妳來了。」

一身月牙白服飾的程婉嫣走了進來，臉上漾著天真明媚的笑。

看見未來的小姑子，寧靜芸掉頭走了回去，聲音一如既往的端莊，解釋道：「祖母身子不適，我來為祖母祈福，妳怎麼來了？」

寧靜芸的目光盯著程婉嫣身後，並沒程家其他人的影子。

「我隨祖母一起來的，我祖母近日心神不寧，說來禮佛。」想到什麼，程婉嫣湊到寧靜芸耳朵邊說了句。

寧櫻瞧著寧靜芸臉頰泛紅，又瞋又羞地瞪了程婉嫣一眼，寧靜芸和清寧侯府的親事定在明年，能讓寧靜芸臉紅心跳的也就只有清寧侯府世子了。

不過，此處是女子休息的地方，男子不得入內，哪怕是清寧侯府世子也進不來，除非想被南山寺攆出去，清寧侯老夫人是個注重顏面的，這種事萬萬做不出來。

黃氏也瞧見程婉嫣了，輕輕招手示意程婉嫣上前。「程家小姐也來了，可是和程夫人一起來的？」

寧靜芸臉上閃過不自在，程婉嫣倒是不覺得有什麼，矮了矮身子，行了半禮，如實道：「晚輩隨祖母一塊兒來的，我們住在最右側，三夫人得空了可來那邊找我祖母說說話。」說完，朝寧櫻眨了眨眼，撲閃的大眼睛煞是可愛。

寧櫻莞爾一笑，笑著點了點頭。

往後清寧侯府和寧府將成為親家，清寧侯府的老夫人來了，黃氏身為晚輩，不去請安傳出去不好聽。

叫寧靜芸和寧櫻到跟前，黃氏沈思道：「程老夫人來了，我們過去請個安再回來。」

程老夫人住的院子有一條木板鋪成的小道，右側是院牆，有枝幹伸入牆內，為泛黃的白色牆壁增添了少許生氣。

寧靜芸叮囑寧櫻道：「程老夫人生得和藹可親，妹妹到了跟前不可無理。」

「我知道。」寧靜芸極看重這門親事，否則不會為了這門親事和黃氏鬧僵，母女感情關係徹底破裂，寧櫻哪敢當面砸她的場子。

小道盡頭的院子裡栽滿了菊花，高低不一卻錯落有致，甚是好看。

程婉嫣站在走廊上，裹著件披風，不時吩咐屋裡的丫鬟小心別弄壞了東西。

寧靜芸扯了下程婉嫣手臂，嚇得程婉嫣原地跳了起來，認清楚是寧靜芸後，臉上的表情由怒轉喜。「芸姊姊來了？我正叮囑她們呢！」

「過來給老夫人請安，老夫人不在屋裡？」

「在呢，在屋裡坐著呢！丫鬟們還在收拾，屋裡有些亂，還請妳見諒。」程婉嫣挽著寧靜芸手臂，眉開眼笑進了屋。「祖母，您瞧瞧誰來了，前兩日您沒見著芸姊姊不是還念叨嗎？這會兒可要好生瞧瞧。」

寧靜芸站在門口，並未隨程婉嫣進屋，而是等黃氏和寧櫻走近了，才抬腳走了進去。程老夫人是個厲害人，否則也不會極力促成寧靜芸和世子的這門親事。

「晚輩寧黃氏帶靜芸和櫻娘過來給老夫人請安。」

老夫人瞇著眼，兩腮的肉擠得唇角往中間嘬著。「快起來吧，剛回來，怎麼不在家多休息一陣子？」

黃氏直起身子，微笑道：「大病初癒回京，過來拜拜心裡踏實。」

外人眼中，她是惡疾纏身才去莊子上休養的，不管老夫人知不知道其中內情，明面上過得去就好。

聞言，老夫人果然沒有揪著這件事不放，繼而問起其他。黃氏進退有度，不得不說，十年的光陰，足夠改變一個人的性子。寧櫻待在黃氏身邊，聽吳嬤嬤、秋水說了些黃氏年輕時候的事情，換作以前，黃氏可沒心思和老夫人寒暄。黃氏性子直，不喜歡客套話，偏偏後宅中的人慣會弄些算計鑽營，為此，黃氏吃了不少的虧，日子久了，黃氏已懂得如何收斂鋒芒，和人打交道了。

幾番話下來，床鋪收拾乾淨了，老夫人一大把年紀，走上來實屬不易，黃氏不好打擾她休息，領著寧靜芸和寧櫻回去了。

黃氏出了院子，指著右側的角門道：「這門進去就是寺裡的花房了，裡面栽種了各式各樣的植物，有些娘都叫不出名字呢，櫻娘若感興趣，可以去裡面轉轉，別走遠了。」

寧櫻隨意朝裡面瞅了眼，卻露出驚喜來。「娘，裡面有櫻桃樹呢，也不知誰種的？」

黃氏最愛製作櫻桃花香胰子，莊子裡日子清閒，每年摘櫻桃那幾日算得上是寧櫻最開心的時候了，鳥雀多來啄櫻桃，寧櫻便吩咐人搬來梯子，和秋水一人守在兩邊的樹上，有鳥來就晃一晃樹枝，靠這個，能打發一天的時間。

可惜，京裡的人喜歡吃櫻桃卻不喜歡種櫻桃樹，難得看見有櫻桃樹，寧櫻不由自主往裡面走，最裡面的角落裡，圓成正在給樹苗施肥，鼻尖有股淡淡的臭味，寧櫻大步上前，眼裡閃著晶瑩剔透的光，臉也因此生動起來。「圓成，你種櫻桃樹了？山裡來的樹苗嗎？」

圓成並未抬頭，小勺小勺地施著肥，外面，寧靜芸擔心圓成不喜，正準備開口為寧櫻說兩句打圓場的話，卻聽圓成道：「有施主請我種的，說是明年準備送人，念是故交，拒絕不得，我便應下了。」

寧櫻一臉失落。「是幫別人種的呀……」

即使櫻桃樹的葉子全部掉光了她也一眼認了出來，或許和她名字裡帶櫻字有關。

圓成停下手裡的動作，抬眼掃過寧櫻光潔的額頭，抿唇笑道：「小姐若是喜歡，我倒是可以勻出一株來送妳，我那位朋友要求嚴苛，不見得所有的都能入他的眼，他不要的，我可以送給小姐。」

寧櫻面露喜悅，真心實意道：「圓成，謝謝你。」

「不用謝，我也是看小姐合眼緣罷了。」說完這句，圓成轉頭繼續做手裡的事情。

寧櫻站在一旁，朝黃氏和寧靜芸招手。「娘，您和姊姊先回吧，我在這兒待著。」

黃氏無奈，只得和寧靜芸先走了，難得找著話和寧靜芸說：「我和櫻娘到了莊子，看櫻桃花開得正豔，便為她取了這個名字，沒承想，她與櫻桃花真是有緣，有人喜歡紅似火的海棠，高潔的蘭花，寒冬飄香的梅花，喜歡櫻桃花的，除了櫻娘還真沒聽說過有其他人。」

「各人有各人的愛好，櫻桃花有櫻桃花的好，我看妹妹能結交上圓成師父這號人，對她以後來說也是種幫襯。」

南山寺地勢高，一路上來都有住處，然而，這一處是最靠近南山寺大堂的，皇上、皇后駕臨住的也是這處，圓成為人灑脫恣意，在皇上跟前都不肯奉承兩句，可見其性子之剛硬。

黃氏垂下眼，眼神複雜難辨。跟在老夫人身邊久了，寧靜芸待人處世難免學了老夫人做派。「她和誰結交我不在意，對方沒有惡意就好，身分、地位不過是暫時的，以心換心比什麼都重要。」

寧靜芸臉色一沈，見四下無人，含沙射影道：「我做人便是這樣，不管什麼人和事，對自己有利就好。以心換心？人心複雜，親生爹娘尚且能拋棄自己孩兒，何況是別人，母親說世上有什麼值得人信任的？」

黃氏一怔，明白寧靜芸誤會她的意思，張口想解釋，寧靜芸已往前走了，黃氏苦澀一笑，吩咐身旁的秋水追上。「妳跟上看看，山裡人少，別出了什麼岔子。」

「是。」

旁邊的柔蘭也抬腳欲追上去，被黃氏喝住了。「妳留下，有秋水在不會出事的，我屋裡床下結了蜘蛛網，妳去打掃。」

見柔蘭面露遲疑，黃氏沈眉，冷斥道：「我使喚不動妳是不是？」

「奴婢不敢，可奴婢自小陪在小姐身邊，她這會兒又在氣頭上，奴婢不跟上去，心裡放心不下。」柔蘭面上焦急，若非清楚老夫人的為人，黃氏說不定真以為她是個忠心護主的。

敏銳聽出柔蘭話裡的意思，黃氏臉色越發陰沈。「妳從小陪在靜芸身旁？」

黃氏冷笑出聲。老夫人使的好手段，離京時，她留下身邊的陪嫁服侍寧靜芸，又提拔了兩個信任的丫鬟，結果，老夫人早幾年就打發她的人，在寧靜芸身邊安插自己人，一時之間，黃氏沒了耐性，冷道：「妳膽敢追上去，回到府裡我就有法子打發妳，看看是我厲害，還是老夫人厲害？」

她原本想等打聽清楚清寧侯世子秉性後再與老夫人算帳，這會兒她忍不住了，說完，她頭也不回地朝拱門走。柔蘭站在原地，不知所措，踟躕片刻，終究退了回去，低眉屈膝地給黃氏打掃屋子去了。

花房離得不遠，圓成和寧櫻將兩人的對話聽得清清楚楚，圓成忍不住打量寧櫻兩眼，看她面色冷靜，水潤的眸子波光瀲灩，並未被外面的對話影響好心情，不由得好奇。「外面起了爭執，施主一點都不擔心？」

「家家有本難唸的經，我人微言輕，說什麼都是微不足道的。圓成，我娘的丫鬟出門了，我要出門瞧瞧。」

「血濃於水，關心就是關心，何須裝作不在意的樣子？施主去吧，老僧還能笑話妳不成？」

寧櫻並非是擔心寧靜芸，是怕秋水出事。上輩子秋水怎麼死的她都不知道，這輩子定要把人看牢了，尤其清寧侯世子也在，那位的名聲可是拿錢砸出來的，真實的性子如何，瞭解的人少之又少。

偏偏，她就是這少之又少中的一位。

第七章

出了大門，左右兩側各有一條路，寧櫻想，依寧靜芸的性子鐵定不會往山下走，便選擇了左側那條路。沿著青石磚慢慢往下，她速度不快，左拐入一片楠竹林，聽見前面傳來說話聲，她側著耳朵，提著裙襬，躡手躡腳朝前面走。

寧櫻躲在樹叢後，只見寧靜芸一臉嬌羞地低著頭，而她身旁的秋水則面有難色。對面的男子一身天青色直綴金絲鑲邊長袍，腰間束了一條白色腰帶，上繫著吉祥如意玉珮，文質彬彬，相貌堂堂，此刻正晃著手裡的摺扇，丹鳳眼裡散著濃濃情意，一雙眼放在寧靜芸身上再難挪開。定睛一看，不是清寧侯世子又是誰？

「世子怎麼到此？」寧靜芸已經沒了和黃氏爭執的氣惱，被滿滿的嬌羞所取代。而旁邊的秋水，不滿清寧侯世子盯著寧靜芸直勾勾看的目光，善意提醒道：「男女有別，還請世子避嫌。」

「這位丫鬟說得是。」嘴裡應著，清寧侯世子回答得卻漫不經心，眼睛略微不悅地掃過秋水，待看見秋水姿色不差，眼神一亮。「這位丫鬟叫什麼，以前怎麼沒見過？」

這話聽在秋水耳裡算得上輕浮了，便是寧靜芸也忍不住抬頭看了秋水一眼，見秋水沈著臉，目光陰沈，她的心直往下掉。清寧侯世子話裡的輕佻她哪會聽不出來，偶遇的羞赧化作蒼白，很快，又恢復了平靜。

「她是我娘身邊的丫鬟，隨我出來散散心，世子，若無事的話我先回了，被人瞧見終歸不好。」

寧櫻原本以為清寧侯世子是個會裝模作樣的人，誰知第一次在秋水跟前就露出了原形，眼瞅著雙方要分道揚鑣，正準備抬腳往後退，誰知，清寧侯世子擋住寧靜芸的路，說出的話叫寧櫻瞠目結舌。

「還請五小姐留步。我倆已經說親，明年就是一家人了，何況這兒人煙稀少，遇著既是緣分，不如好好說說話。我並無冒犯之意，看這位丫鬟姿色出眾，以為是寧老夫人為妳挑的陪嫁，不由自主多看了兩眼。」

大戶人家的規矩，挑選出來的陪嫁不管美醜，多是為了鞏固自己在夫家的地位，不怪清寧侯世子亂想。柔蘭的容貌也是出挑的，食色性也，何況清寧侯世子本就是好聲色犬馬之人，大多數人不清楚，乃是因為清寧侯老夫人手段好，懂得想法子堵住部分人的嘴巴，又勒令清寧侯世子不准在外面亂來，這才沒有流言蜚語傳出來罷了。

清寧侯世子看寧靜芸臉色不好看，細細琢磨，主動認錯道：「是我說話逾矩了，還請五小姐別放在心上。送祖母上山，想起這片竹林聲音悠悠，隨意轉轉，沒承想遇著妳了。」

清寧侯世子收斂起臉上輕佻，又恢復了翩翩公子的姿態，甚至規矩地給寧靜芸作揖道：「五小姐既然想轉轉，我不好作陪，過些日子，府裡辦宴會，還請五小姐賞臉。」

寧靜芸面色一紅，幾不可察地點了點頭。秋水始終鐵青著臉，待清寧侯世子走遠了，才提醒寧靜芸道：「今日之事得告知夫人，清寧侯府……」

「秋水。」寧櫻走出去，打斷了秋水接下來的話，秋水為人正直，真要把接下來的話說出口，怕是會讓寧靜芸記恨上。「秋水，我娘說她帶了本書出來，妳先回去替她找找，我陪姊姊說一會兒話吧！」

愛美之心人皆有之，清寧侯世子貌若潘安，難怪寧靜芸迷了眼，旁觀者清，她一眼就能看出清寧侯世子並非良配，何況見多識廣的老夫人。

「姊姊，妳總認為娘對不起妳，是老夫人含辛茹苦將妳養大，這門親事，老夫人為妳千挑萬選，可妳對其中陰私知曉多少？」

「妳想說什麼？」

「日久見人心，姊姊好生看著吧！」

話落，身後傳來腳步聲，寧櫻轉頭，眸子裡映出一身藏青色衣袍的男子，她怔了怔。

「暫別幾日，六小姐不認得在下了？」薛墨長身玉立，束髮金冠，下巴清理得乾乾淨淨，清冷的面上似笑非笑。

寧櫻回過神，福了福身，安之若素道：「我哪會忘記，不知小太醫也在。」

不知薛墨來多久了，她與寧靜芸的對話算得上私事，被薛墨聽去多少會覺得不自在。若薛墨比她先來，豈不是將程雲潤的輕佻之語也聽去了？

薛墨來這處好一會兒了，甚至比程雲潤先到，坐在後頭的小河邊垂釣，誰知聽到不該聽的，正欲離去，餘光多了抹身影。

薛墨瞭解程雲潤其人是「金玉其外，敗絮其中」。程侯爺厚積薄發，想再上層樓，對後宅約束甚是嚴苛，偏老夫人溺愛程雲潤這個嫡親的孫子，凡事多順著他，久而久之，程雲潤就有些不知天高地厚了。程老夫人擔心兒子知道後對孫子下手，使了手段攔住風聲，故而提起清寧侯世子，外人多以溫潤如玉稱讚。

薛墨想起剛剛想勸諫寧靜芸的丫鬟。一個丫鬟在小姐跟前批評未來姑爺，少則被訓斥，多則被杖責，寧櫻是護著那個丫鬟才挺身而出的。

薛墨漫不經心道：「既然遇見了，我隨六小姐走一遭吧，當日為妳和三夫人開了藥方後我沒細看，昨日我去藥房清點草藥才知，其中一味草藥受了潮，為以防萬一，重新給妳和三夫人看看總是好的。」

寧櫻不解，偏頭看了薛墨兩眼。薛家世世代代都是大夫，府裡的下人們也多通醫理，府裡的草藥雖是由下人打理，但薛墨愛藥成癡，經過他手的藥素來是他自己採摘，自己研磨不假手於人，因此當秋水說藥是薛府小廝送過來時，她沒有懷疑過藥會不會被人下毒。

薛墨眼底閃過意味深長的光。「六小姐可有什麼疑惑？」

「沒，小太醫開了口，自然是要依從的。」寧櫻想，這輩子她對薛墨而言不過是個無足輕重的人，他自己研磨收藏的藥千金難求，不給她和黃氏乃情理之中，沒什麼好困惑的。

女子住宅，男子不得入內，薛墨卻當個沒事人似的，大大方方進了院子。「我和圓成師父乃是舊識，既然來了，總要打聲招呼，煩勞六小姐回屋將三夫人叫到院子裡來。」話完，輕車熟路地拐進花房。

「妳陪小太醫轉轉，我去知會母親一聲就成。」寧靜芸神色緩和不少，隻字不提程雲潤之事。

寧櫻清楚寧靜芸是想讓她和薛墨攀上關係，低下眼，抬腳朝左側院子走。「小太醫和圓成師父估計有話說，我在場不適合，走吧，我和妳一道。」

另一邊，薛墨進了花房，嘖嘖稱奇道：「他隨口胡謅的，你還真盡心盡力找了幾株櫻桃樹來？」

這會兒的薛墨，臉上哪有半分肅穆，撩起袍子，席地而坐，朝彎腰幹活的圓成道：「我今日給你捎了好東西，保管你喜歡。」

圓成抬起頭，三十而立的臉上溫潤一笑。「你渾身上下最值錢的也就那身醫術，能有什麼好東西？」

「身為出家人，怎麼開口閉口離不開滿嘴銅臭味？」薛墨掐了根枯黃的草葉含在嘴裡，嚐了嚐味道：「白茅藥性不算重，好處卻不少。南山寺就這點好，即便路邊的雜草也是藥，你真有閒情逸致侍弄幾株櫻桃樹，不如替我侍弄幾株珍貴的草藥？慎之能給你的，我也能給，如何？」

圓成翻了個白眼，就著身上的衣衫擦了擦手上的泥，挨著薛墨坐下，抬頭仰望頭頂陰沈沈的天，揶揄道：「慎之答應我明年去茶莊為我摘半斤好茶，你能？」

「他真魔怔了，為了幾株櫻桃樹而已，這種承諾都給。」薛墨眼神微詫，目光轉向光禿禿的櫻桃樹，問道：「你說他是不是思春了，心裡看中了哪家的姑娘，為了討人家歡心才費盡周折弄櫻桃花出來？」說完又覺得不對。「沒聽說誰家小姐喜歡櫻桃花的，他整日忙著抓人、審訊犯人，會不會沒弄懂人家小姐的喜好？」

圓成理著自己衣衫，目光若有所思道：「他的心思向來深沈，心底想什麼只有他自己清楚。你怎麼有空過來了？」

薛墨一言難盡，感慨道：「拿人錢財與人消災，我也是替人跑腿的。」

福昌傳譚慎衍的話要他為黃氏母女診脈，初診後脈象並無異常；兩日後，福昌暗示他，黃氏母女倆中毒了。薛墨自認為算不上華佗轉世，對各類毒素還是有所耳聞的，黃氏和寧櫻的脈象正常，確確實實沒事，思來想去，只有再跑一趟，那句草藥受潮不過是應付寧櫻的說詞，他打聽到黃氏要來南山寺祈福，乘機追了過來。在京城，到處都有人的耳目，堂而皇之去寧府，平白惹來身麻煩，薛墨不是自找麻煩之人，當然不會蠢到去寧府。

攤開袍子，圓成取下腰間的一個水壺遞給薛墨。「你乃六皇子小舅子，能叫得動你的人屈指可數，那句拿人錢財想來是不假了。」

薛墨不置一辭。稍晚，他給黃氏和寧櫻診脈後，薛墨蹙起了眉頭。

看寧櫻目不轉睛地望著他，難掩憂色，他展顏一笑。「並無大礙，藥受潮，藥性淺了，待回京城，我吩咐人將藥送到府上。」

寧櫻道謝，黃氏察覺出不妥，礙於寧櫻和寧靜芸在，並未多說。藥受潮影響藥性這種藉口明顯是個說詞，內裡必有蹊蹺。

等薛墨走了，黃氏湊到吳嬤嬤耳邊小聲道：「妳找機會下山，叫熊伯打聽這幾年，薛府和寧府可有走動？」

她不懂醫術，若有人借薛墨的手毫無聲息地除掉她，她連反抗的機會都沒有。

她語氣凝重，吳嬤嬤聽出其中的嚴重，俯首道：「老奴清楚了。」

黃氏想起什麼，招手道：「記得打聽靜芸身邊的丫鬟、婆子。當初都是對我忠心耿耿之人，得好好安置著。」

「是。」

南山寺環境清幽，秋風過，落葉鋪地，到處金燦燦的，寧櫻一覺睡到天亮，聞嬤嬤高興地向黃氏稟報，黃氏心裡放心不少。

「秋水說得對，櫻娘應該是被髒東西纏身，上香添了香油錢，往後就好了。」

這時候，寧靜芸一身淺綠色衣衫，盈盈進了屋，吾家有女初長成，黃氏欣慰地笑了笑。

「櫻娘還睡著？」

「我起床時她睡得香便沒叫醒她，老夫人在，母親瞧我們要不要去請安？」

換作別人，昨日打過招呼就成了，可那是她未來的夫家，寧靜芸生怕禮數上不周到。

黃氏沈了沈眉，不動聲色道：「老夫人淺眠，醒得早，這會兒已經去寺廟上香了，明日再看看吧！」

秋水和她說了竹林遇見程雲潤之事，黃氏心中不喜，越覺得親事透著古怪，看了眼花容月貌的寧靜芸，輕聲道：「娘自小不在妳身旁，虧欠頗多，昨日那番話並非針對妳，妳莫想岔了。」

寧靜芸不想提過去之事，輕蹙著眉頭，心不在焉地點了點頭，又問道：「不知母親準備何時上香？」

「待櫻娘醒了再說吧！」聽了秋水的話，黃氏不贊同這門親事，哪願意寧靜芸和清寧侯府的人打交道。

寧櫻是被外面淅淅瀝瀝的雨聲吵醒的，掀開簾帳，窗外小雨綿綿，拍打著樹枝，聲音清脆。她撐起身子，喚了聲，看秋水走進來，寧櫻笑了起來。「小雨霏霏，霧色朦朧。秋水，妳見著外面雲霧環繞的山了嗎？」

秋水掛起簾子，笑盈盈道：「見著了，跟聳入雲層似的，清幽靜雅。小姐一宿無夢，想來是環境的緣故。」

簾子掛好，秋水扶著她起身，小聲道：「五小姐和夫人鬧彆扭了，因為昨日和今早的事，待會兒妳勸勸五小姐吧！」

五小姐想早些時候上山，夫人不肯，以下雨路滑為由，說待雨停了再說。五小姐心裡不痛快，從清晨到現在臉色都不太好看，秋水體諒得到黃氏的難處，可惜，五小姐不明白。

「娘為了她好，她自己有眼無珠，秋水以後別拉著她，小心遭記恨。」

清寧侯應承這門親事，除了程雲潤中意寧靜芸，還有其他原因。寧靜芸被程雲潤一張臉蒙了心，她真嫁到清寧侯府，有她恨的時候。

秋水不甚在意地笑了笑，轉身取出衣櫃裡的衣衫，紅唇微啟。「五小姐小時候甚是黏人，夫人走的那會兒她哭得厲害，心裡怪夫人拋下她不管不問才會和夫人使性子，往後明白夫人一番苦心就好了。」

寧櫻冷哼了聲。上輩子，黃氏抱著這個希望，然而到死都沒有等來寧靜芸的原諒，這輩子依舊重蹈覆轍。好在黃氏身子沒有大礙，路遙知馬力，日久見人心，終有一日會看清寧靜芸的性子。

陰雨綿綿，山上霧氣重，抬頭彷彿就能觸著雲霧。

寧櫻給黃氏請安，歡喜道：「山裡清靜，睡過頭了，娘吃過早飯了？」

聽著小女兒的聲音，黃氏立即收起臉上愁容，唇角輕輕勾起一抹笑。「用過了，妳姊姊起得早，我和她一塊兒用的早膳，我讓吳嬤嬤給妳端早膳。」

寧櫻頷首，湊到黃氏跟前，目光落在旁邊梳妝檯上的木梳子。「娘身子可有什麼不適？」

方才秋水替她盤髮時，掉了兩、三根頭髮，她心生不安，誰知秋水說掉髮實屬正常，她的年紀掉了頭髮還會再長，不用太過介意，可她卻懸著心，生怕身子有毛病。

「好著呢，妳莫擔心，再者，小太醫不是昨日才看過嗎？妳別怕。」黃氏只當寧櫻從小和她相依為命，回京城後心裡沒有可依靠的，牽過寧櫻的手，緩緩道：「待會兒娘陪妳出門轉轉，山裡景致好，雨後更甚，妳會喜歡的。」

寧櫻點了點頭。用過早膳，和黃氏出門遇見從外面白著臉回來的寧靜芸，髮髻濕淋淋的，睫毛上掛著水珠，像是哭過。

見著她們，寧靜芸不自在地別開臉。「下雨路滑，母親領著妹妹出來作甚？」

見她嘴角掛著輕蔑的笑，黃氏臉上的笑一僵，滿目悵然。「妳妹妹沒來過，我帶她轉轉，靜芸也一起吧？」

和清寧侯府的這門親事她還在琢磨。程雲潤是個可託付終生之人就算了，眼下看來，並非良配，黃氏自然不會眼睜睜看寧靜芸往火坑裡跳，不過毀親並非易事，還得從頭謀劃，念及此，黃氏語氣越發溫和。「轉一圈，下午咱去上面上香，住兩日也準備回了。」

再過些時日府裡有喜事，寧靜淑出嫁，她身為嬸子，添妝少不了，身為三房夫人，總要回府給柳氏當幫手操辦喜宴才行。

寧靜芸興致缺缺。「母親和妹妹有閒情逸致，我就不跟著了，回屋給祖母抄經唸佛，明早去正殿上香吧！」

寧櫻打量寧靜芸的神色，她眼眶發紅，一臉失落明顯，視線調轉，寧靜芸身後的柔蘭則滿面春風絞著手裡的絹子，主僕兩人臉上的表情可謂是天壤之別。黃氏也發現了，臉色一冷，沈默不語。

最後，誰都沒有出門，寧靜芸在屋裡抄寫經書，黃氏趁著空閒為寧靜芸做衣衫，寧櫻坐在一旁，翻著黃氏遞給她的書。靜謐的房間裡，只有筆落在紙上輕微的聲響，以及不時翻書的沙沙聲。

「夫人，小太醫送藥過來了。」吳嬤嬤手扶著門，探著身子小聲稟報。

聞言，寧櫻抬起了頭，半夢半醒道：「他親自送來了？」

寧櫻聲音低啞迷糊，惺忪的眼神暴露了她打瞌睡，黃氏好笑又無奈地搖搖頭，擱下手裡的籃子，緩緩道：「小太醫為人熱誠，這種事情吩咐身邊的小廝就好，何須親自跑一趟？讓人進來吧！」

吳嬤嬤稱是退下，黃氏想起什麼，又道：「罷了，寺裡規矩嚴格，過來多不便，我隨妳去看看。」

寧櫻順勢起身要跟去，被黃氏制止了。「外面天冷，妳坐著就是，娘很快回來。」說完，黃氏理了理身上的衣衫，和吳嬤嬤出門。

雨停了，偶有雨滴從八角飛簷的亭簷匯成雨滴落下，聲音輕細，黃氏的肩頭淋了兩滴雨，湖綠色的衣衫顏色明顯兩點深色。站在亭外，她端詳著亭子裡的薛墨，目光晦暗，寧府何德何能請得動薛家，薛墨為她診脈應該只是湊巧遇見罷了，想清楚了，她才走上臺階。

「讓小太醫久等了。」

靠著欄杆遠眺的薛墨回眸，恭敬地俯首作揖。「三夫人客氣了，是晚輩粗心大意，才會生出現在的事情來，您和六小姐不責怪即是萬幸。」

對大夫來說，治病救人需要對症下藥，他差點弄錯了。

寒暄兩句，黃氏開門見山道：「小太醫對我和櫻娘的病情如此看重，可有其他原因？」

她吩咐吳嬤嬤給熊伯遞消息探查薛府和寧府的關係，可看薛墨行事凜凜，不像會跟寧府打交道的，故而她才有此一問。

薛墨一怔。「六小姐甚是憂心您的身子，不瞞您說，晚輩去寧府前便見過六小姐了，她請我給您瞧瞧，身為子女，最大的悲哀莫過於子欲養而親不待，我不忍辜負六小姐的一片孝心。」

黃氏心中一熱，記起當日寧櫻口中嚷著請薛太醫給她診脈的事，嘆了口氣道：「她自幼跟著我，約莫是路上那場病嚇著她了，多謝小太醫。」

薛墨側身，提起石桌上的水壺，給黃氏斟了杯茶。「三夫人說的可是回京路上？蜀州離得遠，天冷寒氣重，三夫人生的那場病症狀如何？」

黃氏不由得想起薛墨幼時喪母，應該是看寧櫻擔心自己而想起母親了，才會伸出援手幫她診脈，黃氏不由得心中一軟，輕聲道：「不是什麼大事，馬車漏風，身子受不住就著了涼，之後換了輛馬車，病情就好了。」

「三夫人沒請大夫？」從蜀州北上會經過驛站，吩咐驛站的人請個大夫即可，聽黃氏話裡的意思好似不是這麼回事。

黃氏尷尬地笑了笑，端起茶杯輕輕抿了口茶，緩緩道：「找大夫開了藥，吃過不見好，又急著趕路，身體更差了。」

驛站皆是群狗眼看人低的，她們穿著寒磣，又不給賞銀，那些人陽奉陰違，哪會盡心盡力給她們請大夫？何況黃氏手頭拮据，不敢如官家夫人似地拿藥養著。

薛墨皺了皺眉，轉著手裡的茶盞，淡淡岔開了話。如此聊了一會兒，黃氏覺得薛墨彬彬有禮，為人和善，渾身上下透著股懸壺濟世的善良，恰逢門口有人找薛墨，黃氏怕耽擱他，便起身回去了。

薛墨坐著沒動，仍望著雲霧纏繞的青山，目光漸沈。黃氏的症狀乃中毒之症，若不是福昌提醒，他只當一般病症了。忽地想起寧櫻說家裡親人病重的那番話，不像無的放矢，然而他探查過黃家和寧府，並未有寧櫻說的「病重的親人」，以黃氏路上生病的症狀來看，若不找什麼法子壓制住毒，不出三月就會毒發，接著會像寧櫻說得那般大把掉髮，身子日漸虛弱。

跨出院門，薛墨挑了挑眉，福昌上前，躬身道：「主子來信了，三夫人和六小姐的病情如何？」

「中毒不深，還有救……」說到此，薛墨意味深長地看了福昌一眼。

福昌被看得打了個激靈，低頭上上下下檢查自己的裝扮，期期艾艾道：「薛、薛爺，怎麼了？」

「你家主子慧眼獨具，有意思、有意思。」

福昌聽得雲裡霧裡，朝院內看了兩眼，狐疑道：「那六小姐生得乖巧不假，但我家主子不至於喜歡她吧？」

譚慎衍今年十七歲了，寧櫻還是小姑娘，福昌怎麼想都覺得不舒服。

薛墨高深莫測地搖搖手。「你家主子什麼德行你還不清楚？刑部大牢裡那些七老八十的老太爺都下得了手，何況是姿色不差的小姑娘，就是不知道，你家主子如何認識她的？」

福昌欲哭無淚。但凡進了刑部大牢就沒被冤枉的，天網恢恢，疏而不漏，譚慎衍身為刑部侍郎，做什麼都是為了職務又不是私人恩怨，可寧府六小姐……

「你家主子信裡說什麼了？福昌，我們打賭吧，你家主子心裡有人了，說不定，明年你就有少夫人，過兩年就有小主子了……」

這般怪腔怪調令福昌起了身雞皮疙瘩。譚慎衍成親？至今福昌沒想過，他湊上前，小聲傳達了譚慎衍的意思。

薛墨黑了臉，道：「聽說邊關傳來捷報，你家主子又打了勝仗，可吩咐下來的事，怎麼都像處理身後事似的？」

福昌從懷裡掏出張藍色封皮的信封，抿唇不語。近日看來，譚慎衍確實有些古怪，若非認識譚慎衍的字跡，只怕他都以為是別人冒充的。

薛墨一目十行，看完後便把信還給福昌，正色道：「這件事情得從長計議，你先回京，暫時別輕舉妄動，覆巢之下焉有完卵，一著不慎，滿盤皆輸。」

「奴才清楚，我家主子最近的心思越發難猜了，一榮俱榮，一損俱損，被其他人抓到把柄……」福昌憂心忡忡地收好信紙，面露愁思。

薛墨緊緊皺著眉頭，道：「你去趟邊關，看看是出了什麼事？你家主子不會平白無故起這種心思，怕是遇到麻煩了。」

信上說的事情關係重大，牽扯出的人多，若不能保證全身而退，譚慎衍就是給自己挖坑。

福昌正有此意，聽這話滿心歡喜地應下。「有薛爺這句話，奴才去了邊關也有底氣，只是，寧府的事情還請薛爺多多上心……」

說到這個，薛墨低低一笑，擺手道：「去吧，別看人家嬌滴滴的就覺得好欺負，人家心裡門兒清呢！」

若不是和黃氏說了一會兒話，薛墨都不敢相信寧櫻心思如此深沈。或許寧櫻心裡清楚誰在背後給黃氏下毒，蟄伏不語，十二歲就有如此心計，實屬少見。

薛墨來了興致，想看看她到底是什麼樣的人？

福昌連連點頭，忽略上次薛墨提醒他，好好護著黃氏和寧櫻別叫寧府的給折騰沒了的事。「您說得是，無事的話，奴才先行告退了。」

薛墨點了點頭，和圓成打了聲招呼也準備回去給黃氏和寧櫻配置解藥。原本以為輕而易舉的得利，到頭來，譚慎衍送的那點大紅袍剛好抵上藥材。

譚慎衍那人，不做買賣可惜了。

寧櫻向黃氏打聽她與薛墨在亭子裡聊了什麼，黃氏促狹地點了下她鼻子。「怎什麼都想打聽。回屋娘教妳識字，這次回府，好好跟著夫子學，娘不期待妳琴棋書畫樣樣精通，懂皮毛就成，可唸書識字這塊不能荒廢了。」

有寧靜芸作比較，黃氏覺得她對寧櫻也是虧欠的，目不識丁，傳出去不是叫人貽笑大方嗎？

寧櫻沒反駁，揉了揉挺翹的鼻尖。「好。」

翌日，黃氏她們到寺裡上香，沒遇見程家的人，寧靜芸隻字不提再給老夫人請安之事。添了香油錢，黃氏準備回府，怕寧靜芸不滿，解釋道：「過幾日府裡辦喜事，妳教教櫻娘規矩，別讓她犯了忌諱。」

換作旁人，只怕會以為黃氏嘴裡滿是輕視，而寧櫻卻能體諒。黃氏並非杞人憂天，上輩子她莽莽撞撞，的確做了許多給黃氏抹黑的事，但黃氏未曾指責、抱怨過她半句，而是自責沒將自己教好。寧櫻想，那時候的黃氏如果不是病著，如果不是憂心寧靜芸的親事，也會如現在這般耐心教她，讓她在外人跟前不會自卑，活得快樂些。

「娘，我會好好學的。」

黃氏欣慰地撫摸著她的髮髻。「櫻娘從來就是聽話懂事的。」

寧靜芸抬手轉著手腕的鐲子，繼續沈默。下山時，遇見清寧侯府的下人匆匆忙忙往山上走，黃氏差吳嬤嬤打聽才知清寧侯府老夫人病了，派下人去山下請大夫回來。寧櫻心下疑惑，薛墨就在山上，侯府為何捨近求遠去山下請大夫？

不過，疑惑歸疑惑，她並未說出來，反以餘光打量著寧靜芸。

隔著紗帽，見寧靜芸輕蹙著蛾眉，眉梢略擔憂，小聲道：「吉人自有天相，老夫人連九百九十九級臺階都走上去了，身子該無大礙。娘，我們快些下山吧，天陰沈沈的，估計還要下雨呢！」

「走吧！」

中途，果真又下起雨來，寧靜芸無精打采，還在擔心清寧侯府老夫人生病之事。她身為晚輩，又有那樣的關係，理應噓寒問暖，結果走了，這點和她待人處世不符。寧櫻則興致盎然，手拂過路旁的樹枝，枝椏上的雨水灑落在手上、衣袖上，她玩得不亦樂乎，黃氏勸了兩句沒用，只得由著她去，提醒她小心些，別讓雨水打濕了頭髮。

回到府裡已是傍晚，眾人去榮溪園給老夫人請安，看老夫人精神矍鑠，神采奕奕，身子好多了，寧櫻知曉是何原因。大房庶女出嫁，老夫人的身子如果再不好，就是犯忌諱，老夫人想拿捏黃氏不假，但府裡的事情她還是分得清輕重的。

「小六好好歇歇，明日我讓夫子去桃園，妳別怕，遇著不懂的多問問夫子，妳年紀正是好學的時候，過不了多久就能和妳七妹妹、八妹妹去家學了。」老夫人和藹地拉著寧靜芸，眉目慈祥地看著寧櫻，彷彿告訴外人，她沒厚此薄彼似的。

寧櫻落落大方地應下，退到黃氏身後，只聽老夫人又道：「老三待會兒會回梧桐院，一夜夫妻百日恩，靜芸和小六都大了，有什麼也該看開了。」

黃氏淡淡應了聲，寧櫻聽得出來，黃氏對寧伯瑾是絲毫不在意才會表現得雲淡風輕。她扶著黃氏走出榮溪園，忍不住看向黃氏回京後清瘦的臉。秋水說黃氏年輕時也是好看的，成親後瑣碎的事情多了，寧伯瑾又是風流之人，黃氏眼裡容不得沙子，一來二去，兩人沒少吵架，漸漸傳出許多對黃氏不利的名聲；黃氏心煩意亂、憔悴不堪，懷她那會兒和寧伯瑾關係已十分不好了，相由心生，姣好的面龐生了她後變得蠟黃暗淡，這才導致容貌改變許多。

「秋水說我和姊姊生得好看，是因為爹娘好看的原因，想來不假。」半晌，寧櫻得出結論。

黃氏哭笑不得，輕拍著她手臂，沈思道：「好看有什麼用？再絕色傾城的容貌也有衰老的一天，多讀書、學本事，將來遇到事情自己才能撐起門戶。」

寧櫻似懂非懂地點了點頭，黃氏又道：「娘會把一切安排好的，妳別怕。」

寧櫻神色哀戚，低頭不說話，黃氏當她懂。「回去早點休息，明日事情多。」

半夜，夢境中又出現光頭的女子，她站在鏡子前，撫摸著自己光禿禿的頭頂，神色悲痛。

女子身後，站著一位身形壯碩的男子，男子面容模糊，看不真切，只聽男子道：「不管妳變成什麼樣子，在我心裡，妳都如國色天香那般。」

聲音清冽如水，似曾相識，聽著聲音，她心口便抽疼，好似說不出的委屈，說不出的難受。

「小姐，醒醒，妳又作惡夢了，別怕，奶娘在。」

一雙粗糙的手輕輕滑過她臉頰，寧櫻皺了皺眉，緩緩睜開了眼，抬起手背，才知自己淚流滿臉，望著熟悉的帳頂才反應過來，她又作惡夢了，不過這一次的夢裡多了個人。

手滑進枕頭下，掏出小面鏡子，鏡子裡巴掌大的臉上淚痕清晰可見，水潤的眸子淚光閃閃，烏黑柔順的秀髮隨意灑落於白色芍藥花枕頭上，黑白分明，寧櫻拽著小把頭髮手裡反覆察看，喃喃道：「都還在呢！」

聞嬤嬤心疼不已，替她擦乾臉上的淚，輕聲道：「小姐別怕，奶娘陪著。」

她舉著鏡子，看了小半會兒才不捨地放下，側臉枕著手，小聲道：「奶娘，妳也睡吧，我沒事了。」

她只是太過害怕，害怕睜開眼又回到她生病的那會兒罷了。

聞嬤嬤滅了床頭的燈，留下床尾的燭火，放下簾子。「小姐安心睡下，奶娘守著。」

寧櫻夜裡離不得人，聞嬤嬤和吳嬤嬤輪流在屋裡打地鋪，以防她身邊沒人。

確認過自己的容顏，寧櫻這一覺睡到天亮，不過夢境反反覆覆，聽聞嬤嬤說她又哭了好幾次，寧櫻卻記不得自己夢見什麼了，給黃氏請安時，頂著雙紅腫的眼，嚇得黃氏以為發生了什麼事。

「父親出去了？」

雖說爹娘是世上最親的人，而她只有娘沒有爹。

黃氏點點頭，不欲多提。昨晚她和寧伯瑾不歡而散，如此也好，省得寧伯瑾常常過來噁心她。

「去榮溪園給妳祖母請安了，吃過飯我們也過去吧！」

寧櫻看黃氏面色還算不錯，不像和寧伯瑾起了爭執，不由得心情複雜。黃氏和寧伯瑾沒感情了，即使嫁錯，沒有再選擇的權利，只能繼續耗下去，哪怕度日如年也別無他法。運氣好的，遇到夫家出事能藉機脫身，可寧府家大業大，除非犯了罪被皇上降罪，否則，黃氏一輩子都是寧府的三夫人，只能和寧伯瑾做一輩子貌合神離的夫妻。

看女兒垂眼想事，眉頭皺成一團，黃氏不禁失笑。「想什麼呢，吃飯吧，待會兒夫子會來，妳好好跟著認字，別怕丟臉，萬事起頭難，慢慢就好了。」

寧櫻認真地點了點頭。到榮溪園時，裡面坐著許多人，她和黃氏雖是晚到的人，不過老夫人似乎並未放在心上，說了幾句話，叮囑她敬重夫子，就讓大家散了。

柳氏請的是女夫子，三十出頭的年紀，圓臉，身形有些發福，性子敦厚，周身縈繞著淡淡的書卷之氣，教導她時輕聲細語，溫柔如水。

寧櫻雖認識書上的字，卻也得硬著頭皮學習，一天下來除了唸書就是寫字，她字跡潦草，是黃氏教出來的，夫子看了許久沒吭聲，她想，應該是嫌棄她字醜，可也沒法子，她開頭寫得中規中矩，但習慣使然，稍微不留神就寫偏了。

夫子在桃園授課，房間離得近，午後她能小憩一會兒，醒來洗漱後準備進書房，一隻腳踏進去，便被外面一道尖銳輕細的嗓音吸引過去。

說話的人是寧靜芳，提著小籃子，站在院門口，骨裡骨碌的眼神四處打量著院子。「六姊姊住的地方真是好，院子敞亮，四周安靜清幽，六姊姊搬過來幾日了，怎麼不請姊妹們過來坐坐，沾沾喜氣也好啊？」

寧靜芳聲音甜美，加上受寵，周圍的庶女不敢反駁她，連連附和。

寧櫻斜著眼，瞥了眼已經在椅子上端正坐好的夫子，微微頷首，歉意道：「姊妹們來了，怕會打擾夫子授課，夫子能否等會兒，我與她們說說，學業不可荒廢，很快就回來？」

「聽七小姐的意思，一時半刻不會走，六小姐陪她們坐坐，看會兒書，您忙完了過來就是。」

寧伯瑾的書閣藏書多，寧櫻尋了幾本過來，還真合夫子的意，看夫子神色專注地看書。

寧櫻收回腳，輕輕掩上了門，轉身，寧靜芳等人已到了跟前，正盯著她寫字時不小心沾上墨的衣袖看。

「六姊姊辛苦了，剛學寫字都是難的，小時候剛握筆寫字那會兒，我也弄髒了好幾件衣衫，隨著年紀大慢慢才好了。」寧靜芳的言語帶著不屑。

寧櫻不是傻子，哪會聽不出來，不過，她沒有因為寧靜芳的挑釁就露出不悅來，反而手指著東屋道：「七妹妹第一次來，我帶妳們轉轉。」

桃園小，離主院又遠，難怪空著一直沒人住。寧櫻想離黃氏近些，住哪兒對她來說顯得不那麼重要。

東屋的布置是黃氏親自把關的，入門是扇松柏梅蘭紋屏風，小巧精緻，甚得寧櫻喜歡；東、西邊是雕花窗戶，旁邊安置了美人榻，梨花木桌，往裡是棉簾，棉簾厚重，擋住了裡面的情形，不過所有院子布局都差不多，寧靜芳知曉裡面就是寧櫻的住處，並未往裡頭走。

寧櫻招呼大家坐，揚手示意聞嬤嬤倒茶，指著屋子裡為數不多的家具介紹起來。布置屋子時，老夫人派人知會了聲，說缺什麼找管家補上，黃氏不肯，屋裡的擺設是從黃氏嫁妝裡選出來的，有些年頭了，擺在屋裡別有番風情，見慣好東西的寧靜芳一時也找不著挑剔的話來。

「聽娘說，三嬸嫁過來時嫁妝算不得豐厚，可壓箱底的不少，應該就是這些了吧？三嬸真是寵妳，要知道，五姊姊屋子裡可都是祖母添置的呢！」寧靜芳歪著頭，佯裝懵懵懂懂的模樣，不知情的以為她只是隨口說說。

寧櫻知道她是挑撥自己和寧靜芸的關係，語調平平道：「屋裡陳設簡單，是不是大家覺得寒磣了，祖母屋裡出來的都是好東西，哪輪得到我？」

寧靜芳昨日剛得了老夫人一只鐲子，聽了這話，心裡熨帖，翹著嘴角，得意地笑道：「祖母屋裡自然都是好東西，六姊姊別想太多，五姊姊畢竟從小跟著祖母，情分非同一般乃人之常情，待妳和祖母感情好了，祖母也會送妳的。」

寧櫻沒多說，接過話題繼續聊，寧靜芳到處看，最後才在梨花木的椅子上坐了下來，眨著無辜的眼，問寧櫻道：「府裡有家學，怎還要重新請夫子單獨教導六姊姊？我們姊妹一起去家學多熱鬧。」

說著話，寧靜芳順勢拿過寧櫻手裡的書，看清上面的字後，滿臉難以置信地瞪著寧櫻，錯愕地摀住了嘴，驚呼出聲道：「怎麼是《三字經》，這不是啟蒙唸的嗎？府裡小姐都七歲啟蒙，六姊姊怎麼……」

寧靜芳今日過來的目的就是想羞辱她，寧櫻不是軟柿子，坦然道：「對啊，剛啟蒙呢，我和娘住在莊子裡，逢年過年沒管事送吃的，月例也不給我們，當我們死了似的；娘名下鋪子、田莊的進項又給了五姊姊，我們日子過得可淒慘了，哪有銀子請夫子？對了，七妹妹，聽說府裡會給少爺、小姐月例，妳們有嗎？」

寧靜芳回以傻子的眼神，理所當然道：「府裡不管主子還是丫鬟、奴才都有月例，六姊姊連這都不知道嗎？」

「對啊，我和娘差點餓死在莊子上也沒人送吃的來，冬天冷得睡不著，府裡既是有月例，怎麼不給我和娘，真當我們死了不成？七妹妹一個月多少錢，和我說說，怎麼偏生我和娘就沒有，我可要問問。」說到後面，寧櫻一臉氣憤，站起身就要往外面走。

寧靜芳嘴角一歪道：「估計妳和三嬸不在府裡，蜀州離得遠，就為了送幾兩銀子的月錢興師動眾去蜀州，得不償失，府裡估計考慮到這點才沒給妳和三嬸銀子。」

「是嗎？」寧櫻回過頭，撫摸著下巴，疑惑道：「聽說大戶人家建了專門避暑的溫泉莊子，如果妳們去莊子避暑兩個月，也是沒月例嗎？我在莊子長大，對大戶人家的規矩知道得少之又少，七妹妹，妳好好說說。」

寧靜芳撇嘴，看寧櫻滿臉不解，暗想果然是莊子上長大的粗鄙之人，耐著性子道：「出門避暑總要回來，出門一個月，回來連著領兩月的月例就成，哪能因為出門就不領銀子？」

寧櫻拍手，一臉恍然。「我就說嘛，我和娘在莊子上過得節儉，回到京城怎麼也該驕奢一回，誰知手裡仍然沒銀子，這樣子的話我可得算算。我們過了十年回府，一年十二月，算下來可是不少的銀子……不行，我算術不好，得叫管事嬤嬤問問。」說著，吩咐聞嬤嬤將府裡的管事叫過來問問。

寧靜芳反應再遲鈍也明白過來了。她娘主持中饋，寧櫻的意思是要從她娘那裡拿錢，十年的月例可是不少的銀子，她匆忙叫住寧櫻。「六姊姊，其實，府裡的規矩我也不是很懂，月例的事情還是問問祖母吧！」

老夫人不喜歡黃氏母女，月例自然能不給就不給，這點寧靜芳還是看得出來的，寧櫻真要月例，如何也要問過老夫人的意思，若老夫人不樂意，柳氏卻答應給，不是叫柳氏和老夫人生出隔閡嗎？老夫人看似公允，實則是小心眼。

然而，寧櫻卻驚乍起來，聲音近乎尖叫。「七妹妹，妳從小在府裡長大也不知道府裡的規矩嗎？」

寧靜芳恨不得咬掉自己的舌頭，氣寧櫻斷章取義。她明明說的是不懂月例這塊，為何從寧櫻嘴裡聽來，莫名有種很嚴重的感覺，想了想，她道：「府裡的規矩當然明白，我說的是月例。」

「月例？妳說了離開府的人，等回府後一併領，我和娘離開十年，撥出一筆錢給我們很難嗎？還是說府裡想偷偷昧下我和娘的錢？」她聲音大，院子裡寧靜芳等人的丫鬟，這會兒都伸長脖子往屋裡看。

若不是寧靜芳過來，寧櫻都忘記這件事了，她早晚要想辦法拿回錢，寧靜芳剛好給了她機會。

寧靜芳被寧櫻說得面紅耳赤，動了動唇，想再說點什麼，誰知，寧櫻提著裙襬掉頭就跑。聞嬤嬤是人精，隻言片語已明白寧櫻用意，她跟著跑出去，出院子後徑直去管事處。

第八章

不一會兒，關於三夫人和六小姐十年沒領月錢的事情就傳開了。

十年，算下來可是筆不小的數額，大夫人管家，怎麼可能願意給這筆錢？

榮溪園靜悄悄的，佟嬤嬤如實向老夫人回稟了此事。

拔步床上，老夫人雙手搭在膝蓋上，翻著手裡的經書。聞言，她抬眉，冷淡道：「妳去打聽打聽，小六如何起了心思，不可能是空穴來風。」

佟嬤嬤頓了頓，垂下臉，小聲道：「據說是七小姐帶著八小姐她們找六小姐玩，好奇問起莊子的生活。六小姐說寧府對她不管不問，日子拮据沒錢請夫子，接下來就問起月例的事情……」

老夫人聽得皺眉。「靜芳無事去小六院子做什麼？」

「說是六小姐搬了院子，沾沾喜氣。」說到後面，佟嬤嬤聲音低了下去，上前為老夫人捶背，力道不輕不重。

老夫人舒服地閉上眼。「靜芳年紀小，性子難免驕縱了些，久而久之，性子要強，小六和她同年出生，她卻落下乘排了第七，心底不服。」緊接著，老夫人話鋒一轉，道：「小六從小跟著她娘，這麼多年，什麼時候妳見三夫人吃過虧？小六耳濡目染，靜芳哪是她的對手？妳傳我的話，叫大夫人把小六和她娘的月例算出來送過去，多一事不如少一事。」

佟嬤嬤以為老夫人會訓斥幾句，沒料到老夫人居然妥協了，轉身退下，先去大房傳了老夫人的意思，又去三房給寧櫻捎消息，但看見寧櫻得知有銀子後滿臉市儈，她心底嗤笑，和老夫人說起這事，不免拿寧靜芸比較。

「五小姐知書達禮，六小姐怎就學不去半分？」

「她哪能和靜芸比？算了，損失些小錢換來府裡寧靜。我看著靜芳長大，以為她是能幹的，今日中了計卻不知……」

「七小姐性子良善，是姊妹便失了防備，大夫人說會訓斥七小姐，老夫人您別操心。」

黃氏和寧櫻拿到銀子不假，然而卻不是公中給的，而是柳氏自己掏的銀子。七小姐惹出來的麻煩，大房自己解決，和公中無關，老夫人心裡跟明鏡似的，哪會受蒙蔽。

「是我小瞧了小六，她竟然有這能力，不管後面有沒有人指導，靜芳自己湊上去給人利用，她就該長長記性。」說完，老夫人聳了聳肩，佟嬤嬤會意，繼續替老夫人捶背。

天色昏暗，陰沈沈的天隨時都會下起雨來，至傍晚，柳氏身旁的嬤嬤來到桃園，冷著臉，態度趾高氣揚。「六小姐和三夫人常年不在府裡，大夫人忙的事情多，有些小事難免有所疏忽，若不是六小姐提起，都忘記還有這事了，您與三夫人十年的月例加起來總共一千一百四十兩，還請收好了，莫不要之後掉了，怪府裡下人不周全。」

寧櫻垂眼，吩咐聞嬤嬤接過來清點了數目。依老夫人的性子，今日這事要公中出銀子是不可能的，柳氏管家，沒少偷偷斂財，老夫人是想乘機打壓大夫人。

見聞嬤嬤點頭後，寧櫻笑著道：「有勞嬤嬤親自走一趟，過幾日四姊姊成親，有了這筆銀子，我不至於丟臉了。」

那位嬤嬤臉色一沈。寧靜淑不過是大房的庶女，聽寧櫻的意思竟是要送拿得出手的添妝？念及此，她臉色不太好看，拂袖而去，怒氣甚重。

聞嬤嬤擱下銀票，叫住了人，板著臉道：「自古尊卑有別，妳不過是一個奴才，敢給六小姐臉色瞧？大夫人如果是這樣子掌家的，出去也只是丟人現眼罷了。」

聞嬤嬤是府裡的老人了，寧櫻礙於身分不說，她看不過去。這些錢本來就是寧櫻該得的，之前她勸著寧櫻別和柳氏硬碰硬是擔心寧櫻吃虧，但這嬤嬤不過是一個下人，有什麼好怕的？

她往前一步，字正腔圓道：「六小姐是府裡正經的主子，妳背後有人撐腰也不該不把主子放在心裡，月例這事本就是七小姐提的，六小姐年紀小不懂事，順勢問了幾句罷了，妳擺臉色給誰看？」

嬤嬤是大廚房的管事媳婦，得柳氏提拔，也是見過世面的，哪會被聞嬤嬤震懾住？抽搐了兩下嘴角，置若罔聞地走了，她身旁跟來的兩個小丫鬟皆低著頭，目光閃爍，不知所措。

「奶娘，算了，打狗也要看主人，拿回銀子就好，至於那些刁奴，來日方長。」寧櫻抬手，白皙的手指劃過桌上的銀票，抿唇笑了起來。

一千多兩銀子，可是筆不小的銀子。柳氏管家，秦氏本就眼紅，有這次的事情在前，二房該有動靜了，府裡為了管家之事還有鬧騰的時候，柳氏聰明，這會兒應該是明白的。

「奶娘，昨日不是做了兩盤菊花糕點嗎？走，我們看看七妹妹去，說起來，這次的事情多虧有她呢！」寧櫻站起來，漫不經心地理了理自己領子。天越發冷了，過幾日府裡會請布莊的人過來量體裁衣，準備冬日的衣衫。她記得沒錯的話，那時秦氏會想方設法奪府裡管家的權力，寧府沒有分家，大大小小的事情由老夫人管著，奈何老夫人精神不濟，偌大的後宅有心無力，柳氏會做人，收買了下面幾個婆子，老夫人這才叫柳氏管家的。

京城盤根錯節，柳氏娘家日益壯大，老夫人何嘗沒有想結交柳府的意思？可這次的事情讓柳氏這幾年貪污公中的銀錢暴露出來，秦氏便坐不住了。柳氏溫婉賢慧，卻不得老夫人的心，秦氏為寧府生了四個兒子，是柳氏比不上的，管家這事，不爭個頭破血流，不會有結果。

至少上輩子，秦氏就是藉著布莊的人偷工減料，暗指柳氏私下昧了銀兩，要老夫人雨露均沾，為此，秦氏假裝生了場大病，在書院求學的四個兒子全回來了，整日祖母前、祖母後討老夫人歡心，管家的事情就這麼被秦氏瓜分去了。

秦氏以為自己贏了，實則不然，將來秦氏就能體會到。這個家裡，老夫人才是關鍵，誰越過她壞了府裡的規矩，誰都要吃苦果。

聞嬤嬤哭笑不得。大房栽了這麼大的跟頭，寧靜芳一肚子火正沒處撒呢，寧櫻這會兒過去不是撞槍口上嗎？

「大房送銀子過來理應送去梧桐院給夫人，卻越過夫人給妳，老奴覺得還是先去梧桐院知會夫人一聲比較好。」

寧櫻低頭沈思，緩緩道：「事情是我和七妹妹挑起來的，大伯母不想事情鬧大故而直接把銀子送到我手上，如果給我娘，事情只會越扯越大。」

聞嬤嬤也是剔透之人，轉念一想就明白了。柳氏想到大事化小、小事化無，真把黃氏牽扯進來，又該沒完沒了，笑道：「六小姐說得是……」

寧靜芳住的芳華園，景致清幽，哪怕入冬也不見蕭瑟，膝蓋高的盆景隨處可見，綠意盎然，屋裡傳來噼哩啪啦東西碎裂的聲響。

寧櫻頓了頓，身旁的小丫鬟白著臉道：「還請六小姐稍等，奴婢先去通報一聲。」

寧櫻沒有為難她，藉故細細打量園中景致停了下來，小丫鬟暗地鬆了口氣，提著裙襬小跑上前，和守門的丫鬟說了兩句，門口的丫鬟抬眉望過來，蹙著眉頭，踟躕著不肯進屋。寧櫻狀似沒有看見，餘光瞅著丫鬟進屋，裡面傳來小聲的說話聲，緊接著又是瓷器碎裂的聲響，聞嬤嬤在旁邊聽得心疼。柳氏掌家，寧靜芳屋裡都是些好東西，結果說扔就扔，換作她，鐵定是捨不得的。

「小姐，我瞧七小姐心情不好，還是回去吧，您有一片心就好。」

寧櫻想想也是。她本意是做給別人看的，效果達到就成，犯不著真和寧靜芳硬碰硬，抬手示意聞嬤嬤放下手裡的盤子，轉身去梧桐院找黃氏。

屋裡，寧靜芳臉色鐵青地坐在美人榻上，冷臉看著地上碎裂的茶杯、花瓶，咬牙切齒道：「她人呢？」

丫鬟跪在不遠處，戰戰兢兢道：「六小姐說改日再來看您，留下兩盤糕點……」

「她分明是過來看我的笑話，看我被訓斥、禁足，她說不定正捣著嘴偷笑呢……」寧靜芳氣得渾身打顫，新塗了丹寇的指甲掐著手臂，面色猙獰道：「這件事我記下了，總要找機會討回來的。」

丫鬟低著頭，撐著地的雙手微微打顫，屏息靜氣，垂頭不語。

在鵝卵石鋪成的小路上，寧櫻見寧靜芸低頭和身旁的丫鬟說著話，幾人往梧桐院的方向走去。

寧靜芸身旁的丫鬟注意到背後有人，回眸認出是寧櫻，輕輕笑了笑，朝寧靜芸說了句，接著，寧靜芸回過頭來，端莊的臉上隱隱帶著薄怒。

「這兩年祖母身子不好，如果不是有大伯母幫著管家，府裡亂糟糟的不知成什麼樣子，妳和母親沒錢可以開口，用這種法子作甚？」

望著寧靜芸質問的目光，寧櫻沒有辯解，視線在她身旁的丫鬟身上逗留片刻，問道：「怎麼不是柔蘭？」

要知道，柔蘭可是寧靜芸的貼身丫鬟，做什麼都跟著她，這會兒寧靜芸身邊換了人，應該是柔蘭已經失寵了。寧櫻懶得過問在南山寺發生了什麼，柔蘭那丫鬟一看就是有野心的，寧靜芸打發她，也不是沒有腦子。

寧靜芸一怔，沈聲道：「不用轉移話題。說吧，月例到底怎麼回事？田莊、鋪子有進項，今年的銀錢都送過來了，妳缺錢可以向母親要，向我開口我也不會吝嗇……」

寧櫻臉上嘲諷甚重。

「府裡的月例是依著規矩給的，我向七妹妹求證罷了；田莊、鋪子是娘的陪嫁，娘有進項是娘的本事，而我是寧府的小姐，靠娘的嫁妝養了十年，寧府不肯認我這個女兒開口說就成，何須拐彎抹角不給飯吃？」

聽她越說越不像話，寧靜芸的臉氣成了青色。「妳瞎說什麼？」

「我說得有假了？姊姊，妳在府裡有月例，可妳敢否認，妳的吃穿用度不是靠著娘的錢？外面人只羨慕寧府的繁華，殊不知，一個連子嗣都養不活的府邸……」寧櫻話說到一半便被寧靜芸堵住嘴。

只看寧靜芸臉上忽明忽暗。「我不知妳從哪兒聽來的，若想好好在府裡待著，就給我把話嚥回去。時辰不早了，回屋找夫子多讀點書，瞧瞧妳這樣子，哪有大戶人家小姐的模樣？」

寧靜芸神色肅穆，抽回自己的手，鄭重其事道：「聞嬤嬤，妳是她的奶娘，她不懂規矩，妳還不知道？往後若再被我聽見一星半點兒對府裡不敬的話，別怪我翻臉不認人。」

聞嬤嬤上前拉寧櫻，心下嘆氣。寧櫻性子倔，認死理，這點隨了黃氏，她也不知為何寧櫻會說出方才一番話來？院子裡到處是耳目，傳到老夫人耳朵裡，三房的人都要遭殃。

退後一步，寧靜芸臉上烏雲密布，轉身繼續朝前走，聞嬤嬤拉著寧櫻，小聲道：「小姐真有什麼怨氣，咱們慢慢來，冤有頭，債有主，往後討回來就好了；五小姐說的話不假，這話傳到老夫人耳朵裡，就是三夫人那邊都討不著好處。」

寧櫻臉上的表情怔怔的，聞嬤嬤以為她嚇著了，剛要輕聲安慰兩句，卻見寧櫻笑了起來。「老夫人注重臉面，我說的又是實情，妳等著吧，往後老夫人只會對我越來越好。」

寧櫻意有所指地看向回眸瞥了她一眼的丫鬟，聞嬤嬤會意，嘆道：「小姐心裡明白就好，一榮俱榮，一損俱損，小姐要記著。」

寧櫻輕輕點了點頭。她和聞嬤嬤剛回屋，外面佟嬤嬤就領著人來了，送了好些綾羅綢緞、山珍海味，相較之前，佟嬤嬤態度恭順得多，放下東西，又問寧櫻身邊缺什麼？「老夫人身子不舒服，您和三夫人回來她老人家高興，所有的事情都交給大夫人打理，這兩日身子剛好些就提醒老奴過來問問，您剛回府又認生，缺什麼您列個單子出來，老奴儘量派人補上。」

「多謝祖母惦記，讓她不必費心，我這邊好著呢！」寧櫻態度不鹹不淡，吩咐聞嬤嬤送佟嬤嬤出去。寧府對她不管不問十年是鐵錚錚的事實，老夫人不想承認也沒法子。

聞嬤嬤折身回來，看寧櫻撫摸著桌上的布疋，臉上既覺得開心又無奈。六小姐蕙質蘭心，清楚府裡的形勢是好事，然而，三番五次和老夫人、大夫人作對沒有好處，寧櫻年紀小，有些事情不懂，老夫人終究是長輩，撕破臉面，最後吃虧的還是寧櫻。

寧櫻挑了兩疋杭綢交給聞嬤嬤。「我們去梧桐院坐坐吧！」

想起之前的丫鬟，寧櫻問起來，聞嬤嬤笑道：「老奴伺候小姐不好嗎？」

「妳在我跟前我心裡踏實，有的活計還是交給她們做。」金桂、銀桂忠心耿耿跟著她，即使是翠翠，一開始也並未生出不忠的心思，是她弄砸了一些事情。

聽她嘆氣，聞嬤嬤好笑。「過兩日就來了，小姐別擔心，那些人是三房的人，夫人有她們的賣身契，往後您安心使喚就好。」

聞嬤嬤沒說黃氏的打算。寧櫻年紀大了，這些人往後是要做寧櫻陪嫁的，容貌不能壓過寧櫻，不能有其他心思，故而敲打的時間才比平日長了點。

到梧桐院，寧靜芸已離開了，黃氏坐在西窗下的椅子上縫製著衣服，寧櫻喊了聲，黃氏抬起頭來，眉目舒展開，輕柔一笑。「妳姊姊剛走呢！」

「在路上遇見了，大伯母差人把銀子送過來，我給娘拿來。」指著聞嬤嬤手裡的布疋，寧櫻簡單解釋了下。

「大夫人既然給妳，妳安心收著吧，娘手裡有錢。」黃氏停下手裡的針線，拍了拍身旁的椅子，示意寧櫻坐，語重心長道：「在府裡比不上莊子，莊子裡的人不會當面一套、背面一套，而府裡多是些陽奉陰違的，妳多留個心眼，至於妳祖母送妳的，她送多少妳收著就是，其他不用管。」

聞嬤嬤哭笑不得。她還巴著黃氏勸寧櫻，結果，母女倆一樣的看法。她笑著搖搖頭，擱下東西，緩緩退了出去。

另一邊，寧靜芸從梧桐院回去榮溪園，佟嬤嬤候在門口說老夫人有事情找她，寧靜芸蹙了蹙眉，眼裡流露出些許疑惑。

進了屋子，濃濃的檀香味撲鼻而來，老夫人坐在幾步遠的拔步床上，臉色蒼白，寧靜芸著急起來。「祖母是不是哪兒不舒服？」

狹長的眸子微微睜開，老夫人眼角笑起了褶皺，伸出保養得當的手，拉過寧靜芸。「無事，只是心裡想著一樁事，心神不寧，聽外面人說了些話，知道小六是怨恨我不管她死活；也是我年紀大了記性不好，當初妳母親死活要帶著小六去莊子，我阻攔不得，心裡存了口怨氣，那兩年甚少過問莊子的事，之後又把外面的事情交給妳大伯母打理，忘記小六還在莊子上，聽說，她在莊子上日子過得不好，都是我這做祖母的不對。」

寧靜芸鼻尖發紅。「是母親自己要帶妹妹去莊子的，和您有什麼關係？妹妹年紀小不懂事，待她跟著夫子讀書明理，就能體諒您的難處，祖母別想多了。」

老夫人重重嘆了口氣。「但願吧，我看過妳抄寫的佛經了，別說，放在我屋裡，夜裡睡覺都好了許多，我聽說清寧侯府的老夫人也去南山寺了，妳們可有遇著？」

「嗯，母親帶我和妹妹給老夫人請過安的，之後本來還要去，被事情耽擱才沒去的。」寧靜芸不想提程雲潤，繼而道：「說來也奇怪，薛小太醫也在南山寺，又給母親和妹妹診脈，第二天特意送草藥過來，薛府和寧府素來不相往來，難不成，母親和已故的薛夫人是故交？」

「薛小太醫？上次來寧府，不是為小六看過病了嗎？」想到什麼，老夫人手一顫。

寧靜芸握著她的手，以為她冷著了，轉身吩咐道：「佟嬤嬤，多弄些炭火來。」

老夫人揚手，拉住她。「祖母不冷，妳可知曉薛小太醫和妳母親說了什麼？」

「薛小太醫說上次送來的藥受了潮，恐影響藥性，這回送了新的，我看母親也詫異得很，親自去外面取藥，回來還稱讚小太醫為人嚴謹，彬彬有禮呢！」寧靜芸抬眉望著沈思不語的老夫人，直覺中間有什麼她不知曉的事情。

薛墨年輕有為，但喜歡獨來獨往，對尋常百姓還能說上幾句話，對朝堂中人，態度甚是冷漠，在薛夫人死後只和刑部侍郎往來，哪怕六皇子是他未來親姊夫，京裡人也甚少見他和六皇子一塊兒，可在南山寺，寧靜芸看得清楚，薛墨對黃氏客氣有加，和傳言大相逕庭。

老夫人神色有些恍惚，見寧靜芸望著她，笑了笑，道：「薛小太醫身為大夫，怕藥出了岔子再正常不過。我肩膀不舒服，叫佟嬤嬤進屋給我捶捶，過幾日妳四姊姊出嫁，得空了去她屋裡坐坐，哪怕嫁出去了，妳們也是寧府的女兒，趁著她在府裡，多陪陪她吧！」

寧靜芸若有所思地點了點頭，感覺老夫人的表情有些奇怪，一時又說不上來。

屋裡，老夫人吩咐佟嬤嬤將門窗關上，小聲道：「妳讓人打聽打聽薛府和三房的關係，我怕那件事被人察覺到了。」

佟嬤嬤一怔，聯想回京途中，黃氏和寧櫻生病之事，便跪了下去。「當日回京，老奴心裡覺得怪異，不過看三夫人和六小姐安然無恙，以為自己想多了。不瞞老夫人，回京路上，不知為何三夫人和六小姐不好了，找大夫看過說是一般著涼，然而吃了藥也不見好轉，後來換了馬車，兩人的病情反而漸漸好了……」

「混帳！」老夫人呵斥一聲。「這樣的大事回來時為何不說？」

佟嬤嬤害怕地低下頭，雙手撐地，驚恐道：「我看三夫人氣色好，以為是自己想多了，剛回府就有動作的話，只怕會引起三夫人懷疑，老奴差人留意著當日馬車上的人，並未有何反常，老奴才沒告訴老夫人的。」

「罷了、罷了，先起來。」老夫人胸口煩悶。「那輛馬車找人處理了，別留下痕跡，薛家世世代代為醫，也不知那件事是不是被發現了？」

佟嬤嬤點頭謝恩，站起身道：「老奴覺得三夫人和六小姐身子應該沒事了。薛太醫妙手回春，名聲響亮，而薛小太醫年紀小，比不得薛太醫，應該是察覺不到的。」

老夫人不敢這麼想，不怕一萬、就怕萬一，若事情傳出去，整個寧府的名聲就毀了，不管薛墨是否察覺到什麼，都要試探一番，想了想道：「妳先打聽薛府與三房的事情，越仔細越好。」

如果黃氏真和薛府牽上線，不說以前的事情如何，將來估計寧府都不安生。

佟嬤嬤不敢怠慢，恭敬地退下，留下老夫人一人在屋裡，望著黃花梨木桌上的佛經，臉色越發沈重。

薛墨為三房開藥的事自然瞞不過府裡眾人。

數日後，佟嬤嬤低著頭，小聲道：「老奴派人查過了，薛府和三房沒有任何交集，小太醫估計熱心腸一回而已。」

「上次交代妳的事情可做好了？那些人一個都不能留，否則後患無窮。」香氣繚繞的屋內，傳來一道厚重的聲響，老夫人推開門，眉目凝重地走了出去。

「您放心吧，都交代好了，不會叫人抓住把柄。」佟嬤嬤躬身，低眉屈膝。

老夫人轉著手上的佛珠，嘴裡唸唸有詞，片刻，才停了下來。「盯緊了，明年內閣位置空缺，老爺志在必得，不能出岔子知道嗎？」

「是。」

寧櫻跟著夫子識字，進步神速，夫子稱讚了好幾回，寧櫻但笑不語。

這些天，三房出了件事，寧伯瑾最疼愛的月姨娘投湖自殺之事被攔下來了。據說竹姨娘的女兒寧靜蘭撞倒寧靜彤了，四歲的孩子差點破了相，寧靜蘭心思歹毒，不是沒有竹姨娘的功勞。

寧靜彤受傷，寧伯瑾不知託了誰把薛墨找來，薛墨開了藥，又給黃氏重新配藥，叮囑黃氏都要喝，說是京郊一處感染瘟疫，早點預防總沒錯，黃氏感激薛墨的好。

送薛墨走後，黃氏眉頭皺得更深了，望著一包包藥失了神，問吳嬤嬤。「我總覺得不太尋常，吳嬤嬤妳覺得呢？」

第一次薛墨為她把脈，黃氏就察覺其中有問題；南山寺相遇，薛墨再次為她診脈，由不得黃氏不深想，她與薛府兩不相干，為何薛墨對她和寧櫻的「病」如此看重？

吳嬤嬤低下眉目，想了許久，狐疑道：「或許，他只是一番好心罷了，小太醫幼時喪母，看小姐擔憂您，心下動容，才會一而再、再而三確認您的病情。」

薛夫人是得了怪病死的，薛太醫妙手回春也只能眼睜睜看著心愛之人受病痛折磨。

吳嬤嬤又道：「聽聞，小太醫常年四處遊歷，不苟言笑，待京中人冷淡，然而對鄉野百姓卻十分隨和，小姐性子灑脫不受拘束，說不定合了小太醫的眼緣吧！」

黃氏轉過身，眼神複雜。「吳嬤嬤，妳信嗎？」

吳嬤嬤啞然。京城裡面的人一言一行都帶著算計，哪有真正為對方好的？一府之人尚且勾心鬥角，更別說素不相識的人了。

「老奴、老奴只是覺得小太醫沒有惡意。」

黃氏緩緩點了點頭。「薛府蒸蒸日上，他與我們為敵做什麼？罷了，這件事先擱在一邊，那幾個丫鬟可調教好了？」

「好了，秋水教過她們規矩，聞嬤嬤挨個兒敲打了番，都是院子裡的人，要她們的賣身契輕而易舉，她們是伺候小姐的，賣身契是給小姐還是給您管著？」半敞的窗戶寒風撲面而來，冷得吳嬤嬤打了個哆嗦。今年各房的炭都發下來了，有寧櫻要月例的事情在前，這次管事格外慎重，多給了三房三十斤炭火，明顯怕寧櫻鬧事。

想到這個，吳嬤嬤臉上有了笑。「回京時，您擔心六小姐不懂事闖禍，老奴瞧著，六小姐心思通透，心裡有數著呢！」

至少經過這件事，府裡找寧櫻麻煩的人都要細細琢磨一番，不敢輕舉妄動。

黃氏低頭，手握著針線繼續穿針，語氣輕鬆許多。「她啊，運氣好而已，叮囑聞嬤嬤看緊了，別讓她惹禍。竹姨娘那邊這兩日沒動靜了？」

「九小姐闖了禍，三爺開的口，竹姨娘估計要在屋裡待夠半個月才行了。」

寧伯瑾最寵愛月姨娘，對小女兒更是有求必應，竹姨娘和九小姐一下得罪兩個，後果可想而知。

黃氏淡淡嗯了聲。給寧靜芸做的衣衫剩下最後兩隻衣袖，傍晚就能完工。說起竹姨娘，黃氏眉梢帶著諷刺。「竹姨娘估計沒想到她有今日。妳找機會試探她身邊人的口風，有的事情不查個水落石出，我良心不安。」

「好。」

陰陰沈沈的天，烏雲散去，天際露出茫茫白色。

寧櫻穿戴好衣衫，正欲去梧桐院給黃氏請安，外面突然嘈雜起來，嘰嘰喳喳的聲音裡不難聽出其喜悅，聞嬤嬤輕蹙著眉頭，推開窗戶欲訓斥幾句，忽然有白色的雪如花瓣飄入內室，聞嬤嬤驚詫得一時忘記要說什麼。

「咦，下雪了呢！」寧櫻眸色明亮，眼底掩飾不住喜悅，走上前探出身子，見院子裡灑掃的丫鬟歡喜地拿著掃帚，手舞足蹈，難怪突然熱鬧起來，竟是因為下了第一場雪的緣故。

看寧櫻趴在窗櫺上，笑容明淨，聞嬤嬤不由得軟了聲。「小姐是不是好些年沒見過雪了？今年的雪比往年早，再過些日子，整個京城會被白雪覆蓋，那時候入眼的全是白，小姐就看膩了。」

冷風陣陣地往脖子裡灌，寧櫻站直身子，淺笑盈盈道：「瑞雪兆豐年，今天四姊姊出嫁，是個好日子呢！」

隨後，聞嬤嬤跟著她去梧桐院給黃氏請安。

寧靜淑出嫁，府裡張燈結綵，走廊兩側掛滿了紅燈籠，蔓延至走廊盡頭，闔府皆喜氣洋洋的。

寧櫻和黃氏走進正屋，柳氏正拉著寧靜淑的手叮囑她孝順公婆云云，秦氏出去招待客人了，老夫人坐在中央，斜眼瞧著黃氏。「妳二嫂在外面接待客人忙不過來，妳出去幫她的忙，小六在屋裡坐著就是。」

寧靜淑出嫁，來的都是和寧府走得近的人，黃氏看了寧櫻一眼，俯首道：「兒媳這就去。」

屋裡人多，寧櫻留意到一道灰溜溜的身影。大喜之日，寧靜芳的禁足解除，這會兒坐在圓木桌前怨毒地瞪著寧櫻。寧櫻移開視線，見衣角被人拉扯了下，低頭對上寧靜彤黑曜岩般的大眼睛。

「六姊姊來了，快來坐。」

寧櫻骨子裡就極為喜歡孩子，見寧靜彤天真爛漫，更是打心底裡喜歡，坐在寧靜彤身旁，問起竹姨娘的事情來。

寧靜彤噘著嘴，明顯不太高興。「她被爹爹禁足了，九姊姊傷了我，竹姨娘倒打一耙，氣得我姨娘差點跳湖死了。爹爹說了，半個月內，她們不准出來呢！」

這時，外面傳來鞭炮聲，小廝通報說迎親的隊伍來了，寧靜彤拉著她的手，朝門口拽。「姨娘說今日姊夫上門，運氣好可以多拿點喜錢呢……」

清脆的嗓音裡夾雜著對銀子的渴望，寧櫻覺得好笑。她今年十二歲了，跟著寧靜彤不太好，鬆開寧靜彤的手，小聲道：「六姊姊前幾日得了筆不少的銀錢，手裡不缺銀子，妳和丫鬟去，人多，小心別被絆倒了。」

對上輩子只活了幾歲的寧靜彤，寧櫻憐愛更多，她不喜這處吵鬧，順著走廊，拐入另一個園子，身後的喧囂聲漸漸遠了。

寧櫻轉身，看佟嬤嬤寸步不離地跟著她，不免皺眉。「佟嬤嬤跟著我做什麼？」

「老夫人有事找六小姐，還請六小姐和老奴走一趟。」

寧櫻跟著她去見老夫人，以為老夫人有事，結果是薛墨那邊動靜大，瘟疫橫行，老夫人心裡怕了。

「聽靜芸說，妳和小太醫有幾分交情，昨日廚房的人說兩位管事嬤嬤身子不適，我擔心是瘟疫，想讓薛小太醫過來瞅瞅，又不想事情鬧開；妳四姊姊剛嫁人，府裡傳出什麼事，她在婆家難立足，妳能否請小太醫過來？」

寧櫻坐在下首，屋裡暖氣足，她穿得厚感到有些熱，拉扯了下領子，驚訝道：「我和薛小太醫並無交情，祖母為何這般說？」

她與薛墨是朋友那是上輩子，這輩子兩人並無往來，薛墨為黃氏和她診過兩次脈，態度皆算不上熱絡，至少比起上輩子，態度差遠了，她竟然不知老夫人對捕風捉影的事會感興趣。

見她矢口否認，老夫人好似並不意外，摀著嘴，嘆息道：「如果不是妳四姊姊出嫁，我也不會叫妳走薛小太醫這條路。每當瘟疫橫行，京城便人心惶惶，不說妳四姊姊，府裡真有人得了瘟疫，靜芸和清寧侯府的親事只怕會橫生枝節。當初為了這門親事，我付出多大的精力才說動程老夫人應下這門親事，妳忍心看靜芸沒了這門好親事？」

寧櫻微微垂眼，斂去眼底譏諷。寧靜芸的親事不過是清寧侯府和寧府各取所需罷了，兩府聯姻，哪會沒有好處？老夫人真以為她是莊子出來的，不懂人情世故？

寧櫻無奈道：「薛小太醫的事情我愛莫能助，不過，既是府裡有人得了瘟疫，為免傳給其他人，祖母近期還是別讓大家出府了吧……」

老夫人眼神微微一變，眉峰稍顯凌厲。「我與妳商量，是不想傳出不利寧府名聲的事情，妳這些日子跟著夫子學識字，她沒教導妳什麼是榮辱與共嗎？」

寧櫻面不改色，抬了抬眉，眼神無辜道：「櫻娘不明白什麼是榮辱與共，不過，我娘常說別給旁人添麻煩，好比在莊子上的時候，我生病了，我娘典當了簪子、手鐲為我請大夫都不肯麻煩府裡呢！廚房有人得了瘟疫，您該當機立斷想法子不傳給外人，以防牽扯出更多的人才是……」

老夫人心口憋悶，冷冷道：「小太醫不是給了藥嗎？三房的人都喝過了，妳向小太醫再要些。」

軟的不行來硬的，這是掌權者的手段。

寧櫻調整了坐姿，左右瞅了眼，不肯鬆口。「小太醫俠義心腸，祖母您又一年四季在京城，藥方這種事，問張大夫不就好了？」

佟嬤嬤看老夫人心氣不順，上前輕輕順著老夫人的背，指責寧櫻道：「六小姐在莊子上，不懂其中的利害關係，老夫人做什麼都是為了寧府好，您照做就是了，不過向小太醫要點藥，又不是什麼大不了的事，何須把老夫人氣成這樣子？」

寧櫻暗暗冷笑，站起身聽到院外有細微的說話聲，聲音低沈，如細小的石頭落入湖面激起的聲響。

看見寧櫻臉上的冷笑，佟嬤嬤莫名覺得膽戰心驚，她嘀咕兩聲，目光閃躲地別開臉，直覺六小姐不是省油的燈。

片刻後寧櫻拽著衣角，讓眼淚在眼眶裡打轉。「櫻娘和小太醫並無交情，府裡有人得了瘟疫，祖母不著急請大夫，逼迫我做什麼？佟嬤嬤說我氣著祖母了，沒看祖母氣色紅潤，聽了妳的話才變了臉色的嗎？成成成，櫻娘懂的規矩少，既然祖母開口了，櫻娘哪怕是死也要把小太醫的藥給祖母弄來，還請祖母告知小太醫的府邸何在，櫻娘這就去。今天日子巧，順便叫小太醫來府裡喝杯喜酒……」

老夫人臉色鐵青。七歲不同席，薛墨已到了說親的年紀，寧櫻也已經十二歲了，大搖大擺跑去薛府像什麼話？然而，要她款語溫言她又做不到，寧櫻仗著不懂規矩有恃無恐，方才的事情不管換了誰都聽得出她話裡的意思，老夫人不認為寧櫻是傻子。

老夫人沈臉默然，寧櫻提起裙襬就往外面跑，邊跑邊哭，像受了多大委屈似的。

老夫人只覺得胸悶氣短，拂開佟嬤嬤的手，聲音顫抖道：「瞧瞧她的德行，也不知從哪兒學來的？改日請個教養嬤嬤，教教她何為尊卑禮儀。」

佟嬤嬤點頭，只聽外面傳來道陌生的男聲。「六小姐這是怎麼了？」

佟嬤嬤和老夫人對視一眼，驚覺不好，佟嬤嬤快速推開門，只見院中，寧伯瑾身旁站著一身暗青色長袍的男子，眉目精緻，清雅雋永。

佟嬤嬤張了張嘴，想喚住寧櫻已是來不及，只聽寧櫻道：「小太醫來得正好，之前送過來的藥可否再給櫻娘些，櫻娘花錢買……」言語間，盡是「我有錢」的闊綽。

「胡說什麼，小太醫高風亮節，別拿妳那市儈侮了小太醫的眼。」

寧靜淑成親，寧伯瑾想起薛墨來，抱著一試的心態給薛府遞了請柬，本以為薛墨不會理會，沒承想薛墨竟然來了。明年內閣有閣老隱退，內閣大臣空缺，寧國忠正想方設法讓自己填補上去，如果有薛府幫忙，勝算大些；寧伯瑾再花天酒地，這種關係到一府榮華的事情也不敢亂來，他知道薛墨在南山寺的事情，故而說寧櫻心存感激，想當面謝謝他，這才引著薛墨過來，沒承想，遇著寧櫻哭哭啼啼跑出來就算了，還拿錢砸薛墨，滿身銅臭……

薛墨端詳寧櫻兩眼，看她眼淚奪眶而出，臉上卻不見悲傷之色，抬眉掃了眼走廊上踟躕不前的婆子，心裡跟明鏡似的，順著寧櫻的話道：「不知六小姐欲用多少錢買？」

寧櫻沒想過薛墨會接話，一時反應不及，抬起頭，怔怔地看著他，妝容在臉上散開，眼角周圍一圈黑色，順著淚蔓延至下巴，分外滑稽。

薛墨嘴角抽搐，真想給譚慎衍瞧瞧寧櫻此時的模樣。

「薛小太醫賣多少？」寧櫻腦子轉得快。「櫻娘從莊子回來，窮，前幾日府裡發了十年的月例手頭才寬裕了，小太醫莫不是想將櫻娘的錢全部拿去？」

開口錢、閉口錢，寧伯瑾臉色極為難看，呵斥寧櫻道：「小太醫的藥千金難求，妳那點月例真是侮辱小太醫，怎就又想起藥了？」

他是知情薛墨給三房的人送藥，為此寧國忠還把他叫去書房，說找機會好好謝謝薛墨，乘機和薛府攀上關係，怎麼寧櫻又討藥？

佟嬤嬤心知不好，低喚了聲六小姐，寧櫻卻置若罔聞，自顧自道：「我本來在逛園子，佟嬤嬤說祖母請我過來有話說，我以為祖母是想問問櫻娘回府是否習慣，誰知，祖母說廚房有人生病了，需要小太醫的藥，叫櫻娘向小太醫要；櫻娘說和小太醫不熟，祖母不信，佟嬤嬤說櫻娘不孝順，氣得祖母喘不過氣來，櫻娘沒有法子，想著孝大於天，祖母開了口，即使要櫻娘死，櫻娘也不敢不從，正想去薛府找小太醫呢……」

寧櫻一番話條理清楚，句句指向老夫人和佟嬤嬤逼迫她，加上又哭得梨花帶雨，很難不叫人動惻隱之心，便是寧伯瑾，看向佟嬤嬤的目光也變得鋒利起來。

門內，聽見寧櫻一席話的老夫人只覺得體內氣血一陣翻湧。自己這個孫女，果真不是個簡單的，扮豬吃老虎，好得很。

老夫人雙眼一閉，身子直直後仰，守門的丫鬟驚呼一聲，倉促跑進屋，佟嬤嬤反應過來，指著寧櫻道：「老夫人這兩日身子不適，以為妳和小太醫有兩分交情想讓小太醫過來瞧瞧，六小姐不願意就算了，何苦往老夫人身上潑髒水，瞧瞧把老夫人氣成什麼樣子了？」

寧櫻捂著胸口，心知中了老夫人和佟嬤嬤設計的陷阱，可寧櫻不懂，兩人為何想法設法要見薛墨？

薛墨似笑非笑地瞥了眼寧櫻，見她皺著眉，明顯沒料到老夫人會暈過去，薑還是老的辣，寧櫻哪是老夫人的對手。

他心裡默唸譚慎衍兩句，開口道：「寧三爺，六小姐估計是嚇著了，你叫丫鬟送她回屋歇著吧，我替老夫人瞧瞧，如果真是因為薛墨而讓六小姐和老夫人起了爭執，往後這寧府，薛墨是萬萬不敢來了。」說罷，大步走上前。

佟嬤嬤和丫鬟扶著老夫人躺在東邊的暖炕上。這屋子是大房平日待客的地方，薛墨為老夫人看病，佟嬤嬤不敢攔著，小心翼翼站在旁邊，嘴裡不住唸著阿彌陀佛；誰知，外面的人說寧櫻跳湖了，薛墨額頭突突直跳。他沒有對寧伯瑾說謊，往後這寧府，他是萬萬不敢來了。

「小太醫，老夫人沒事吧？」佟嬤嬤正想將老夫人的病症往寧櫻身上引，卻看薛墨目光沈沈，冷漠的眼底盡是壓迫，她嚥了嚥口水，竟不知說什麼。

「老夫人身子並無大礙，入冬了，正是莊子送野物的時候，老夫人年紀大了，口味宜清淡、忌辛辣，野物味重，老夫人該少吃才是。」

不鹹不淡的一番話，聽得佟嬤嬤面紅耳赤，床上躺著紋絲不動的老夫人也微微紅了臉。薛墨不是多管閒事之人，站起身就欲離開，佟嬤嬤小跑上前，遞給薛墨一個錢袋子。

見狀，薛墨笑出了聲。「不怪六小姐開口錢、閉口錢，她在莊子上長大，以為有錢能使鬼推磨，佟嬤嬤莫不是也這般認為？」

丟下這句，薛墨信步出了門，走了幾步，低頭轉向身邊的小廝，小廝會意，湊上前小聲道：「六小姐說佟嬤嬤冤枉她，鬧著跳湖呢！寧三爺跟著，估計沒事。」

「這一幕真該叫福昌看看，哪怕從莊子來的性子也不是好惹的。罷了、罷了，既然蹚進這渾水了，再幫幫她，左右欠了我多少，往後都是要拿回來的。」薛墨面上風淡雲輕，絲毫不當回事。

小廝當然明白這是為何，心下疑惑道：「譚爺做事穩重，六小姐的事情會不會是什麼誤會？」

薛墨抬手，輕輕拍在他肩膀上，諄諄教誨道：「你譚爺什麼性子，你還不瞭解？刑部多少事等著他，何時見他有空關照後宅小姐的？聽說他這次打了勝仗，奪走對方不少好玩意兒，勤快些，你譚爺回來，少不了你好處。」

小廝是清楚譚慎衍的本事，想到那些珍寶，小廝連連點頭。「奴才明白了，這就把風聲傳出去。」

「嗯，記得別留下把柄，你譚爺回來，咱就功成身退。」話完，薛墨往四周望了眼，臉上徐徐綻放出笑來。

第九章

桃園，聞嬤嬤扶著寧櫻進屋換衣衫。

寧伯瑾在外面氣得臉色鐵青，招來身旁的管家。「你去問問小太醫人在何處，老夫人病情如何了？」

好不容易請動薛墨，他想好好拉拉關係，誰知鬧成這樣子。

管家看寧伯瑾臉色不對勁，不敢怠慢，轉過身，很快沒了身影。

寧伯瑾等著寧櫻解釋，誰知，進了屋子一直不見人出來，寧伯瑾耐心告罄，怒斥道：「人呢？」

聞嬤嬤聞聲出來，不忘輕輕將門掩上，小聲道：「六小姐受了驚嚇，睡著了，老奴瞧她眼眶通紅，睡著了都不安心，三爺若有什麼事，不如待六小姐醒了再說？」

寧伯瑾聽到這裡，氣不打一處來，抬起手要把人推開，後背傳來一聲狠戾的女聲。「你闖進去試試！」

久違的凶狠聲令寧伯瑾的手僵在半空，身子瑟縮了下，他轉過頭看，見黃氏氣得滿臉通紅，彷彿又回到多年前黃氏欺壓他的那些日子。

「妳教出來的好女兒。不分長幼，無理取鬧，哪裡有我寧家小姐的半點溫柔？」

「老夫人和佟嬤嬤說了什麼，她們心裡清楚，櫻娘若有個三長兩短，誰都別想好過。」黃氏怒目而視，深邃的眼底，透著玉石俱焚的決絕。

寧伯瑾胸口一窒，這時，管家匆匆忙忙從外面進來，倉促地給黃氏見禮，遞過手裡的東西，如實轉達薛墨的話。「小太醫說府裡還有事，遞給六小姐一塊玉珮，若六小姐有什麼吩咐，差人去薛府送個信就成。」

看見玉珮，寧伯瑾面色驟變，難以置信地又問了一遍。「是薛小太醫親自給你的？」

管家毅然地點頭。「是玉珮有什麼不妥？小太醫說他若不在家，這個玉珮可以請動薛太醫。」

寧伯瑾奪過玉珮，放在手裡反復摩挲，驚喜道：「妳教出來的好女兒，真是個有本事的。」聲音輕柔，明顯和方才的語氣不同。

黃氏皺了皺眉，見寧伯瑾眼神一掃陰翳，聲音轉了八度。「小六受了驚嚇，妳當娘的好好陪陪她，我先去看看娘，待會兒再過來。」

手腕一轉，寧伯瑾將玉珮小心翼翼放入懷中，想了想，主動解釋道：「玉珮我問過爹再做打算。對了，妳和薛夫人可是舊識？」

除了這點，寧伯瑾想不通薛墨為何這般看重黃氏和寧櫻？薛夫人和薛太醫鶼鰈情深，薛夫人死後多年，薛太醫都不肯續弦，如此癡情，在京中算是第一人了。

無奈聽不到黃氏回答，寧伯瑾搖頭走了。

寧櫻跳湖是跟月姨娘學的，不管真假，先嚇唬住人再說，她不信老夫人真敢在今日鬧出事情來。

黃氏掀開簾子，瞧見的便是神色恬淡的寧櫻靠在粉紅色迎枕上，小口小口吃著糕點的樣子，懸著的一顆心落到實處，她忍不住失笑道：「若被妳祖母、妳爹瞧見妳這副神色，有妳苦頭吃的。好好地，怎麼就鬧著跳湖了？」

寧櫻遞過手邊的盤子，邀黃氏一同吃糕點，並一五一十將屋裡發生的事說了。

寧櫻察覺到不對勁，至於哪兒不對勁，一時說不上來，黃氏卻面色劇變，和聞嬤嬤交換了眼神，聞嬤嬤識趣，開口道：「您和三夫人剛回來，老夫人是想試探妳們呢！小姐聰慧，這種法子雖然不是最好的，卻也讓府裡人看清楚了，您不怕事，鬧起來，誰丟臉還不知道呢！」

寧櫻也是這般想的。上輩子黃氏為了她的名聲，不許她做這個、不許她做那個，而所有的苦難折磨由黃氏一人扛著。寧櫻不想黃氏那麼辛苦，至少，在她的事情上，她想讓黃氏稍微放心些。

「娘，會不會給您惹麻煩？」

「不會，妳好好歇著，待會兒我請張大夫過來瞧瞧，作戲做全套，別人會，妳自然也要會。」

黃氏手裡還有事。今日，清寧侯府的人過來了，黃氏想試探清寧侯府的底，好想出退親的法子來。熊伯說清寧侯府世子潔身自愛，規矩得很，黃氏不信，天上沒有掉餡餅之事，老夫人為人自私，哪會真為寧靜芸著想，這門親事，無論如何不能結。

秋水掀開簾子，眉梢掩飾不住的喜悅，走近了，說了府裡的事，黃氏瞋她一眼。「哪兒傳出來的？老夫人素來注重名聲，這次，估計記恨上櫻娘了。」

秋水點頭，失笑地瞥了眼寧櫻，緩緩道：「在場的人只有薛小太醫，其餘是老夫人和大房的人，不管誰傳出去的都和小姐、夫人您沒關係，您沒瞧見老夫人醒過來的臉色，因為貪吃而暈倒，京裡有貪吃的小兒鬧肚子，大人還是頭回聽說。」

黃氏啼笑皆非，小聲道：「記得管束好下面的人，讓她們別亂嚼舌根。」

秋水鄭重地點了點頭。「奴婢吩咐過了。」

老夫人做事雷霆手段，三房人少，如果因為這事被殃及池魚，何其無辜。

寧國忠聽了寧伯瑾的話，看過玉珮後，威嚴的臉上不顯山露水，聲音沈著道：「你娘做事糊塗，小六剛回府，有什麼話好好說，非逼得人跳湖？說出去，對她名聲有什麼好？別看薛墨年紀小，城府深著呢！他送出這塊玉珮，怕是警告我約束好後宅，長者欺負晚輩成何體統？」

寧伯瑾以為薛墨起了結交的心思故而給寧櫻這塊玉珮，有寧國忠分析利弊，他端正了神色，商量道：「那待會兒我差人將玉珮還回去？」

寧國忠看了自己小兒子一眼。他是年紀最小的嫡子，自小有哥哥讓著，久而久之，養成了畏首畏尾的性子，否則，也不會被黃氏壓迫得抬不起頭來。「玉珮送出來再送回去像什麼樣子？你找人……算了，待會兒我和你大哥說說，叫他打聽一下刑部的動靜。薛小太醫和刑部侍郎走得近，別是刑部查到什麼要對付我們才好。」

寧伯瑾心驚，看著寧國忠手裡的玉珮，竟莫名覺得自己手在發燙似的，支支吾吾道：「不會吧，我們從未出過岔子；再說，他不是正在邊關打仗嗎，不會這麼早回京吧？」

寧國忠想想也是。從譚慎衍坐上刑部侍郎這個位置，朝堂便不太平，這兩年被拉下馬的人多，他不敢掉以輕心，刑部別的不會，給人安插罪名卻是最擅長的。

「小六為人極端，你多勸勸，沒事少去外面給我鬥鳥，好好陪陪妻兒。」

寧伯瑾耷拉著耳朵，害怕道：「孩兒知道了。」

雪下得越發密集，寧櫻吃了東西，竟不知不覺睡了過去，醒來已是下午了，被屋裡堆著的綾羅綢緞閃花了眼。前幾日，老夫人才讓佟嬤嬤送了好些過來，竟這麼快又差人送來了。

「小姐醒了，榮溪園送了好些珠寶首飾、綾羅綢緞，說是給您壓壓驚。」聞嬤嬤扶著寧櫻坐起，指著桌上堆著的布疋道：「府裡的大管家送來的，說您往後缺什麼吩咐一聲，您的月例漲成十兩銀子了呢！」

寧櫻揉了揉眼，聞嬤嬤小聲將薛小太醫送了塊玉珮的事情說了。「聽管家說，那塊玉珮是皇上送給小太醫的，他轉送給小姐，您也跟著沾了聖恩。」

「那玉珮呢？」

「老爺做主放祠堂供著了。」聞嬤嬤取下衣架上的衣衫，想到今日府中宴客，寧櫻竟睡了一上午，不免好笑。「外面喜氣洋洋的，小姐出去轉轉，沾沾喜氣才是。」

寧櫻點了點頭，問起黃氏，聞嬤嬤道：「熊大、熊二來了，夫人有事情吩咐他們，在屋裡說話呢！」

「熊大、熊二？」寧櫻重複著這兩個名字，呼吸一緩。

回府後，熊大、熊二不見人影，寧櫻以為黃氏派遣他們管鋪子去了。寧靜淑出嫁，黃氏讓兩人過來做什麼？

展開手臂，套上聞嬤嬤展開的衣衫，寧櫻問道：「賓客滿座，娘不是幫二伯母待客嗎，如何和熊大、熊二說事去了？」

寧櫻沒有忘記熊二的所作所為，總覺得熊二不如熊伯忠心，黃氏器重兩人，不見得是好事。

「夫人約莫有什麼事情吧，小姐不用為夫人操心，倒是老夫人那邊，小姐得空了去榮溪園瞧瞧。」替寧櫻整理好衣衫，聞嬤嬤小聲說了榮溪園的事情。

老夫人丟了臉，面上無光，府裡嚼舌根的下人都遭了殃，今日來的客人多是和寧府走得近的，倒沒傳出去，否則寧櫻這會兒估計得在祠堂跪著，不過寧櫻也算是得罪老夫人了。

「皇上以孝治國，生養之恩大於天，在朝為官者不敢頂撞長輩，不管何時您都要記著才是。」寧櫻的性子像極了年輕時的黃氏，睚眥必報，這種人看上去不吃虧，實則不然。聞嬤嬤這十年在後宅走動，和吳嬤嬤看法不同，對老夫人的手段，她記憶猶新。

穿好衣衫，聞嬤嬤去梳妝檯拿首飾，久久沒聽到寧櫻回答，心下嘆氣，轉過身，示意寧櫻伸手戴鐲子，但看寧櫻眼神清明地望著自己，聞嬤嬤一怔。「怎麼了？」

「奶娘說的，櫻娘一刻不敢忘，待會兒就給祖母負荊請罪去。」她懂聞嬤嬤的考量。老夫人是寧府身分最尊貴的人，忤逆老夫人，老夫人隨意兩句話就能壞了她的名聲。她不看重名聲，左右這輩子，她只想隨心所欲活著，然而請罪，是為了身後的人——為了黃氏，為了秋水，為了吳嬤嬤——她不想因為她的事情牽連了別人。

聞嬤嬤欣慰地順了順她後背。「我就知道小姐蕙質蘭心，清楚怎麼做。」

穿戴好，寧櫻正準備去榮溪園給老夫人請罪，府裡的老管家又來了。老管家是寧國忠的人，為人固執、剛正不阿，不如府裡二管家討喜，可有寧國忠護著，誰都不敢動他，且有他在，寧府的秩序井井有條，好比今日，好些下人因嚼舌根被處置了，而府裡諸事照樣有條不紊，絲毫不見慌亂。

「小姐，老爺說您受了驚嚇，在府裡好好養著，這是兩株百年人參，特意送過來給您壓壓驚的。」老管家五十出頭的年紀，不胖不瘦，說的時候雙唇一張一翕，不說話時，下顎抿得緊緊的，略駝的背盡力直直挺著，無端叫人害怕。府裡的下人沒有不怕他的，幾位少爺、小姐提起老管家，多少也會聞之色變。

寧櫻的目光落在老管家手裡的盒子上，一臉愧疚道：「櫻娘是不是闖禍了？聽說祖母身子不太好，人參給祖母送去才是，櫻娘年紀小，用不著如此珍貴的東西。」

老管家依舊不苟言笑，伸出手，聞嬤嬤下意識地上前接過盒子。

「老夫人年紀大了，四小姐出嫁，憂傷過度這才暈了過去，算不得大事，過些日子就沒事了，六小姐身子嬌貴，好好養著才是。人參收了，老奴該回去給老爺回話了。」語畢，老管家微微躬身，不疾不徐退了出去，步伐沈穩有力，看背影一點都不像五十多歲的人。

聞嬤嬤握著盒子。「老奴不該接啊……」

老管家聲音渾厚，不容人反駁，聞嬤嬤對老管家多少心生恐懼，看老管家伸手，自然而然就接了過來。

寧櫻掃了眼琳琅滿目的禮物。寧靜淑成親，反而是她屋裡堆滿了朱釵手鐲、綾羅綢緞。

「奶娘還不知老管家什麼性子？妳不收，他便不會走，祖父的意思是叫我近日不用去榮溪園給祖母請安了吧！」

人參珍貴，聞嬤嬤捧著盒子，打開瞧了瞧，確認是兩株後才回寧櫻的話道：「是了，小姐在屋裡好好休息幾日也好，趁著這些日子，好好用功唸書，明年，小姐能上家學就好了。」

「明年的事誰又說得準呢？去我娘那邊瞧瞧吧！」

屋裡，黃氏比劃著做好的衣衫，和秋水說著話。

寧櫻左右看了兩眼，問道：「娘，奶娘說熊大、熊二來了，怎麼不見他們？」

忽然響起的聲音嚇得秋水跳了起來，聽出是寧櫻後，她小聲提醒道：「六小姐，您來要先給夫人行禮，禮數上不能差了。」

寧櫻訕訕一笑，步子慢了下來，雙手垂在兩側，目不斜視，小步小步往前，屈膝微蹲，笑盈盈道：「女兒給娘親請安了。」說完，揚眉看向秋水。「秋水，我這樣子總沒錯了吧！」

黃氏哭笑不得，幽幽嘆了口氣。「罷了、罷了，屋裡沒人，別矯揉造作地行禮，我瞧著不舒服，快來看看娘給妳姊姊做的衣衫，這花和圖案，她會喜歡吧？」

寧櫻站起身，認真端詳兩眼，手撫摸上細滑的料子，見黃氏殷切地望著自己，寧櫻點了點頭。「姊姊會喜歡的。話說，方才老管家給我送了兩株人參，提醒我最近不用給祖母請安呢。」

說起榮溪園的事情，黃氏臉上的神色淡了，即使細微不可察，寧櫻仍看出來了。

「妳祖父念妳受了驚嚇，既是如此，妳就好好在屋裡歇著吧。對了，書唸得怎麼樣了？」黃氏將衣服遞給秋水摺起來，細細問起寧櫻的功課，隨口考校兩句，見寧櫻對答如流，不由得笑了起來。「夫子還是有幾分本事的，書不用唸太多，要會認字、會寫字才行，妳姊姊的字清秀，多向她請教。」

寧櫻應下，又問起熊大、熊二，黃氏見她盤根問底，透露了點。「娘手裡有點事情，叫熊大、熊二幫忙打聽打聽，算不上什麼大事，妳好好跟著夫子識字，其餘的事情有我呢！」

說到這裡，黃氏眼神晦暗。起初她就懷疑薛墨的初衷，今日老夫人的舉動應證了她的猜測，老夫人想要寧櫻拿到薛墨開的藥明顯有其他打算，或者在試探什麼。

她想起回京途中，她和寧櫻生病的事情，如果，她的病情不是因為吹風著涼而是有人蓄意為之，這便能解釋為何薛墨不僅要她喝藥，還要以瘟疫為由，叮囑她整個三房的丫鬟都該保重身子了。

寧櫻發現黃氏臉色不對，低喚了聲，黃氏若有所思地抬起頭，暗沈的目光中映著寧櫻白皙乾淨的臉，讓黃氏緊了緊手上的力道。

「娘沒事，妳在桃園待著，凡事有娘呢，別怕。」

寧櫻笑著點頭，向黃氏打聽起熊大、熊二去莊子前的事情，黃氏收回思緒，促狹道：「怎麼想打聽熊大、熊二了？」

「在莊子上的時候，熊伯和櫻娘說他年輕時候的事，秋水和吳嬤嬤也會說，熊大偶爾也會提兩句，熊二卻沈默寡言得很，什麼都不肯說，我不過好奇罷了。」隨意胡謅的藉口，說出口了，寧櫻才察覺到不妥。

莊子上的人被黃氏收拾得服服帖帖，待她絕無二心，平日閒聊時喜歡講過去發生的事，熊二卻隻字不提，不是其中有貓膩又是什麼？

黃氏嘴角揚起抹無奈，秋水摺好衣衫，和黃氏面面相覷一眼，開口道：「奴婢也不算老，和小姐說的怎就是年輕那會兒的事情了？小姐的話真真是傷人。」

聞嬤嬤在旁邊捣嘴輕笑，幫寧櫻道：「小姐年紀小，秋水在小姐眼裡可是不年輕了，說年輕時候實屬正常。」

被兩人插科打諢，寧櫻想問的話沒有問出來，卻對熊大、熊二多了心眼。

寧國忠說她不用去榮溪園給老夫人請安，她便不去，整日跟著夫子識字、寫字；傍晚去梧桐院陪黃氏說說話，日子甚是愜意。這半個月裡，字有了很大的長進，連寧伯瑾瞧見後都稱讚了幾句，雖然那些字在她看來仍是慘不忍睹，除了四歲的寧靜彤，其他小姐，她一個都比不過。

第一場雪後，京城如聞嬤嬤說的，沒幾日工夫入眼處盡是白茫茫的雪。

清晨，院子裡刷刷的掃雪聲響於寂靜中分外響亮，寧櫻睜開眼的第一件事就是叮囑金桂推開窗戶，看飄飄雪花。冰天雪地最是純淨，沒有勾心鬥角、爾虞我詐，再多的骯髒和黑暗，雪花一落地，什麼都掩蓋了。

「小姐，雪大，您別待在窗邊太久，傳到聞嬤嬤耳朵裡，奴婢又該遭訓斥了。」金桂摺好被子，回到窗戶邊小聲提醒寧櫻。

蜀州不比京城，十年難得下場雪，聞嬤嬤三令五申，小姐不習慣京城的冷，別因好玩凍著了。

寧櫻抬手伸出窗外，一大片雪花落入掌心，隨即漸漸變小，直至融化成水，又有雪花落下，一片、兩片，前仆後繼灑落於手心，不一會兒，凍得通紅的掌心盡是星星點點的水。金桂驚慌地往四周探查一眼，沒見著聞嬤嬤的身影才鬆了口氣，語氣略帶著埋怨。「小姐，如果被聞嬤嬤瞧見了，奴婢沒有好果子吃。」

寧櫻俐落地拍拍手，清麗的臉上有笑容展開，如寒冬的臘梅，好看得不可言喻。「奶娘去廚房準備早膳了，這會兒還在路上。」

金桂掏出手帕，小心翼翼替寧櫻擦去手掌的水，老生常談道：「蜀州的冬天沒有雪，比不得京城冷，您剛回京不適應，如果得了風寒，奴婢難辭其咎。」

「蜀州的冬天不下雪，卻是我待過最冷的地方了，京城看似天寒地凍，屋裡燒著炭，比蜀州好多了，金桂別擔心，我身子強壯，沒什麼事。對了，昨日傍晚，三爺和我娘為了何事起爭執，妳可打聽到了？」

十天前，聞嬤嬤領著金桂她們過來伺候，並給了她幾人的賣身契。金桂伺候了她一輩子，寧櫻信任她，什麼都願意交給她做。

昨日黃昏，她和黃氏說話間，寧伯瑾來梧桐院了，她本打算歇在梧桐院，誰知寧伯瑾來了不得不走，還未走出院子，便聽屋裡傳來寧伯瑾壓抑的怒吼，聞嬤嬤跟著，她不好意思掉頭回去，這才叮囑金桂去打聽。

金桂為難地低下頭，再次確認四下無人，才小聲道：「聽三爺的意思，想要在梧桐院歇息，夫人沒開口，三爺控制不住，動靜才大了。」

金桂口中的「動靜」自然指昨日寧櫻聽見的聲音，想了想，寧櫻心裡也沒法子。照如今的形勢來看，黃氏與寧伯瑾一輩子都要綁在一條船上，寧櫻想黃氏過得快樂些，寧伯瑾為人沒有主見，心眼不壞，黃氏打心裡喜歡過他的，不過，那是曾經了……

「金桂，替我穿衣，我去梧桐院看看。」上輩子，許多事情她來不及做，如今有了機會，她想好好陪著黃氏，至少，不是讓黃氏拖病，整日為寧靜芸毀親的事情憂心忡忡，也不是為了給她找個強而有力的夫家算計鑽營。

雪大，金桂撐著傘，寧櫻步伐匆匆地前往梧桐院，入了院子逕自往屋裡走，秋水站在門口，看寧櫻神色凝重，以為發生了什麼事，待寧櫻走近了，施禮道：「小姐臉色不對勁，是不是出事了？」

寧櫻收起臉上的肅穆，嘴角淺淺一笑。「怎還關著門，我娘還沒起？」說話間，她伸手推開門，大步走了進去。

秋水哎了聲，拉住寧櫻的衣衫，湊到她耳朵邊，嘀咕道：「三爺在屋裡，夫人還睡著呢！」

當著寧櫻的面說這話，秋水臉上不自在，微微紅了臉，這時候，屋裡傳來咚的一聲，夾雜著男子的咒罵，緊接著簾子晃動，被人掀開，寧櫻僵在原地，被屋裡的情形驚訝得說不出話來。

寧伯瑾好似才反應過來，拍了拍縐巴巴的衣衫，眉目清秀，臉上不見半分窘迫，好似習以為常似的。「小六來了，妳娘醒了，進屋陪她說說話吧！」接著，寧伯瑾又吩咐她身後的秋水道：「給我拿身乾淨的衣衫過來。」

話完，逕自去了後罩房。

黃氏坐在床榻上，而西窗邊的桌前，四張椅子並排安置著，最末的椅子稍微偏了，明顯是她進屋後，寧伯瑾從椅子上滾下來所致。

寧櫻難以置信地睜大了眼，指著椅子，錯愕道：「昨晚，父親睡在這兒？」

被寧櫻瞧見這一幕，黃氏臉上有些許不自然，下地推開窗戶，岔開了話。「天還早，怎麼這會兒過來了？」

寧櫻眼中的寧伯瑾從來都是風流倜儻，何時如方才那般狼狽過？她晃了晃頭，許久才從震驚中回過神。「娘說今日帶我出門轉轉，我心裡想著，早早就醒了。」

「這兩日府裡事情多，我們留在府裡沒多大的事，娘再給妳買兩身衣衫。」

不出意外，為了布莊給府裡主子們做衣衫的事，秦氏和柳氏鬧了起來。布莊的人以次充好，價格貴，秦氏抓著這點要布莊的人過來對峙，而布莊開門做生意，不敢得罪人，把柳氏供出來，說是受柳氏指使的。為了這事，大房和二房鬥得烏煙瘴氣，黃氏不想摻和進去，故而想帶寧櫻出門轉轉。

很快，秋水折身回來，伺候黃氏穿衣，吳嬤嬤跟著進屋整理床上的褥子，將椅子放回原處，其間沒人說話，比起寧櫻，兩人面不改色，分明早就知曉黃氏和寧伯瑾的相處模式。

收拾好椅子，吳嬤嬤出門端水，折身回來時道：「老奴聽三爺不停打噴嚏，約莫是著涼了……」

黃氏淡淡地看吳嬤嬤一眼，不甚在意道：「說不定是府裡哪位姨娘念叨他呢，三爺儒雅風流，妳又不是不清楚。」

吳嬤嬤一噎，看了寧櫻一眼，沒再說話。

黃氏洗漱好，寧伯瑾從後罩房出來，髮髻梳理得一絲不苟，面容乾淨，衣衫整潔，風度翩翩，寧櫻中規中矩地上前請安，被寧伯瑾制止了。

「都是一家人，用不著見外。妳來了也好，聽說妳娘答應今日帶妳和靜芸出門，這兩日我休沐，陪妳們轉轉，看中什麼，都算在我的帳上。」

黃氏蹙起眉，轉了轉手腕，嚇得寧伯瑾倒退兩步，反應過來黃氏並不是想打他才放鬆下來，見此，寧櫻哭笑不得。她不懂兩人年輕時發生過什麼，讓寧伯瑾對黃氏這般忌憚。

「小六，妳陪妳娘用早膳，記得去榮溪園給妳祖母請安，我吩咐小廝備馬車。」話完，寧伯瑾急急忙忙出了門，生怕黃氏動手打人似的。

「娘，父親怕您。」

「哪有的事，妳別胡說，傳出去，還以為娘是如何潑悍的一個人呢！妳父親開了口，今日看中什麼就選，別擔心他拿不出銀子。」黃氏提醒寧櫻將披風脫了，屋裡燒著炭，暖和得很，待會兒出門的時候就該冷了。

因要出門，黃氏去榮溪園給老夫人請安，寧櫻不好不去，故而跟著黃氏一起。半個月以來，柳氏和秦氏鬧得不可開交，遠遠地就能聽見兩人針鋒相對的尖銳聲響，老夫人一如既往坐在拔步床上，面色冷淡，任由柳氏和秦氏指桑罵槐地挖苦對方。

秦氏看見黃氏站在門口，立即轉了話題。「三弟妹來了，聽說今早三弟從梧桐院出來，第一件事就去吩咐馬房準備好馬車，又去庫房支了兩千兩銀子……」

寧伯瑾附庸風雅，整日無所事事，不思進取，這麼多年官職上沒有任何突破，花錢的本事卻不容小覷，秦氏心中早已不快，大房管家進項多，三房連個嫡子都沒有，寧伯瑾卻過得隨心所欲，追根究底二房是最吃虧的。

「妳想說什麼？何時老三去庫房支銀子還要問妳的意思了？」

寧國忠他們為官少不得要在朝中走動、拉近人脈，這些都離不開銀子，故而，寧國忠和寧伯瑾三兄弟在庫房支取銀兩並不需要她的印章，多少年府裡一直是這個規矩，今日被秦氏提出來，老夫人面色一沈，眼底動怒。

秦氏知曉說錯了話，悻悻然抿了抿唇，笑了起來。「母親，我沒有別的意思。三弟妹過了十年才回來，和三弟感情好，我心裡為她高興，說不定過些日子您又當祖母了。」

三房沒有嫡子，明眼人都聽得出話裡的意思。

老夫人臉色恢復如常，瞅著寧櫻，仁慈的眉眼間閃過狠戾。寧櫻故作沒看見，上前施禮，解釋了為何這半個月沒過來請安的原因。

「妳身子不好要好好歇著，天冷了穿厚些別著涼，京城可比蜀州冷多了。」老夫人恢復平常的慈眉善目，句句彰顯著她為人祖母的和藹。

寧櫻不卑不亢地點頭應下，只聽旁邊的秦氏插話道：「說起穿厚些，兒媳又想起布莊的事情來。母親為人公允，可不能偏袒了誰，若不是成昭他們兄弟喊冷，我也不會懷疑布莊偷工減料，兒媳一大把年紀死不足惜，成昭年紀輕輕……」

「妳瞎說什麼！」老夫人冷喝一聲，眉目間盡是莊嚴，秦氏不敢再多言，撇了撇嘴，意有所指地看向柳氏，挑釁意味十足。

黃氏不欲插手大房、二房的事，坐了一會兒，叫上寧靜芸一起走了。寧靜芸心裡不樂意，臉上卻也掛著得體從容的笑。

跟在寧靜芸身後的丫鬟是柔蘭，寧櫻忍不住多看了兩眼。柔蘭變聰明了，妝容比之前低調，衣衫顏色淡雅，站在寧靜芸身旁，黯然無光。她以為寧靜芸打發柔蘭了，沒想到又重用柔蘭，又或者，這是老夫人的意思？

假如是老夫人要寧靜芸留下柔蘭，將來，總有祖孫兩人反目成仇的那天，老夫人選了個姿色不錯的丫鬟給寧靜芸，有朝一日寧靜芸明白過來，一心一意為老夫人的心也就淡了。

鵝毛般的雪隨風飄零，陰冷的風颳得人臉生疼，炭爐子裡的火越燒越旺，暖了這冬日刺骨的風。

「送妳的衣衫可穿過了？娘剛回京，不知妳的喜好，如果妳不喜歡，和娘說說。」在寧靜芸跟前，黃氏說話不由自主軟了三分，聲音輕柔帶著討好。

沈默良久，寧靜芸才緩緩吐出幾個字來。「上等的料子，女兒哪有不喜歡的，多謝母親一番心意了。」

語氣客套而疏離，黃氏眼神有一瞬的暗淡，繼而說起了其他。黃氏說的時候，寧靜芸便靜靜聽著不出聲，偶爾才會附和一、兩個字，即使是一、兩個字也足夠黃氏高興了。寧靜芸的話後，黃氏的聲音會激動高昂，然後又慢慢低下去，待寧靜芸回她一句，又漸漸升高，周而復始。

不得不說寧伯瑾確實是個會享受生活的人，帶她們去的不是赫赫有名的鋪子，而是窄巷內零零星星開著幾間的鋪子，賣的都是些稀罕玩意兒，連寧靜芸都看得眼睛發亮。寧伯瑾出錢，寧櫻沒為他節省，選了好些稀奇古怪的玩意兒，其中還有兩本縐巴巴的書，京城人注重學識，表現在藏書上，書越多彰顯此人的學識越淵博，而就寧櫻來說，大多人買書不過為了充面子，好比寧府書閣裡的書，好多是新的，沒有一絲翻閱過的褶縐，即使這樣，大家依然推崇。

寧櫻和寧靜芸在一邊挑選，黃氏興致不高，餘光瞅見寧伯瑾拿了一樣東西塞進黃氏手裡，黃氏不忍拂了寧伯瑾的面子，並未推卸，寧伯瑾展顏一笑，接二連三又送了許多，見黃氏臉有不耐之色，寧伯瑾才收斂下來，寧櫻不禁覺得好笑。

中午，寧伯瑾挑了處僻靜的酒樓，二樓靠窗的位置。「小六頭一回在外面吃飯，這家酒樓的招牌菜甚是好，妳嚐嚐，如果喜歡，往後得空了，我再帶妳們來。」

聲音溫潤如玉，半點沒有為人父的威嚴，寧櫻神思一恍，輕輕點了點頭，探出身子，盯著雪地中深淺不一的腳印出神。忽然，視野中出現了一抹豔麗的身影，人來人往中，梅花紅的襖子格外醒目，寧櫻以為自己看錯了，眨眼再看，只見那名女子拐進旁邊的小巷子，不見人影。她抬起頭，凝視著無半分察覺的寧靜芸，動了動唇，欲言又止。

飯桌上，寧伯瑾在說話，附和的依然是寧靜芸，黃氏不出聲，寧櫻還在回想腦中的女子。寧櫻記得她，是程雲潤養的外室——綠意，最早是程雲潤的貼身丫鬟，不知為何被攆出了府，繼續和程雲潤糾纏不清。上輩子，黃氏就是抓住綠意，逼著清寧侯府退了寧靜芸的這門親事。

「櫻娘多喝點羊肉湯暖身。」黃氏舀了一勺湯放入寧櫻的碗中，輕聲提醒，接著又給寧靜芸舀了一勺。

寧伯瑾臉皮厚，主動端起旁邊的碗要黃氏給他盛湯，寧櫻怔怔地望著寧伯瑾，好似沒有反應過來，寧靜芸則低著頭，自顧自吃著。終究，黃氏替寧伯瑾舀了兩勺，寧伯瑾頓時眉開眼笑，笑容清澈，溫文爾雅，換作其他人怕要挪不開眼，而黃氏卻絲毫不為所動。

「小六和夫子練字長進大，過些日子，我去拜訪友人替妳要兩副字帖過來，妳姊姊有一手好字，也是臨摹大儒的字才有今日的成就。」寧伯瑾話鋒一轉，說起了寧櫻的事情。「京城冬天冷，妳可還習慣？」
寧櫻不懂寧伯瑾打什麼主意，如實道：「還行。」
「京城過年熱鬧，如今街上年味不顯，入了臘月，到處張燈結綵掛著大紅燈籠，煙花炮竹不斷，到時候，帶妳去郊外放煙花，如何？」寧伯瑾握著勺子，輕輕攪拌著碗裡的湯，臉上盡是期待。
寧櫻瞥了眼黃氏，恍然大悟。寧伯瑾是想討好她來討好黃氏，心裡拿不定主意，問黃氏道：「娘想去嗎？」
黃氏抬起頭，認真道：「若櫻娘喜歡，去看看也好，莊子上過年冷清，不如京裡熱鬧，妳整日拘在府裡，難得出門……」
「這有何難？回府時我與管家說一聲，往後小六想去哪兒逕自出府即可。」寧伯瑾搶過話，一臉是笑地看著黃氏，和回府當日第一次見到黃氏說的那句「毒婦」的表情截然不同，態度委實熱絡了些。
黃氏沒有吭聲，飯桌上氣氛又冷了下來，寧櫻別開眼，卻見對面巷子走出來一人，身上裹著黑色的披風，蓋住了半張臉，寧櫻一眼就認出此人是清寧侯的世子程雲潤。
「下面有什麼好看的？」寧伯瑾轉頭，盯著街道上的人，問寧櫻道。
寧櫻失神，手不穩，手裡的碗滑落，啪的一聲，碗碎裂了，裡面的湯灑了出來，寧伯瑾下意識地看了一眼黃氏，面色訕訕。

街道上，程雲潤上了馬車，車簾蓋得嚴嚴實實。見馬車駛往遠處看不見，寧櫻才收回目光。「沒事，是我自己不小心。」

黃氏並未斥責寧伯瑾。「小心些，燙著沒？」

黃氏拉過寧櫻的手反覆檢查，叫來吳嬤嬤收拾乾淨。他們用膳，吳嬤嬤、秋水和柔蘭在隔間，聽見動靜，吳嬤嬤快速走了過來，清理乾淨桌子和地上，又退了出去。

寧櫻不敢再分心，認真品嚐面前的菜餚。酒樓廚子的廚藝好，做的飯菜比起府裡做的略勝一籌，其中一道菜甚得她歡心，寧伯瑾眼力好，走的時候吩咐人又做了一份，叫寧櫻帶回家晚上吃。

黃氏將寧伯瑾討好的神色看在眼裡，並未多說什麼。

回到府裡，寧靜芸回榮溪園，寧櫻和黃氏朝著梧桐院的方向走，想了想，寧櫻說了今日所見。在黃氏眼中，她和寧靜芸同等重要，依著黃氏的性子，肯定會想法子毀親，如果是這樣，她不想黃氏太過操勞，黃氏召見熊大、熊二說不定就是為了寧靜芸的親事。

黃氏皺起眉頭，回眸看了眼吳嬤嬤，吳嬤嬤會意，大步上前，左右打量著是否有人。

「妳怕是認錯人了，清寧侯府地位尊貴，世子哪會去那種地方？就是因為這個，妳才把手裡的碗掉在地上了？」黃氏輕聲細語，明顯不信寧櫻的話。

寧櫻清楚黃氏的性子，不管是真是假，隨後黃氏會找人探查，查出蛛絲馬跡的，只是，她不想因此破壞了黃氏和寧靜芸的關係。「娘，看父親和小二說話，應該是常常去那家酒樓，妳讓父親打聽打聽不就好了？」

寧伯瑾不知什麼原因極力討好黃氏，如果黃氏開口的話，寧伯瑾一定會應下，或許，這輩子寧靜芸的親事不用黃氏出面也能毀了。

寧櫻的話像一隻老奸巨猾的狐狸口中說出來的，黃氏很難相信，自己什麼都不懂的小女兒能說出這番有城府的話來，語氣不由得慎重起來。「誰教妳的？」

寧櫻笑道：「我看父親休沐，沒什麼事情做，整日纏著娘，若您開口隨便給他找點事情做，櫻娘就能陪娘好好說說話了。」

黃氏想起昨天傍晚，寧櫻想要留在梧桐院，寧伯瑾來了，寧櫻才走，估計這會兒心裡不樂意了，黃氏不免覺得愧疚。「他不是天天都有空的，妳想在梧桐院，妳待著就是了。」

她不是傻子，寧伯瑾前後態度轉變大，明顯受了人指使，在這寧府中，能叫寧伯瑾沒法拒絕的人只有一個，便是寧老爺，寧國忠。

不管寧伯瑾轉變態度是為了什麼，她已心灰意冷。女兒大了，好好為她們找門親事，歡歡喜喜看著她們出嫁，便無牽掛，若寧伯瑾打寧櫻和寧靜芸的主意，別怪她翻臉不認人。

剛轉過迴廊，走向青石磚的小路，後面寧伯瑾就追了上來。「左右這兩日得空，小六，把妳的字拿來，為父替妳看看。」

寧櫻望著黃氏，不滿地挑了挑眉。黃氏皺眉，冷聲解釋道：「櫻娘這兩日不舒服，只顧著識字，並未練字。」

「要不要請大夫瞧瞧？天冷，別著涼得了風寒。那小六先回屋休息，我與妳娘說說話。」寧伯瑾凝視著容貌不似以往白皙的黃氏，小聲道。

黃氏蹙了蹙眉，低聲道：「什麼話，改日再說吧！」態度冷淡，明顯不願意多說。

寧櫻打量著寧伯瑾受挫的臉色，突然有一絲後悔了，道：「娘，您與父親說話，我先回屋了。」

寧伯瑾滿意地點頭，和黃氏並肩而行，開門見山道：「以前的事情過去就過去了，往後我們還和以前一樣過日子。娘說得對，我年紀不小了，沒有正經的嫡子，出去叫人恥笑，靜芸和小六沒有兄弟撐腰，往後遇著點事，我們鞭長莫及，妳好好想想吧！」

寒風刺骨，不知何時，驟停的雪又紛紛揚揚灑落，兩人站在路中央，沈默不語，寧伯瑾凍得渾身發抖，鼻尖微紅，望著略有迷茫的黃氏。他心情複雜，捂著手，學著小廝放在唇邊，大力哈出幾口氣，脫下身上的披風披在黃氏肩頭，小心翼翼道：「我們回屋說？」

大雪中，寧伯瑾身形微顫，臉被凍得有些呆滯了，雙手環胸，怔怔地等黃氏開口。

黃氏抬手扶著肩頭的披風，如點漆的眸子晦暗不明。「三房子嗣最多，你若覺得沒得到你想要的，明日去榮溪園請安，我會與老夫人說，她最是疼你，會想方設法給你尋個貼心的姨娘；至於靜芸和櫻娘，你真想為她們做什麼，早點生孩子，別等有了外孫，一個、兩個庶子、庶女蹦出來丟人現眼……」

寧伯瑾腦子渾沌不清，聽了這話，被風吹得刺痛的臉色忽明忽暗，下巴繃得緊緊的，極力控制著心中情緒，許久，待心情平復才蹙著眉頭，聲音沙啞道：「我與妳心平氣和說話，妳非得這般冷嘲熱諷？」

黃氏輕嘆一聲，揚手撣了撣肩頭上的雪花，雲淡風輕道：「你聽著覺得是挖苦，我無言以對，沒事的話，我先回去了。」

往前兩步，黃氏又轉過身來，寧伯瑾以為她想明白了，不由得一喜。他心裡打著如意算盤，寧櫻今年十二歲，一眾侯爵中，訂娃娃親的不少，十三、四歲說親的比比皆是，若薛墨中意寧櫻，寧府和薛府結為親家，對寧國忠明年入內閣有利無弊，寧國忠下了指令要他討好黃氏，否則，他才不會在梧桐院浪費時間。

「妳想清楚了？」

「謝謝三爺的披風，看你臉色不好，記得找個大夫看看。」黃氏沒有忽略寧伯瑾臉上細微的抽動。寧伯瑾果然是受了寧國忠的指使來的，想到這個，黃氏忍不住笑了起來，折身退回寧伯瑾身旁，譏誚道：「十年了，你還是最聽老爺的話，老夫人疼你，老爺縱容你，難怪三房子嗣多。」

寧伯瑾沒聽出黃氏在諷刺他，一時沒反應過來，瑟瑟發抖地回到書房，叫小廝去外面請大夫時，他才明白過來黃氏話裡的意思，竟是罵他妻妾成群，所有的心思都花在生孩子上面了。

第十章

寧櫻正翻閱今日買回來的書，聽外面傳來腳步聲，蛾眉輕抬，清明的眸子閃了閃，看來人是黃氏，疑惑道：「娘怎麼過來了？」

黃氏站在門口，由秋水解下她的披風。她打量著屋子，目光落在書桌上破舊的書皮上，問道：「妳父親走了，我過來瞧瞧買回來的什麼書，裡面的字都認識了？」

寧櫻如實搖了搖頭。「有的認識，有的不認識，上面注釋多，一層又一層的字蓋住原本的文字，好些都模糊了。」

黃氏端詳兩眼，書淋過雨，字跡糊成一團，轉手的人多了，寫的注釋一層又一層，原本書中的內容都沒了。

這些日子，榮溪園都有禮物送過來，屋裡堆得滿滿的，黃氏提議道：「明日，讓聞嬤嬤將妳收的禮列個單子出來，去旁邊收拾間屋子做庫房堆著，往後有用得著的時候。」

她帶寧櫻離開京城時，就開始為寧靜芸置辦嫁妝，十年來靠著鋪子和田莊，寧靜芸的嫁妝存了不少，而寧櫻的卻未開始置辦，寧櫻手裡的銀子還是向柳氏要來的十年月例，兩相比較，寧櫻寒磣了不是一星半點兒，黃氏不由得心生愧疚。

「妳手裡頭的銀兩交給聞嬤嬤管著，需要用錢的時候儘管花，不夠了和娘說。」

秋水有件事情說對了，寧櫻跟著她，不是不委屈的，可寧櫻不爭不搶，心性堅韌，從未抱怨過日子艱難。

寧櫻不明白黃氏怎麼忽然又問起這個？銀子的事她和聞嬤嬤商量過了，一千多兩，不算少，可在富裕得流油的京城來說，想買間好鋪子卻難。她扶著黃氏坐下，吩咐金桂泡茶，說了自己的打算。「櫻娘讓聞嬤嬤找人問問，京外的小鎮可有適合的鋪子賣，京城寸土寸金，一千多兩比上不足，比下有餘，買不到適合的鋪子，不如去京外選個富庶的小鎮，做點小買賣。」

黃氏沒料到寧櫻早有打算，端過金桂遞過來的茶杯，揭開蓋子，輕輕抿了一小口。「妳想買個鋪子，為何？」

在莊子上，她從未和寧櫻說過銀錢的事，京城的風俗人情也甚少提及，她以為寧櫻頭一回手裡拿到銀子，是人都會心潮澎湃，激動地迷了心性，可從寧櫻眼中，黃氏看不出絲毫興奮，反而盡是對未來生活有規劃的堅定。

寧櫻狡黠一笑，明豔的臉上如沐春風，黃氏晃了神，只聽寧櫻道：「有錢能使鬼推磨，好啊！」

黃氏哭笑不得，思忖道：「娘讓熊伯幫忙打聽城裡可有適合的鋪子，娘添點錢給妳買一個，租賃給別人，妳收租金就好。」

寧櫻沒有成親，不能整日拋頭露面，收租金沒有風險，寧櫻身邊的聞嬤嬤就能辦成，用不著將寧櫻牽扯進去。

想清楚了，黃氏心裡有了主意，道：「過年正是城裡熱鬧的時候，鋪子不好買，年後再說。」

寧櫻點頭，繼而想起另一件事來。「娘身邊可有得力的小廝？」

黃氏身邊有熊伯，寧櫻不懷疑他的忠心，可是熊大、熊二，寧櫻不敢全然信任，她想要一個小廝，隨時隨地幫她跑腿的人。

「櫻娘身邊人手不夠？」

「不是，娘身邊有熊伯、熊大、熊二，姊姊也有專門的小廝，我身邊少了小廝，有的事情不方便。」

黃氏垂眸不語，回味寧櫻一番話，黃氏覺得自己竟看不透自己的女兒了。在莊子裡，寧櫻冬夏都拘在屋裡，無所事事，春秋有吳嬤嬤陪著漫山遍野到處跑，言行舉止沒有一點大戶人家小姐的模樣。自從回京後，寧櫻好似變了個人似的，待人接物極有城府，舉手投足間和莊子的野丫頭大相徑庭，起初，黃氏以為換了環境，寧櫻害怕，這些日子看來，寧櫻適應得好，寧靜芳和老夫人都不曾在她手裡討到好處。

明明她該欣慰，黃氏心頭卻蔓延起無盡的愧疚，臉上的表情漸漸怔忡，好似陷入了回憶，說話的速度慢了下來。「妳身邊沒個小廝確實不妥，熊大、熊二出門辦事了，等他們回來，讓他們跟著妳，妳辦什麼事情可以使喚他們。」

寧櫻留意到黃氏臉上的悵然，知曉黃氏會錯了意，以為自己和她生分了，解釋道：「熊大、熊二是娘身邊的人，櫻娘要個小廝，是擔心娘忙事情的時候，櫻娘出門沒有車伕，總煩勞府裡的車伕不太好。」

見小女兒急著解釋，黃氏釋然一笑。「妳大了，走到哪兒有小廝跟著安全。熊二身子壯碩，叫他跟著妳，待他們回來，我和熊二說一聲，他會答應的。」

寧櫻不想和熊二有所牽扯，但是話說到這個分上，她沒法反駁黃氏，只得先應下。「聽娘的。」

雪不見停，黃氏就在屋裡陪著寧櫻練字。寧櫻握筆的姿勢端正，端坐在書桌前，神色專注，精緻的五官越發嬌豔，很難看出她剛學會寫字不久。

最後一筆落下，寧櫻收筆，側頭盯著在旁邊椅子上坐著的黃氏。黃氏渾身帶著股爽利，比起府裡的一眾姨娘，容貌的確不算出眾，身上穿的衣衫還是前兩年做的，有些舊了，看起來一點都不像三房的主母，更像嚴於律己的女夫子。她記得上輩子黃氏死後，留下一本親筆寫的帳冊，然而，她不認得上面的字，問吳嬤嬤，吳嬤嬤鑽研許久也說不識。

「娘，您寫的字過些日子您自己都不記得，那田莊、鋪子送過來的帳冊會不會有問題？」寧櫻收起書桌上的紙，擱下筆，歪著頭看向正端詳她字的黃氏。

「娘都不認得的字說明多是些無關緊要的，真正有用的都記著呢，又聽吳嬤嬤給妳抱怨了？在莊子上閒來無事，我隨意練練，字好看與否不重要，自己沒忘記怎麼用筆、怎麼寫字就好。」寧櫻的字中規中矩，筆劃乾淨俐落，字的停頓和收尾，像極了她寫字的習慣，黃氏沒有生疑，母女連心，字寫得像不算什麼。

母女倆說著話，前面管家來了，說是寧伯瑾病了，人送到了梧桐院去，詢問黃氏要不要過去瞧瞧？看著管家，黃氏心領神會，應該是寧國忠的意思，以寧伯瑾的性子，不會一而再、再而三死纏爛打。

「你請大夫給三爺瞧瞧，我馬上過去。」

寧櫻不知曉園中寧伯瑾取披風給黃氏的事，聽聞寧伯瑾生病，驚奇道：「回來時父親身子骨兒還好好的，怎麼突然不好了？娘，我和您一道去看看吧！」

「天冷，妳父親受了涼不算什麼大事，妳好好歇著，明日記得去榮溪園給老夫人請安。」

今日去過，明日繼續藉故生病的話說不過去，黃氏知曉寧櫻會做得很好，仍忍不住提醒她。

「櫻娘記著呢！娘，您和父親說，明早櫻娘過去請安。」她懷疑寧伯瑾生病另有玄機，否則怎麼病的時機不早不晚，正好在她們回來後？

黃氏走後，寧櫻給金桂使眼色，示意金桂出門打聽發生了何事？寧伯瑾和黃氏在園中說話不是什麼秘密，金桂回來得快，看聞嬤嬤在屋裡，金桂不敢往寧櫻跟前湊，站在門口，眼觀鼻，鼻觀心，待聞嬤嬤走出來，她才四平八穩走了進去，湊到寧櫻耳朵邊，小聲將園中的事情說了。

寧櫻瞇了瞇眼，心下沈著。反常即為妖，黃氏應該是懷疑寧伯瑾的動機了。想來也是，如履薄冰的夫妻關係忽然一方轉了性子要改正，如果不是另有所圖，便是心懷不軌。

回稟完這句，金桂想到另一件事，語氣變得含糊不清起來。「小姐，奴婢還有件事，不知該不該說？」

說這話的時候，金桂回眸盯著簾子，神色戒備。

「何事？」金桂在府裡有自己的人脈，寧櫻早就清楚，她不排斥，因而從未細問過，這會兒看金桂神色不對，她不由得來了興致，直起脊背，面容肅穆。

「今日，月姨娘去了竹姨娘院子，兩人嘀嘀咕咕說了許久的話，出來時，月姨娘神清氣爽，臉色紅潤，像遇著什麼好事似的。」金桂清楚她是寧櫻身邊的人，不該打聽夫人和姨娘的事情，可有人將消息洩漏給她聽，若不告訴寧櫻，她心下難安。

竹姨娘和月姨娘明爭暗鬥多年，相安無事地說話還是頭一回，不用說，兩人是為了對付夫人。夫人膝下沒有兒子，不受寵，這些日子三爺頻頻去梧桐院，兩人應該是著急了，金桂生在後宅，爭風吃醋的事情看得明白。

寧櫻別有意味地冷哼了聲。月姨娘風光無限，十足是個沒有城府的。想想也是，臉蛋生得漂亮，又有寧伯瑾的寵愛，年紀輕輕難免心浮氣躁，不把其他人放在眼裡。竹姨娘則不同，她深諳後宅生存之道，哪怕生了三房的長子，她為人十分低調，會咬人的狗不會叫。她好奇月姨娘這些年是如何在和竹姨娘的爭鬥中活下來的？

「金桂，妳在府裡，可知曉這些年竹姨娘和月姨娘的事？」

金桂屈著身子，嗯了聲，細細說起月姨娘進門後的事。一刻鐘後，寧櫻才聽完，感慨道：「人啊，不得不說是要靠運氣的，月姨娘這些年運氣不錯，可再好的運氣也有用完的一天。這件事我知道了，妳下去吧！」

竹姨娘慣用的伎倆就是挑撥離間，月姨娘年輕氣盛，心裡一根筋，所有的姨娘中，月姨娘是一門心思為寧伯瑾好的人，所以才會得到寧伯瑾的喜歡。如今寧伯瑾有心挽回和黃氏的關係，月姨娘心裡害怕寧伯瑾會拋棄她，得到的寵愛有朝一日悉數沒了，對於爭強好勝的月姨娘來說如何承受得了？

接下來，月姨娘就該有所行動了。

翌日清晨，院子裡傳來第一聲刷刷的掃地聲，寧櫻便睜開了眼。夜裡淺眠，反覆被惡夢驚醒，只有聽到院子裡的聲響後，她才敢相信眼下的生活不是鏡花水月、不是她幻想出來的，她實實在在地活著，一頭烏黑亮麗的頭髮，五官明豔動人，沒有生病，沒有咳嗽。

「小姐醒了？」金桂伺候的這些日子大抵摸清楚了寧櫻的性子，早起要照鏡子，如半夜醒過來那般，緊接著才是穿衣洗漱。

寧櫻掏出鏡子，不放心地瞄了兩眼裡面的人，問道：「昨晚，我的咳嗽是不是好些了？」

說起這個，金桂當即皺起了眉頭。「小姐要不要請大夫瞧瞧？奴婢聽著咳嗽得挺厲害的，莫不是生病了？」

而且，從她服侍寧櫻的第一晚開始，寧櫻的咳嗽就未停止過，她私底下和聞嬤嬤說過，聞嬤嬤搖頭嘆息，滿是無奈，應該是寧櫻不准聞嬤嬤多說。

「我沒事，夜裡認床才這樣的，習慣了就好。」將鏡子放回原處，寧櫻暗暗鬆了口氣，起床下地。

今日得去榮溪園，又是與老夫人虛與委蛇的時候。寧櫻先去梧桐院給黃氏請安，入屋後鼻尖充斥著濃濃的藥味，黃氏坐在西窗的椅子上翻閱著過往十年的帳冊，田莊、鋪子進項一年比一年少，黃氏懷疑鋪子管事偷偷昧了銀兩，親自核對帳目，年年如此。

堆積如山的帳冊擋住黃氏身影，寧櫻上前，給在美人榻上躺著的寧伯瑾行禮。病來如山倒，病去如抽絲，寧伯瑾褪去了書卷氣，臉色蒼白，如畫的眉目間帶著病弱的氣息。見是她，寧伯瑾招手笑了笑。「小六來了？」

寧櫻屈膝施禮道：「父親病可好些了？」

「沒什麼大礙了。」說完，寧伯瑾想起什麼，捣著嘴輕咳一聲，又道：「聽著我嗓子是不是變了？全身使不上勁，痊癒的話只怕還要幾日的工夫。」

他視線有意無意地看向旁邊桌上，回應他的是沙沙翻書聲，並未有其他。寧櫻明白寧伯瑾是想讓黃氏心生同情對他好些，看屋裡的情形，寧伯瑾夜裡應該是歇在這美人榻上的。

「娘。」寧櫻轉過身，走向桌子，向黃氏打招呼。今早要去榮溪園請安，看黃氏不緊不慢的樣子，寧櫻覺得不對勁。

「妳父親病了，我要留下照顧，妳祖母的意思是最近不用過去請安了，妳跟著夫子好好識字，娘這邊沒什麼事，用不著過來。」

這時候，旁邊又傳來寧伯瑾的咳嗽，黃氏不以為意。「既然來了，妳在旁邊練練字，叫妳父親指點幾句。」

寧伯瑾聞言，爬起身坐好，自己抽了個大紅色的靠枕靠在身後。「也成，我向衙門告了假，暫時不去了。小六乃寧府正經的嫡女，出門不能給寧府丟臉，字如其人，字就是一個人的臉面，更是要寫好了。」

寧伯瑾為人風流，肚子裡多少有些墨水，寫的字飄逸大氣，曾得過不少人稱讚，奈何其風流的名聲響亮，字寫得再好看也沒用。

寧櫻吩咐金桂回去拿筆墨紙硯，只聽外面傳來低低的哭泣，抽抽噎噎的，煞是委屈。寧櫻挑了挑眉，暗道，上輩子月姨娘早早沒了命不是沒有原因的，被竹姨娘攛掇，她便沒了成算，把矛頭對準黃氏。國有國法，家有家規，除非黃氏死了，否則，月姨娘一輩子都越不過黃氏去。

思索間，月姨娘進了屋，解下桃紅色的披風，粉霞錦緞藕絲羅裳領子開得低，露出裡面大片白皙的風光，大冷的天，月姨娘為了爭寵真的是豁出去了，只見月姨娘走動間拉扯了兩下衣衫，露得不多不少剛好叫人浮想聯翩、意猶未盡；雖有哭泣的聲音，臉上卻不見半滴眼淚，月姨娘一心只在寧伯瑾身上，眼裡不見旁人，進屋後直直撲向美人榻，如鶯啼的聲音字字哭訴著寧伯瑾的喜新厭舊，身體交纏間，衣衫滑落，裡面粉紅色的肚兜叫人血脈賁張，饒是重活一世的寧櫻，面上也不淡定了，抬起腳，想要退出去。

「三爺偶感風寒，月姨娘如此體貼善解人意，我吩咐人扶三爺去妳那邊，想必有妳的細心照顧，三爺的病很快就好了。」黃氏站起身，目光促狹地望著美人榻上的一幕，冷著臉嘲諷道：「吳嬤嬤，扶三爺起身……」

「不用、不用。」寧伯瑾使出全力將月姨娘從自己的身上推開，訕訕道：「月姨娘關心我的身子，過來探望罷了，不是什麼大事。」

月姨娘好似這會兒才發現屋裡有人，慢條斯理理了理滑至手臂的衣衫，站起身，楚楚可憐地給黃氏見禮。「三爺說得是，夫人是明媒正娶回來的，哪能和妾身比？有妳照顧三爺，妾身自然是放心的，就是、就是捨不得三爺罷了，好端端的，怎麼就生病了？三爺身子硬朗，往年都好好的呢！」

月姨娘話裡明顯暗指黃氏對寧伯瑾做了什麼，黃氏面上並無不悅，待月姨娘說完，才不冷不熱道：「往年好好的，今年身子就不行了，可見身子早已埋下隱患，今年才顯出來罷了。」

月姨娘眉梢微怒，抬起頭欲和黃氏爭執，被身後的寧伯瑾打斷了。「妳回去，好好陪著靜彤，她年紀小，身邊離不得人，我身子好了自會去看妳的。瞧瞧妳這模樣，跑到梧桐院質問夫人像什麼樣子？」

寧伯瑾寵愛月姨娘不假，然而這話說到最後，已有動怒的態勢。他好聲色犬馬，然而牽扯到規矩，他不是胡來之人，所以他喜歡的女子，會想方設法弄到院子裡來，不會在外面亂來。

月姨娘看寧伯瑾眼裡充斥著不豫，眼珠一轉，眼淚潸潸落下，如梨花帶雨，蔥白般細嫩的手摟著寧伯瑾脖子，啜泣道：「妾身沒有別的意思，只是聽聞三爺高燒不退，妾身心裡沒了主心骨兒，小姐才四歲，正是需要父親的年紀，若您有個三長兩短，妾身也不想活了。」

一番話說得聲淚俱下，情真意摯，寧伯瑾繃著的臉柔和下來。他本就吃軟不吃硬，加上月姨娘甚得他歡喜，殉情的話都說出口了，他哪還有什麼怒氣？輕聲道：「我身子沒什麼大礙，養幾日就好，夫人和我多年夫妻，還能害我不成？天寒地凍的，出門多穿兩件衣衫，我好了會去找妳的，妳若放心不下，每天來給夫人請安瞧瞧我就是了，哭什麼？」

聽了這話，月姨娘的淚才止住，理了理衣衫，仍哭哭啼啼道：「妾身記著了，妾身這就回去，明日再來看您。」

寧伯瑾點頭，目送月姨娘出門，調轉視線，看黃氏倚靠在桌前，意味深長地望著自己，黑沈的眸子如一面鏡子似地反射出他心底的想法。寧伯瑾不自在地別開了臉，不敢與之對視，吞吞吐吐道：「月兒只是擔心我，沒有惡意，妳別想多了。」

「三爺以為我腦子裡想什麼，竟是擔心我想多了？」黃氏冷冷一笑，轉向寧櫻，目光一沈道：「三爺在外如何花天酒地我管不著，櫻娘年紀小，您當父親的凡事該以身作則，今日的事情傳出去，豈不是叫人貽笑大方？我不在，三爺可以沒有主母管束為由推卸責任，今日的事情我遇見了，萬沒有睜隻眼、閉隻眼的道理。月姨娘不懂規矩，就叫她抄寫府規五十遍，那時候，三爺的病也該好了，正好哄哄。」

寧伯瑾張了張嘴，看了眼寧櫻，欲言又止。今日確實是月姨娘不懂事，在晚輩面前，卿卿我我成何體統？但五十遍，傳到月姨娘那裡不知道怎麼鬧呢，寧伯瑾嘆了口氣道：「她從小不識字，更別說抄書了，十遍吧……」

話未說完，看黃氏微微變了臉，目光轉向吳嬤嬤，寧伯瑾生怕黃氏讓吳嬤嬤將自己攆出去。自己費盡心思地住進來，可不是為了被攆出去的，急忙改口道：「五十遍就五十遍，我讓人和她說說。」

黃氏不置可否，坐下，繼續翻閱手裡的帳冊，寧櫻垂下眼瞼，不再想方才的事。月姨娘沒腦子，確實該給個教訓。

晌午，在梧桐院用膳後寧櫻才出來，不得不承認，寧伯瑾在書法上頗有幾分造詣，比夫子說得更直白通透，她獲益匪淺。寧櫻低頭瞧著腳下的積雪，忽然衣角被金桂拉扯了下，順著金桂的目光望去，便看見左側的雪堆後，小小的腦袋四下張望，明亮的眸子水光閃閃，明顯在哭。

寧櫻屏退左右兩側的丫鬟，慢慢走了過去，將蹲在地上的寧靜彤拉起來，輕輕拍掉她身上的雪，壓低聲音道：「靜彤怎麼有空過來，可是找父親有事？」

寧靜彤身子縮了縮，凍得顫抖的雙唇微張，聲音哆嗦不已。「管家讓姨娘抄寫府規，姨娘說是夫人的關係她才受罰了。六姊姊，往後父親都不會喜歡姨娘了嗎？姨娘哭得好傷心，靜彤難受。」

寧櫻嘆氣，取下身上的披風裹住寧靜彤，牽著她往桃園走，積雪覆蓋的小徑旁，偶有一、兩株樹枝露出枯黃的顏色，分外蕭瑟落寞。寧靜彤年紀小有些事不懂，女子最是不能受涼，否則，等來小日子有苦頭吃的。

一邊走，寧櫻一邊解釋道：「姨娘會沒事的，父親心裡仍然喜歡姨娘，姨娘今日不懂規矩，靜彤明白什麼是規矩嗎？規矩就是，靜彤瞧見父親、母親記得行禮，姨娘忘記了，父親叫她抄寫府規是為了她好，父親病著，姨娘如果鬧出什麼事，父親來不及幫她怎麼辦？等姨娘的府規抄寫完，父親的病也好了，會去找姨娘的。」

寧靜彤吸了吸鼻子，懵懵懂懂望著寧櫻。「真的嗎？姨娘不會鬧事的，姨娘可懂事了。」

「姨娘懂事，耐不住背後那些居心不良的人胡言亂語。靜彤和姨娘擔心父親的身體，六姊姊會和父親說的，要知道，妳九姊姊、十姊姊都沒有過來探望過父親呢！竹姨娘來過一次，明知父親病了，也不怎麼關切，比較起來，還是靜彤和妳姨娘最關心父親的病呢！」

月姨娘自恃貌美，進門時三房沒有主母，久而久之沒人提醒她何為正妻、何為妾室，叫她得意忘形。竹姨娘想必也發現了，因此挑撥黃氏和月姨娘的關係，以月姨娘的道行，黃氏動動手指就能將她除掉，她哪是黃氏的對手？然而上輩子，黃氏是不得已才除掉她的，府裡的人說起黃氏都說她心腸歹毒，其實，黃氏刀子嘴、豆腐心，外人只看其表面，而不懂其真實的性子罷了。

聽了這話，寧靜彤高興起來，還未到桃園的門，身後傳出一聲尖銳的喊聲，寧櫻沒反應過來，便被人一把推開，腳扭了一下，手牽著的寧靜彤被人扯了過去，寧櫻沈了臉，定睛一看，寧靜彤的奶娘大驚失色地望著自己，神色激動。

「六小姐，彤小姐年紀小不懂事，如果有冒犯的地方還請您多多包涵。」寧櫻發現，奶娘摟著寧靜彤的雙手顫抖不已，眼睛從上到下檢查著寧靜彤，生怕她有個閃失。

金桂走過來扶住寧櫻，冷眼道：「見著六小姐不懂行禮，膽敢伸手推人，誰給妳的膽子？」

奶娘知曉做錯了事。不怪她提心弔膽，月姨娘被罰抄寫府規，鬧得不可開交，寧靜彤不見蹤影，她心急火燎到處找人。三房子嗣多，三爺唯獨最寵愛寧靜彤，縱然月姨娘受罰，奶娘心裡仍然清楚，三爺心裡是有月姨娘的，從管家說的話就能聽出來，當初竹姨娘和九小姐被關禁閉可沒人輕聲細語解釋；月姨娘不同，管家說了，能抄多少算多少，其他的交給下面的丫鬟，若寧靜彤這時有個三長兩短，自己這條命鐵定沒了。

寧靜彤回過神，被奶娘摟得喘不過氣來，她溫順地拍拍奶娘的手臂，安慰道：「奶娘，靜彤沒事，六姊姊說姨娘會沒事的，父親身子好了就來看我們。奶娘，我們回去和姨娘說，姨娘就不會哭了。」

金桂欲走上前和奶娘理論，被寧櫻叫住了。「算了，我沒事，奶娘關心靜彤罷了。」

她朝寧靜彤招了招手，寧靜彤掙開奶娘的手走了過來，揚起頭，小小的一個人，眉目端莊，不見一絲算計，寧櫻不由得心中一軟，道：「和奶娘回去吧，姨娘有自己的事情做，若妳無聊了，可以來桃園找六姊姊玩。」

寧靜彤鄭重其事地點了點頭，轉過身，由奶娘牽著回去了。到半路，聽奶娘問發生了何事，寧靜彤一五一十說了前後發生的事，整個府裡，除了姨娘和父親，她最喜歡的就是六姊姊了，言語間盡是維護之意。

金桂站在不遠處，樹擋住了她的身影，聽完奶娘的話，她蹙了蹙眉，待人走遠了，她才從樹叢後走出來，望著視野中茫茫雪色，駐足片刻，掉頭往回走。

寧櫻換好衣衫，聽完金桂的話她一點都不覺得驚訝。自古以來妻妾水火不容，嫡子庶子、嫡女庶女暗中較勁，奶娘向寧靜彤說的壞話有自己的考量，她想知道的是奶娘的底細。「妳叫人盯著她，有什麼消息告訴我。」

「是。」

寧伯瑾堂而皇之在梧桐院住下，每天來請安的姨娘絡繹不絕，有月姨娘被寧伯瑾懲罰的事情在前，大家安分許多。寧櫻每天下午去梧桐院叫寧伯瑾指點功課，日復一日，字突飛猛進，她自己瞧著都覺得不太真實。

寧伯瑾認為理所當然，在黃氏面前邀功道：「小六心思堅定，寫出來的字比旁人多了股幹練清爽，不愧是我寧伯瑾的閨女。」

桌前的黃氏眼皮都未抬一下，答非所問道：「那日叫你打聽的事情打聽清楚了？離得遠，秋水也不確認是不是認錯了人？」

寧櫻坐在一旁，聽見這話，不由得豎起了耳朵，誰知，黃氏下一句便道：「櫻娘，時辰不早了，妳回吧！今早佟嬤嬤過來說，府裡收到賞梅宴的帖子，妳養養身子，跟著出門轉轉。」

寧櫻蹙眉。「娘不去嗎？」

「娘去做什麼？妳和妳姊姊去就好，娘手裡頭有事，不去了，記得別惹是生非，遇著事情多問問妳姊姊的意思。」黃氏話說得輕描淡寫，而寧櫻看得分明。黃氏明明有所迴避，京城每年大大小小的宴會多，給寧府遞帖子的更是數不勝數，老夫人不會一一應付，挑選出來的宴會多是對寧府有利的，黃氏口中的賞梅宴對寧府來說一定是極其隆重。

寧伯瑾在旁邊聽著兩人對話覺得奇怪。「晉府的賞梅宴聲勢浩大，沒有品階的府邸收不到請柬，更有長公主坐鎮，排場大，往年府裡從未收到過請柬，今年還是頭一回，大嫂、二嫂會同去，妳留在府裡做什麼？」

寧櫻心下覺得奇怪，看向寧伯瑾，問道：「父親早就聽說了？」

寧伯瑾頷首，繼而睜大眼，難以置信地看著黃氏。府裡早就收到帖子，而榮溪園現在才把消息放出來，中間若沒有防著黃氏的心思，寧伯瑾是不相信的，他站起身，朝黃氏道：「娘那邊估計弄錯了，妳想去就去，我親自和娘說。」

老夫人對他言聽計從，他說的話，老夫人不會拒絕。

「不用了，我手裡頭有事。」黃氏態度冷淡。

寧伯瑾回頭，不明所以。晉府的賞梅宴意義重大，不管誰收到請柬沒有不高興的，為何黃氏如此冷淡？

「櫻娘，妳回屋讓聞嬤嬤找幾件像樣的首飾，娘和妳父親說說話。」

寧櫻知曉一定是佟嬤嬤還傳達了老夫人的話，是讓黃氏忌憚的，她一言不發地走了出去，吩咐門口的丫鬟道：「我有事找吳嬤嬤，妳叫她來桃園。」

黃氏還如上輩子那般，什麼苦都往自己心裡吞，在她和寧靜芸跟前，永遠溫婉善良，面帶微笑，所以寧靜芸才理所當然地以為黃氏所有的苦難病痛是自找的。女人為母則強，沒人懂黃氏背後的艱辛，哪怕她，上輩子也不是全然懂的。

吳嬤嬤來得快，寧櫻開門見山問道：「佟嬤嬤是不是和我娘說了什麼？」

吳嬤嬤先是一怔，隨即恍然。「小姐聰慧，什麼事都瞞不住您。賞梅宴隆重，老夫人有心打壓夫人，警告夫人，若夫人要跟著去的話，就劃掉您的名字……」

「可是為了上次我頂撞她的事？」老夫人有仇必報，又被薛小太醫損了名聲，心裡不怨恨她是不可能的，寧櫻沒想到，老夫人把對她的仇恨轉嫁到黃氏身上。

吳嬤嬤沒有否認。「小姐別想多了，夫人對那些宴會本就沒有多大的興致，您跟著五小姐出門多認識些人，於您將來有好處。」

黃氏不是圓滑之人，晉府的賞梅宴除了伯爵、侯府一眾人還有皇親國戚，黃氏應付不來，有的時候，既然沒法子巴結，不結交為惡反而是好事。

「老夫人都說自己做事公允，結果卻徇私。吳嬤嬤，妳告訴榮溪園的人，我也不去了，老夫人看不起我娘，我又何苦湊上去討人嫌？」

「小姐，您又何苦？能去賞梅宴的多是達官貴人，有各式各樣的比賽，甚是熱鬧，您去瞅瞅也好。」說起這個，吳嬤嬤心裡是怨恨榮溪園的。難怪最近寧靜芳和寧靜芸沒聲了，結果是為了應付賞梅宴各自忙碌；寧靜芳是大房的人就不說了，寧靜芸和寧櫻可是一母同胞的姊妹，沒有透露一點風聲，想到這個，吳嬤嬤不免覺得心寒。

唉聲嘆氣片刻，沒聽到寧櫻回應，吳嬤嬤抬起頭，卻看寧櫻靠在椅子上，半瞇著眼，修長的手指有一下、沒一下敲著扶手，吳嬤嬤腦子裡閃過幾個字：「扮豬吃老虎。」秋水私底下這般形容過寧櫻。

寧櫻說的不是氣話，對賞梅宴，其實她也沒什麼興致，她認真回想起上輩子賞梅宴有沒有發生什麼事？左思右想，腦子裡沒有任何記憶，或者，寧府並未收到過請柬也不一定，畢竟上輩子的寧府，是在寧國忠入了內閣後才真正顯赫起來的。

「吳嬤嬤，能參加賞梅宴的多是達官貴人，我湊熱鬧做什麼？妳如實把消息放出去，老夫人注重寧府名聲，會為我找個適合的藉口。」寧櫻揉著自己右手。這些日子在梧桐院練字，握筆的姿勢久了，手臂處微微痠痛，左右揉了揉，仍不見緩解，她調整坐姿，側頭望著吳嬤嬤，忽然道：「熊大、熊二做什麼事去了？怎麼一直不回來？」

黃氏嫁入寧府，身邊的人一半留在府裡照顧寧靜芸，皆被老夫人找藉口發落了，如今黃氏手裡只有熊伯父子三人是男子。

吳嬤嬤躬身站在椅子邊，神態和善。寧櫻心思敏感，任何小事都瞞不過她的眼睛，尤其回府後，寧櫻的性子越發不好琢磨，在她跟前，吳嬤嬤不敢鬆懈，面上也不敢表現絲毫敷衍，笑容滿面道：「先前夫人派去照顧五小姐的人大多沒了蹤影，夫人念著主僕情分，命熊大、熊二打探那些人的消息。」

吳嬤嬤說的不算假話，黃氏確實有這個心思。寧靜芸身邊的人是黃氏精挑細選的，再忠心不過，平白無故被攆出府，總該有個說詞，那些人的賣身契在黃氏手中，老夫人沒有發賣的權力，夫人回來了，前因後果總要差人弄清楚，給大家一個交代。

寧櫻面上波瀾不驚，清亮的眸子認真盯著吳嬤嬤許久，自言自語道：「我娘心善，有些事情是該探個究竟。吳嬤嬤，妳說，祖母為何要對付他們？」

吳嬤嬤語塞。身為後宅奴僕，什麼該說、什麼不該說她是清楚的，四下瞅了眼，微微蹙了蹙眉，聲音漸低。「老夫人以大局為重，凡事都想著寧府的利益，而夫人憂心五小姐，諸事以五小姐為先，老奴猜測，約莫是中間有什麼誤會……」

「吳嬤嬤。」寧櫻眼裡慢慢有笑意流過。「櫻娘今年十二歲，不是兩歲，妳說的那些話，我該信還是不信？祖母和我娘之間發生了什麼事我多少清楚，十年前，有人陷害我娘害了三房的一位姨娘以及父親剛出生的長子，父親和我娘鬧得水火不容，老夫人權衡利弊，打發我娘去了莊子，要我說……」

吳嬤嬤面色一白，急忙上前一步，摀住寧櫻的嘴，左右張望兩眼，神色緊繃道：「小姐聽誰說的？那都是多久前的事情了，您可別聽人胡言亂語就當了真，傳出去，可有您受的。」

寧櫻被摀住嘴，眼裡笑意更甚，抬手推開吳嬤嬤的手臂，輕聲道：「府裡發生的事情我都打聽清楚了，我娘在莊子受了十年委屈，吳嬤嬤真以為忍氣吞聲，那邊就會高抬貴手放過她？」

「我的好小姐，隔牆有耳，飯能亂吃，話可不能亂說。夫人知曉怎麼做，您千萬別插手。」寧櫻從哪兒聽來的前塵舊事，吳嬤嬤無從得知，整個寧府掌握在老夫人手裡，惹惱老夫人，黃氏和寧櫻討不到半點好處，她擔心寧櫻做事衝動，犯下什麼不計後果的事情來，於是說起一樁之前的事情來。「賞梅宴的事情您也聽說了，老奴瞧著老夫人是藉此機會故意給夫人難堪的，您若再鬧出點動靜，最後受罪的還是夫人。小姐，您自幼乖巧懂事，好好跟著夫子唸書，其他的，交給夫人吧！」

寧櫻若有所思地望著吳嬤嬤。「我娘的事情就是我的事情，吳嬤嬤，什麼事妳都瞞著不告訴我，我心裡不安。老夫人年紀大了，再風光也頂多幾年的光景，妳怕什麼？」

就她所知，如果不能和老夫人心平氣和地相處，最近翻臉才是最好的時機。明年內閣大臣位置空缺，寧國忠想入內閣，年關正是到處走動的時候，哪怕寧府出了事，老夫人只會儘量瞞著，不敢鬧得人盡皆知。上輩子黃氏就是抓住這個機會，篤定老夫人為了名聲，不敢繼續把寧靜芸往火坑推，才成功退了親，畢竟，明年寧國忠進入內閣，寧府水漲船高，老夫人名聲越來越大，那時候府裡再鬧出醜事，老夫人不會有所忌憚。

見寧櫻眉眼鋒利，盡是決絕，吳嬤嬤無奈道：「妳年紀小，告訴妳也幫不上什麼忙，妳好好跟著夫子唸書，懂的道理多了，以後夫人遇著事身邊才有商量的人。」

寧櫻再能幹，在吳嬤嬤眼中不過是個從小無憂無慮長大的孩子，沒體會過後宅的爾虞我詐，哪敢將她牽扯進來？

寧櫻坐起身，漫不經心翻了翻平整的衣袖，直言道：「吳嬤嬤未免小瞧了我。姊姊和清寧侯府的親事是老夫人一手促成的，清寧侯世子金玉其外，敗絮其中，在南山寺對秋水口出污言穢語，嚴重敗壞清寧侯府的名聲，那種人如何配得上姊姊？我娘近日事情多，其中一件就是在想如何攪黃兩府的親事吧？」

寧櫻一字一字語速極慢，吳嬤嬤聽後大驚失色，她張了張嘴，很想反駁寧櫻是信口雌黃，然而，她明白寧櫻說的是實話。為了寧靜芸的親事，黃氏愁眉不展好幾日了，奈何沒有抓到程雲潤的把柄，愁苦沒有辦法。

「吳嬤嬤，田莊、鋪子的管事做事懶散，進項一年不如一年，帳冊出了岔子，我說得對吧？這麼多事情加在一起，我娘哪忙得過來？妳從小看著我長大，真以為我是那種什麼都不懂的小姑娘？」

吳嬤嬤下意識搖了搖頭。回府後，她從未輕視過寧櫻，有其母必有其女，夫人肚裡出來的閨女，哪會是泛泛之輩。她吞了吞口水，目光怔忡地望著寧櫻，良久，肩頭一鬆，慢慢呼出一口氣，語重心長道：「夫人想妳活得輕鬆自在，許多事都瞞著妳，今日看來，夫人想岔了。」

寧櫻和吳嬤嬤開門見山聊這些是不想黃氏太辛苦了，上輩子黃氏心思鬱結、操勞過度，便是被這些事情拖垮了身子，她想盡自己的力量幫黃氏，讓黃氏有喘息的機會，循序漸進，假以時日，日子會好起來的，她要做的便是幫黃氏撐過這段時間。

「吳嬤嬤，妳和我說說，十年前到底怎麼回事？」黃氏被人陷害是無庸置疑，回府時她想過是老夫人，可老夫人不讓黃氏去賞梅宴的事情讓寧櫻覺得不對勁。老夫人疼愛寧伯瑾，萬萬不會殺了寧伯瑾的長子，就只為了將黃氏送到莊子上任由其自生自滅，以老夫人的身分，要打壓黃氏機會多得是，殺人嫁禍到黃氏身上，不太可能。

吳嬤嬤料到寧櫻會問，打量著屋子，不見人進來，轉身關上窗戶，小聲道：「事情是竹姨娘做的，老夫人睜隻眼、閉隻眼順水推舟罷了，聞嬤嬤留在京裡就是為了查真相，誰也沒料到，夫人一離開就是十年。」

竹姨娘？寧櫻想起那個笑容收斂的女子。她慫恿月姨娘和黃氏爭鬥，自己在一旁坐山觀虎鬥，竹姨娘差點就成為寧伯瑾的正妻了；可惜竹姨娘出身不好，寧伯瑾風流成性，在外染指了官家女子，最終不得不娶回家平息這事。竹姨娘暗地做了手腳，依然沒能阻止對方進門，竹姨娘一輩子都只是寧伯瑾的小妾，沒有資格站在寧伯瑾身後參加那些重要的場合。

「竹姨娘的事情不著急。吳嬤嬤，娘是不是叫父親打聽清寧侯世子的事？方才她支開我就是想說呢！我娘不欲我摻和，我聽她的話，她心裡覺得虧欠姊姊，想要彌補，吳嬤嬤覺得姊姊心裡怎麼想的？」

在南山寺，寧靜芸不可能看不清程雲潤的本性，加上寧靜芸冷落柔蘭，寧櫻猜測，程雲潤被美色迷惑，與柔蘭眉來眼去，寧靜芸對柔蘭存了記恨，故而有幾日不讓柔蘭跟著，由此可見，寧靜芸知道程雲潤好色卻不動聲色，何嘗不是中意這門親事，隱忍不發。

吳嬤嬤面上不自然。黃氏掏心掏肺對寧靜芸，然而從這次的事情來看，寧靜芸對黃氏並無對親生母親的親暱，心裡防備甚重，不過，要她說寧靜芸的壞話，她說不出口，於是斟酌道：「五小姐年紀小，不懂夫人的難處，有朝一日她會明白，夫人做的一切都是為了她好。」

寧櫻沒吭聲。她從吳嬤嬤語氣裡聽得出來，黃氏堅定不移地想要退掉清寧侯府的這門親事，即使會被寧靜芸怨恨。想了想，她湊到吳嬤嬤耳朵邊，小聲嘀咕了幾句，她語速慢，每當停頓時便能看見吳嬤嬤略微渾濁的瞳仁不斷收縮，到最後，吳嬤嬤整個人都愣住了。

「不管她心裡什麼想法，娘為了她好，不該得她的怨恨。吳嬤嬤，我娘不想我知道得太多，我不想她失望，妳知道怎麼做吧？」寧櫻面上恢復了正常，咧著嘴，笑得天真無害。

吳嬤嬤被她的笑晃了神，半晌才回過神，手顫抖著握著寧櫻，眼眶盈盈閃著淚花，欣慰道：「老奴明白，小姐，您……算了，您心裡清楚，老奴說什麼都無用，您這樣，夫人沒有什麼放心不下的了。」

寧櫻笑得溫婉。「吳嬤嬤從小看著櫻娘長大，櫻娘的本事都是跟吳嬤嬤學的。」

吳嬤嬤哭也不是、笑也不是，喃喃道：「青出於藍而勝於藍，吳嬤嬤年紀大了，往後，凡事都要小姐拿主意才是。」

寧櫻讓金桂送吳嬤嬤出門，吩咐門口的丫鬟去廚房盛碗燕窩粥來，她不愛燕窩，不過偶爾吃吃也不錯。

丫鬟為難。燕窩珍貴，廚房不是每天都有，寧櫻面色微冷，指使一旁的銀桂道：「銀桂，妳去和廚娘說，我長這麼大沒吃過燕窩。」

銀桂和金桂自小一塊兒長大，這些日子多少清楚主子的性子，福身道：「奴婢這就去。」

半個時辰後，銀桂才從外面回來，身後跟著幾人，有端盤子的丫鬟，有府裡的管家，管家身後跟著兩個婆子。「老爺說庫房燕窩多，差老奴給六小姐送些過來，往後，您想吃了，提前去廚房知會一聲即可。」

寧櫻淡淡應下，吩咐聞嬤嬤將燕窩收起來，待人走後問銀桂才知，廚房的確熬了燕窩粥，不過是給寧靜芳和寧靜芸熬的，她忽然要吃燕窩，廚房拿不出來，老爺聽說這事，吩咐人將寧靜芳和寧靜芸的勻了些出來給她。寧櫻想，他們估計是怕自己鬧，賞梅宴在即，鬧出點不好的名聲，不是叫人貽笑大方？寧國忠丟不起這個臉，只有先遷就她，事後再算帳，大戶人家向來喜歡如此應付人。

心安理得收下燕窩，寧櫻嚐了幾口，味道算不上好，至少不是她喜歡的，一碗燕窩見底，外面有丫鬟說老夫人有請，想來是她不去賞梅宴的消息傳到榮溪園，老夫人以為她使性子，叫她過去訓斥，寧櫻慢吞吞地揚手。「等會兒，我回屋換身衣衫。」

布莊的事情後，秦氏跟著柳氏掌家，換了家布莊，又各自做了兩身衣衫。寧櫻身材勻稱，黃氏為她選的顏色多是偏紅，說是襯得皮膚紅潤，她隨意在衣櫃挑了件去年的衣衫穿在身上，她個子長得快，去年的衣衫穿在身上袖子有些短了，泛舊的衣衫顏色和有條不紊的髮髻格格不入。

聞嬤嬤進屋，見她站在銅鏡前，提著衣角左右轉圈，皺眉道：「小姐怎又想起穿這身衣衫了？去年的衣衫短了，不合身。」

寧櫻的胸還沒發育，一馬平川，衣衫貼身勒著胸部影響胸的形狀，寧櫻年紀小，不懂其中利害，她是過來人，胸對一個女子而言意味著什麼她再清楚不過。男子好色成性，拿寧伯瑾來說，誰都知道月姨娘受寵，大多數人只看見月姨娘年輕，身子緊緻，留得住男人，甚少有人細細打量過月姨娘身段，雙胸豐滿，形狀圓潤，走路時一上一下晃動，甚是勾引人。後宅女子，臉蛋漂亮的比比皆是，然而，有月姨娘婀娜身段的卻是少之又少。

聞嬤嬤走上前，幫著寧櫻把衣衫脫下，提醒道：「小姐年紀小，該穿寬鬆的衣衫才是，再過兩年，身子長開了，穿什麼都好看。」

寧櫻找出去年的衣衫，不過想在老夫人跟前賣窮，誰知，衣衫穿在身上寒酸俗氣，行為太過刻意。「聞嬤嬤替我挑身素雅的。」

最終，挑了身月白色的衣衫，裡面一身粉色，外面罩了件外裳，下繫著芙蓉色長裙，顏色淡雅，聞嬤嬤拉著寧櫻，左看右看，忍不住稱讚道：「小姐穿什麼都好看，去了榮溪園，別和老夫人硬碰硬，百行孝為先，您忍耐兩下就過去了。」

聞嬤嬤和秋水、吳嬤嬤聊過，寧櫻從小在莊子裡，沒吃過苦頭，府裡規矩多，不是所有的下人都如莊子裡那般溫順，寧櫻心裡憋不住委屈，遇事急躁也是情理之中，也因為這樣，聞嬤嬤才提醒寧櫻別頂撞老夫人。

「我不會和老夫人鬧的，不僅不會鬧，還會好好服侍老夫人，奶娘別擔心我。」寧櫻搓了搓自己的臉，滿臉笑意地看著聞嬤嬤。

聞嬤嬤失笑。「那是小姐祖母，可別老夫人前、老夫人後的，讓金桂陪您過去，奶娘趕在氣候最冷前給您做兩雙新鞋。」

寧櫻點頭，叫上金桂去榮溪園，可不到一刻鐘就又出來了。聞嬤嬤算著時辰，覺得太快了，問寧櫻是不是發生了什麼事？

寧櫻言笑晏晏道：「沒事，祖母問我怎麼不去賞梅宴？我說娘不去我就沒去，沒什麼好說的，祖母就放我回來了。」

回來後，寧櫻繼續練字，故作不知外面的事。晉府的賞梅宴，未出嫁的女子只有嫡女才有資格去，她不去，寧府還有寧靜芳和寧靜芸，寧府最不差的就是女兒了。

傍晚，吳嬤嬤端來一盤八寶鴨，說是寧伯瑾從外面買回來的。寧櫻屏退屋裡的丫鬟，讓吳嬤嬤進屋。「是不是我娘打聽清楚了？」

「小姐說得不錯，巷子裡是住著位女子，可沒見著人，不知是不是懷孕了，小姐確認不會被人發現？」

「妳按著我說的做，事後即使查到什麼，也和我娘無關，妳不說，我娘也不會察覺到。」八寶鴨拿蓋子蓋著，老遠就能聞到香味，饞得寧櫻眼睛發亮。「快讓我嚐嚐，妳先回去吧，準備準備，不日，府裡又該熱鬧了。」

聽她的口氣好似迫不及待似的，吳嬤嬤哭笑不得，但又想到寧櫻所說，臉色一沈，退親是大事，成敗就看造化了。

大雪紛飛，灑掃的丫鬟一刻不停歇地在院子裡忙活，寧靜的清晨，刷刷的掃地聲不絕於耳，寧櫻如常去梧桐院給黃氏請安，經過院子時，叮囑身後的金桂道：「雪一時半刻不會停，妳叫她們回屋歇著，往後兩日掃一次院子。」

冬日若沒有雪看就不是冬，積雪覆蓋，潔白純粹，裝飾了寒冬，使其不像蜀州的冬，冷得落寞蕭瑟而單調。

梧桐院內，角落裡的掃帚靜悄悄豎在一角，一眼看去，像是衣衫襤褸的老人蹲在角落，寧櫻一瞬才反應過來，笑了笑，繼續往裡面走。

寧伯瑾也在，見著她，他臉上複雜，善意提醒道：「妳祖母凡事為了妳好，和妳祖母鬧彆扭不是明智之舉。」

「爹說什麼，櫻娘不明白。」寧櫻眨著眼，黑白分明的眸子轉了轉，分外無辜，睫毛上的雪花融化，匯聚成水滴蓋住了雙眼。

寧櫻不舒服地眯了眯眼，看在寧伯瑾眼中，以為她委屈得濕了眼眶，岔開話題道：「聽聞京郊的臘梅開了，年年騷人墨客甚是愛去臘梅園，妳和妳娘沒去過，我今日恰好有空，領妳們出門轉轉。」

寧國忠和老夫人勢必都要去晉府，黃氏不去，寧伯瑾去了不適合。對於名利權勢，寧伯瑾一向看得淡然，沒攀龍附鳳的心思，而臘梅園更合他心意。

睜開眼，寧櫻目光一亮，屈膝道：「櫻娘謝謝父親。」

黃氏本還有事，看寧櫻興致勃勃應下，想了想，改變主意，和寧櫻說起臘梅園的來歷，寧伯瑾不由得多看了黃氏兩眼。黃氏為人粗鄙市儈，喜歡算計，寧伯瑾以為這樣的人對臘梅園一無所知，沒承想，黃氏知道得不少。

礙於老夫人他們人多，而寧櫻他們只有三個人，不免有些寂寥，出門時，寧櫻提議道：「彤妹妹說她這麼大還沒出門過，爹爹，何不把彤妹妹叫上？」

這些日子，寧靜彤常常來桃園玩耍，可能有寧靜彤的暗示，月姨娘安心許多，不過五十遍的府規鐵定沒有抄寫完，寧伯瑾為討月姨娘歡心，請下人抄寫五十遍，又在月姨娘院子裡歇了兩晚才哄好月姨娘。

寧伯瑾面色猶豫，轉頭看黃氏，見黃氏偏過頭，不搭理他，寧伯瑾拿不定主意，道：「靜彤最近和妳走得近，妳覺得她如何？」

「彤妹妹性子善良，是個好的。」寧櫻說的是實話。比起寧靜芳、寧靜蘭，寧靜彤好上許多，不怪寧伯瑾疼她，腦子裡沒有半分算計，什麼都和她說，沒有防人之心。

月姨娘待寧靜彤好，好的、壞的都和寧靜彤說，包括她自己和寧伯瑾的事也不瞞寧靜彤，母女倆沒有秘密，不知是好事還是壞事？

寧伯瑾看向黃氏，商量道：「不然，把靜彤帶上？」

黃氏沒有吭聲，面上無惡無喜，算是默認。寧伯瑾會意，揮手招來門口的小廝。「你去把十三小姐接過來，告訴月姨娘，我帶十三小姐出去散散步。」

小廝領命走了，寧櫻站在走廊上，等著寧靜彤過來，一等就等了兩刻鐘。寧伯瑾擔心黃氏不耐煩，在走廊上來回踱步，頻頻看向外面，見一抹藍色身影出現在視野中，他暗自鬆氣，冒雪走了出去，低聲訓斥道：「叫你過去接十三小姐，怎麼花了這麼久的時間？」

話語剛落下，耳邊傳來一聲嬌滴滴的女聲。「三爺好狠的心，出門賞梅念著靜彤，把月兒丟到一邊了嗎？」

月姨娘穿了身應景的梅花雲霧煙羅衫，手裡牽著一身海棠紅衣衫的寧靜彤，婀娜多姿緩緩走來。

寧伯瑾回眸看向屋裡，不見黃氏出來，急忙拉著月姨娘朝外面走，聲音壓得極低。寧櫻站在走廊上，聽得不太清楚，大抵是勸月姨娘回院子，寧櫻朝寧靜彤招手，看見正對著她的月姨娘紅了眼眶，滿頭珠翠隨風搖晃，難為等得久，應該是月姨娘費心思梳妝拖延了時辰。

寧靜彤鬆開月姨娘的手奔了過來，眼裡帶著不解。「姨娘說她也想去，六姊姊，不可以嗎？」

童言無忌，寧櫻笑了笑。「可以，姨娘都來了，那就一道吧，靜彤和六姊姊去屋裡給母親請安，如何？」

之前她向寧靜彤解釋過何為規矩，寧靜彤也明白，來梧桐院應該是要給黃氏請安的，轉頭朝雪地裡，和寧伯瑾拉扯的月姨娘招手，脆聲道：「姨娘、姨娘，進屋給母親請安，問問母親的意思吧！」

聽聞這句，寧伯瑾鬆開了對月姨娘的桎梏，湊到耳邊，小聲道：「別惹惱了夫人，什麼話好好說，夫人不是不近人情的，否則，我也保不住妳。」

寧國忠想要拉攏薛府，當下只有黃氏和寧櫻這條路子，就連他也不敢和黃氏硬碰硬，得罪黃氏，寧國忠不會放過他。自幼，他心裡對寧國忠就存著懼怕，寧國忠說的他不敢不從，他能在老夫人面前撒野，卻不敢在寧國忠跟前胡來。嚴父慈母，寧伯瑾眼中，寧國忠甚少有展顏微笑的時候，常常嚴肅著臉，臉色凝重，有寧國忠在，他說話都不敢大聲，怕惹父親發怒。如今，寧國忠開口要他和黃氏相敬如賓，他不得不從。

月姨娘扶了扶髮髻上的金簪，扭著腰肢道：「妾身像是不明就裡的人嗎？上次的事情若不是夫人高抬貴手，妾身不知會怎麼樣，三爺真該好好懲罰竹姨娘一番，免得她又來打妾身的主意。」

月姨娘心無城府，可也不是傻子，寧靜彤和她說府裡就她們最為關心寧伯瑾的病情，竹姨娘沒有絲毫動作，她就察覺到不妥了。竹姨娘叫她過去，分析得頭頭是道，說黃氏蛇蠍心腸、善妒，霸占著寧伯瑾不鬆手，往後寧伯瑾是不會來她院子了，趁著寧伯瑾還留戀自己的身體，乘機留住寧伯瑾不去黃氏屋裡才是正經；她信以為真，才不管不顧去梧桐院勾引寧伯瑾，結果她被寧伯瑾訓斥一番不說，還被罰寫府規。進府後，月姨娘頭一回受挫，哭得上氣不接下氣，明明竹姨娘也慌了神，反過來是她鬧事，前後一想，月姨娘就明白了，竹姨娘是慫恿她和黃氏爭鬥，自己坐收漁翁之利。想得美！

寧伯瑾見她還算規矩，點頭道：「妳心裡清楚就好，遇著事情多想想，別不小心被人利用了，先進屋給夫人請安，去不去，夫人說了算。」

月姨娘嗯了聲，規規矩矩朝寧伯瑾行了禮。

黃氏性子冷淡，對府裡的一眾妾室沒有心思，看月姨娘精心打扮了一番，又看寧靜彤小小的人一臉期待望著她，叫她想起寧櫻小時候。莊子消息閉塞，寧櫻從未問過她寧府，也從未問過寧伯瑾，只是逢年過節，見管事一家其樂融融，寧櫻面上多少會有些失落；寧靜彤年紀小，她眼裡的寧伯瑾和月姨娘才是恩愛的夫妻。

想了想，黃氏點點頭。「靜彤年紀小，妳是她的姨娘，跟著照顧也好，沒有事情的話，就走吧！」

寧伯瑾在門口聽著這話不由得感到難以置信。他記憶裡的黃氏眼裡容不得沙子，月姨娘一而再、再而三挑釁，依著黃氏的性子，早就不耐煩了，這般心平氣和，甚是少見，寧伯瑾看了黃氏一眼，又看看月姨娘，困惑不已。

多了月姨娘和寧靜彤，馬車上熱鬧許多，月姨娘是個閒不住的，一路上嘴巴不停，話題繞著寧伯瑾，如滔滔江水，連綿不絕，聽得出來，月姨娘打心眼裡喜歡寧伯瑾，喜歡一個人，眼裡只有他，說話時話題總會不由自主轉到他身上。

「府裡的人說夫人是個心狠手辣的，起初妾身害怕不已，不瞞夫人，聽說您回來，妾身嚇得睡不著，要三爺陪著才能入眠，問三爺夫人是什麼性子，三爺也說不上來，之前的事情，是妾身不對，還請夫人莫要見怪。」月姨娘掀開簾子，望著皚皚白雪，激動不已。「三爺年年都會去臘梅園，妾身求過他好幾次，三爺說老夫人不允許、夫人不在，三爺若只帶著妾身出門，會被御史臺的人彈劾，說三爺寵妾滅妻，好在夫人總算回來了。」

寧櫻在旁邊聽得手心冒汗，她算是明白寧靜彤像誰了。心裡藏不住事，不管對方是誰、有沒有惡意，一個勁地往外說，虧得黃氏性子好，換作其他正妻，月姨娘的一番話，早就被嫉恨上了。

黃氏面上的表情冷冷的，月姨娘好似無所察覺，繼而說起竹姨娘。寧櫻來了興致，很難想像，這些年月姨娘在竹姨娘的算計中平安無事，精明如黃氏都遭受陷害。

「妾身自進門那天，竹姨娘就沒拿正眼看過妾身，暗地沒少冷嘲熱諷，她有什麼資格看不起人？自己不也是個小妾，還是奴婢出身，沒有兄弟姊妹，比起她，妾身不知強了多少，至少妾身沒有伺候過人。」

聽到這裡，寧櫻忍不住咳嗽起來，黃氏轉頭，輕蹙起眉頭，回應月姨娘道：「她以前是三爺的奴婢，伺候的人是三爺。」

「妾身知曉，進府第一天就有人和妾身說過了，不管伺候誰，她出身低，做的是伺候人的活計；妾身不同，妾身家世清白，除了三爺沒伺候過別人。」想到以往種種，月姨娘聲音大了起來。

寧櫻看黃氏扶著額頭，好似頭疼，她接過了話。「哦，那月姨娘怎麼進了寧府？」

「家鄉有瘟疫，妾身的嫂嫂說接妾身去她家，誰知，她竟然把妾身賣了，幸虧遇到三爺，妾身才逃過一劫。」月姨娘身上的衣衫有些薄，車裡熱氣不足，她拉下車簾，說起她小時候的事。

追根究底，就是鄉野中不諳世事的小美人被歹毒嫂子拐賣的故事，月姨娘反覆地講，她懷裡昏昏欲睡的寧靜彤清醒過來。「靜彤也知道，是爹爹買了姨娘，帶姨娘回來，後來就有了靜彤。」

寧櫻尷尬地笑了笑。本以為是寧伯瑾英雄救美，沒想到是乘人之危。寧櫻毫不懷疑月姨娘的話，鄉野之人樸實，他們甚少有人三妻四妾，女子成親後便相夫教子，一門心思全在丈夫身上，和月姨娘身上體現出來以寧伯瑾為中心的模式完全相同。

到了臘梅園，月姨娘身上的故事已知道得差不多了，馬車停在園外，寧伯瑾邊介紹園中景致，邊領著她們往裡面走。臘梅園不屬於任何人，很多年前有人想買這塊地，將臘梅占為己有，雙方不惜大打出手，事情鬧到先皇跟前，先皇命戶部清查，才知種植臘梅的是對老夫妻，兩人膝下無子無女，兩人死後臘梅園一直空置著。為雨露均沾，先皇命人在臘梅園周圍建造了風雨亭、共枕亭；園裡有供人休憩的宅子，交由戶部看管，若要入宅居住，問守門的老夫妻拿房間的鑰匙即可。先皇感念那對老夫妻，宅子守門的也是老夫妻，年年戶部會給他們銀子，犒勞他們的辛苦。

「小路曲折，別走丟了，進入這片林子，往裡就是宅子了，妳們若喜歡，可以在這邊住兩晚。晉府賞梅宴聲勢浩大，好多人都去那邊了，換作平日這裡人山人海，跟上元節似的熱鬧。」寧伯瑾隨手折了朵梅花，想要遞給黃氏，被黃氏臉上的冷淡嚇得畏畏縮縮，繼而遞給了月姨娘。

月姨娘頓時笑開了花。「三爺，真好看，您給妾身插在頭上如何？」

寧櫻被月姨娘嬌柔嫵媚的聲音激起一身雞皮疙瘩，側身看向左側的小路，牽著寧靜彤走了進去。千樹萬樹梅花開，驚豔動人，如人間仙境，寧靜彤興奮起來，學著月姨娘，要寧櫻摘兩朵梅花插在她髮髻上。

寧櫻失笑，別了一朵在她耳朵上，稱讚道：「真好看。」

在外面，偶爾能見著三三兩兩的人，越往裡，人越來越少。臘梅應雪而開，花蕊含著雪，朵朵紅，點點白，舉目望去，漫山遍野盡是如此，美得如人間仙境，叫人流連忘返。

「妳如果喜歡，住幾日吧，趁著人少，我讓吳嬤嬤去宅子拿鑰匙，明日後，人多，空餘的宅子都沒了。」不知何時，黃氏站在身後，望著沈浸其間的寧櫻，嘴角揚起了笑，提議道。

寧櫻轉身，看只有黃氏一人，不由得有些吃驚。「父親和月姨娘呢？」

「他們往旁邊去了，走吧，繼續往裡，宅子後面漫山遍野都是臘梅。」對寧伯瑾和月姨娘，黃氏的反應冷淡，寧櫻識趣地不多問，跟著黃氏往裡走，問黃氏何時來過？

「很早的時候了，這麼多年，臘梅園一點都沒變。小心兩道的枝枒，別劃傷了臉。」一到宅子時，寧伯瑾已經在那裡了，宅子一排接著一排，錯落有致地散布於園中，如世外桃源。寧櫻看向後山，即使被雪掩蓋了姿色，仍然有不少梅花爭奇鬥豔露出了紅色身影。這個地方，寧櫻從未來過。「父親，多住幾日可好？」

「好，小六喜歡，就多住幾日。小六看顏色不一的門，雕刻紅色臘梅的為女眷宅子，白色臘梅為男客宅子，別走錯了。」風景好的緣故，寧伯瑾聲音輕柔許多，眉目間帶著為人父的溫柔，寧櫻以為自己看花了眼，記憶裡，寧伯瑾何時對她好過？

一看寧伯瑾就是常客，問守門的老夫妻要了兩間宅子的鑰匙，都是一進的宅子，格局簡單，巧妙的是後門有拱橋，通往其他院落，看似封閉的院子，實則是敞開的風景。

寧櫻和寧靜彤住西邊，黃氏住東邊，月姨娘的屋子在寧櫻她們隔壁。寧櫻以為月姨娘會鬧，黃氏屋子敞亮，月姨娘驕縱會與之爭奪，誰知，月姨娘歡喜不已，興沖沖吩咐下人打掃屋子，她則順著拱橋朝外面走，嘴裡不時發出喟嘆聲，嘖嘖稱奇。

寧櫻陪寧靜彤坐在屋裡，院子裡栽種了梅花，兩人趴在窗戶邊，欣賞著滿園梅花，院裡積雪覆蓋，金桂她們忙著鏟雪。

寧櫻直起身子，掩上半扇窗戶，輕聲道：「靜彤休息一會兒，六姊姊出門轉轉，認識路，下午帶妳去山裡玩，如何？」

寧靜彤歪著頭，道：「六姊姊早些時候回來。」

「嗯。」

出了門，院子裡一眾人都在忙，寧櫻沒有驚動任何人，順著拱橋的方向往外面走。有人居住的院子，雪鏟得乾乾淨淨，一眼就能區分出來。庭中梅花樹、院子皆一模一樣，寧櫻不識路，來來回回繞著走了許久，都沒經過鏤空白色梅花的大門，正想走回去，沿著來時路朝右側找找，這時身旁有一名男子走了出來，手裡折了枝臘梅，骨節分明的手白皙修長，深邃的雙眸漾著揶揄。

「六小姐別來無恙。」

梅花樹下，舊人相見，寧櫻秀麗的臉上自然而然浮現出久違故人的笑。「小太醫怎麼來了？」

薛墨亦笑了起來。「薛某閒來無事到處走走，沒承想會遇到六小姐。」

雖然薛墨更想說的是，有人膽大包天，青天白日算計人，他心生好奇過來湊湊熱鬧，可想到寧櫻睚眥必報的性子，薛墨暫時不想與她為敵。

「小太醫沒來過？」寧櫻不疑有他。薛墨常年在外遊歷，最是討厭紙上談兵之人，對整天吟詩作對、侃侃而談的文人心生厭惡，難為薛墨有如此雅致的時候。

寧櫻抬手在空中比劃。「漫山遍野皆是臘梅，父親說後面有黃色臘梅，小太醫感興趣的話可以去轉轉。」

臘梅可以入藥，薛墨對藥的癡迷不亞於寧伯瑾對女人的喜歡，故而她才有此提醒。

薛墨眼裡精光一閃，隨即，化作如冰錐的銳利。「六小姐果然是個八面玲瓏的人。」寧櫻如果不是派人查過他，怎會說出這番話來？念及此，薛墨目光陡然一冷，從上到下打量著寧櫻，如漫天飛雪，冷得寧櫻打了個寒顫，身子哆嗦。

寧櫻垂眼，知曉薛墨懷疑自己的居心，抬起頭，直直盯著薛墨與之對視，神色一派坦然。「小太醫一門心思在看病救人上，櫻娘看過本書，說臘梅入藥，藥效甚佳，猛地遇見小太醫，下意識便以為你是沖著採藥來的，並沒有別的意思。」

明亮清澈的眸子映著他冷漠的身形，薛墨一僵，收起周身凌厲。「薛某的確為了採藥而來，不料中途遇著件趣事，才折身回來。」

寧櫻正待細問，耳邊傳來一聲尖銳的吶喊，她聽出是月姨娘的聲音，不由自主朝聲音的方向走去。

經過薛墨身邊時，被他拉住，寧櫻不解。「小太醫？」

「那等熱鬧，六小姐還是別去了，算不得什麼大事。」薛墨本想拆穿寧櫻，不知為何，對上那雙雙瞳翦水的眸子，有些話卡在喉嚨說不出口。是人都有自己的難處，寧櫻步步為營為了自己的利益，成功是她的本事，失敗是她技不如人，不管如何，他不該冷嘲熱諷。「六小姐還是回去吧！」

寧櫻低下頭，望著被抓住的手臂，有片刻的晃神，失神間，身後吳嬤嬤走了過來，像是沒料到會有外人，從容的臉上閃過幾分慌亂，而這時那邊的動靜大了，隱隱有男子的怒斥聲傳來。

寧櫻頓了頓，開口道：「櫻娘聽著聲音覺得熟悉，既然小太醫認為不妥，櫻娘就先回去了。」

薛墨鬆開手，面上恢復了冷清。「六小姐心思通透，過猶不及，六小姐該好生珍惜當下才是。」

聽出他話中有話，寧櫻身形一僵。「櫻娘時刻不敢忘，多謝小太醫提醒。小太醫何時採藥，可否與櫻娘一道？」

寧櫻不清楚薛墨為何將事情懷疑到她頭上，不過，薛墨不愛多管閒事，即使知道事情緣由，也不會和外人說，寧櫻無比篤定。

「照六小姐的意思，六小姐要在這邊住上幾日了？」薛墨自認為見識過後宅女子的手段，然而十二歲便有寧櫻這般城府的，還是第一回遇著。寧府那點事，說大不大，寧櫻犯不著這般算計，且把矛頭對著無辜之人。

寧櫻沒有否認，抬起頭，臉上帶著耀眼的笑。接下來寧府不安生，在這邊住幾日沒什麼不好，落落大方道：「竹影和詩瘦，梅花入夢香，一年一遇，櫻娘怎會錯過。」

「六小姐若也要採集臘梅，午後，薛某過來找妳。」說完這句，薛墨轉頭，白色雪地上，只留下兩排腳印，墨色的身影消失於成片樹枝間。

待人走了，吳嬤嬤才敢上前。「小姐，事情成了，只是不知三爺……」

「三爺不計較，不是還有月姨娘嗎？別著急。」不知何時，寧櫻手裡多了枝臘梅，是薛墨手裡的那枝，紅色梅花含苞待放，紅似火焰，她放在鼻尖，聞了聞。「小太醫還是個好人。」

吳嬤嬤笑著道：「小太醫宅心仁厚，老奴喝過他送的藥，渾身上下透著股說不出的爽勁，往年入冬，身子或多或少受不了冷，如今卻是好多了。」

「是啊，神醫之名豈是浪得虛名。」把玩著手裡的梅花，寧櫻順勢將其遞給吳嬤嬤，循著嘈雜的聲音望去，沈吟道：「吳嬤嬤，妳過去看看，我年紀小，有些事情不宜過多插手，妳什麼都不用說，守在月姨娘身後即可。」

吳嬤嬤了然點頭。月姨娘算不得正經的主子，但畢竟是寧伯瑾的姨娘，寧櫻身為晚輩，出面會被人詬病。收拾好心思，吳嬤嬤急急朝聲音源頭走，半路才驚覺手裡拿著枝臘梅，又回頭問寧櫻道：「小姐，這臘梅……」

「扔了吧！」寧櫻站在原地，打量著四周景致，好似沈醉其間不能自拔，聲音帶著些許散漫。吳嬤嬤找了處地方擱下，繼續往前走。

第十一章

宅子後的涼亭裡，月姨娘含怒瞪著對面的男子，杏眼圓睜，裡面充斥著血絲，明顯是氣狠了，吳嬤嬤不著急上前，在離臺階兩步遠的位置停下，矮了矮身子。

「夫人聽到月姨娘的尖叫，差老奴過來瞧瞧，可是發生了什麼事？」

寧伯瑾眉頭一皺，安撫地順了順月姨娘的背。「路滑，月姨娘不小心摔了一跤，妳回夫人，沒什麼事。」

話語一落，月姨娘難以置信地轉頭，像看陌生人似地盯著寧伯瑾，淚撲簌簌落下，嫵媚柔美的臉龐如雨水淌過，聲音打顫。「三爺說的什麼話，他居心叵測想要欺負妾身，若不是妾身大聲呼救，您來得及時，妾身只怕就……」

想到方才的驚心動魄，月姨娘眼眶越發地紅。她出門找寧伯瑾，誰知找錯了地方，一名男子擋住她的去路，言語輕薄不說，竟對她動手動腳，行為輕浮。她報了寧伯瑾的名諱，對方不懂收斂反而叫自己跟著他，月姨娘一門心思都在寧伯瑾身上，即使面前的男子光風霽月，氣質出塵，她也未曾心動過一分。看對方穿著不俗，她本想大人不記小人過，掙脫他離開，不料對方狠狠拉著她，手滑入她衣衫，她這才方寸大亂尖叫起來。

中途來了一名女子，和男子起了爭執，月姨娘乘機往後面跑，邊跑邊喊救命，原以為寧伯瑾會為她主持公道，誰知寧伯瑾最初鐵青著臉，見到人後，隻字不提她被冒犯一事；此刻再聽寧伯瑾的話，月姨娘遍體生寒，不管對方什麼來頭，光天化日輕薄她，叫她以後如何自處？在這裡丟了臉面，傳到竹姨娘耳朵裡，不知道怎麼編排她呢！

看吳嬤嬤準備離去，月姨娘掙脫寧伯瑾的手，奔跑過去。「吳嬤嬤，妳可要讓夫人為我做主啊，我……我被人輕薄了……」

「月兒。」寧伯瑾話語微冷，呵斥道：「清寧侯世子高風亮節，豈會做登徒子之事？中間恐有什麼誤會，妳莫大驚小怪。」

寧伯瑾看向對面略有侷促的男子，視線落在他身旁的女子上，眉梢微動。「不知賢姪怎麼在這裡？」

清寧侯府有侯爵之位，賞梅宴定在邀請之列，程雲潤不去晉府，竟身處這北風呼嘯的園林，還和月姨娘糾纏不清，讓寧伯瑾不由得心生疑惑。

程雲潤腦子裡一團漿糊，久久回不過神，眼裡只看見那個凹凸有致、媚眼如絲的女子。綠意叫他來臘梅園說有驚喜給他，綠意有手段，他被迷得神魂顛倒，他心底想的就是綠意想和他在臘梅樹下顛鸞倒鳳，為此他費了好些工夫才從賞梅宴中脫身，猛地一眼看見月姨娘，宛若遇見仙子，他以為是綠意找來的。月姨娘穿著暴露，絕非正經人家的小姐、夫人，他這才起了歹心，殊不知，月姨娘竟然是個烈性子。

見程雲潤雙眼無神，神色呆滯想什麼想到入迷，寧伯瑾心中不喜，繼而冷了臉。「賢姪應該在賞梅宴才是，怎有空閒來這處？還請賢姪解釋。」

月姨娘是他捧在心間之人，被程雲潤冒犯，他心裡已經不快，然而程雲潤是他的準女婿，事情起了頭便不能回頭，他不是莽撞之人，甚至骨子裡說得上有幾分懦弱，遇事畏畏縮縮，不敢貿然行事，月姨娘若表現得強勢些，他早已與程雲潤撕破臉皮了；可月姨娘哭哭啼啼，他亦不敢得罪清寧侯府，怕回府後寧國忠訓斥他，前後一猶豫，月姨娘竟要找黃氏過來。黃氏性子潑辣，不懼權勢，過來勢必不會放過程雲潤，最後，一爛攤子事還得他出面。

面前的程雲潤依舊呈現呆滯狀，不理會旁人，寧伯瑾心下沒有主意，又轉向月姨娘。「月兒，妳先回來，這不是別人，是清寧侯世子，妳莫要少見多怪。」

寧伯瑾試圖提醒月姨娘程雲潤的身分，別鬧得人盡皆知，否則，清寧侯府與寧府都會丟臉。

丟臉事小，這樁事傳出去對月姨娘沒有好處，老夫人為了寧府的名聲，一定會把事情怪在月姨娘身上。蒼蠅不叮無縫蛋，為了全局，老夫人不會顧及月姨娘，到頭來吃苦的還是月姨娘自己。他多少見識過後宅的手段，要一個姨娘毫無聲息消失在後宅再容易不過，月姨娘心無城府，哪是老夫人的對手。

對這個全心全意愛自己的人，寧伯瑾不想她成為兩府鬥爭的犧牲品。

月姨娘明顯還處於驚慌失措中，驚恐的面上略微激動。「妾身不管他是什麼世子，青天白日調戲良家婦人，品性惡劣，家裡長輩疏於管教，這等浪蕩子，早該送去府衙叫官老爺打一頓板子……」月姨娘驚魂未定，說話時，渾身哆嗦不已，發白的手緊緊抓著吳嬤嬤，喃喃重複道：「吳嬤嬤，我要見夫人，要夫人為我做主。」

月姨娘淚流不止，抓著吳嬤嬤手臂的手青筋直跳。寧伯瑾心下愧疚，月姨娘跟著他之前是好人家的女兒，不懂人情世故，一門心思全在自己身上，這會兒見她白皙的臉頰隱隱帶著青色，柔美的五官被嚇得略顯猙獰，憐憫之心頓起，他走下臺階，扶著月姨娘，輕哄道：「別驚動夫人，我替妳做主，別怕，我在呢！」

程雲潤心知今日鬧出事，他被美色迷惑昏了頭，月姨娘掙扎得越厲害他興致越高，後面被綠意打斷，他還訓斥了綠意幾句，此時看寧伯瑾摟著月姨娘他才如夢初醒，晃了晃頭，拔腿就跑，風吹起他的衣袍，溫潤如玉的少年，嗖嗖兩下不見了人影。

吳嬤嬤不著痕跡地往旁邊挪了兩步，在綠意經過時，擋住了她的去路，狀似不知情道：「月姨娘，那人跑了，留下個丫鬟。」

綠意目瞪口呆，揉著手裡的錦帕，支支吾吾道：「奴婢聽見聲音恰巧經過，並不認識剛才那位公子，你們怕是認錯人了。」

月姨娘從寧伯瑾懷裡抬起頭，上下端詳綠意兩眼，朝吳嬤嬤點頭道：「她的確不是和他一夥的，她出手幫我呢！」

寧伯瑾轉過身，目光冰冷地在綠意身上掃過，遲疑許久，並未開口提醒月姨娘這個丫鬟是程雲潤的人。之前黃氏叫他打探，小廝呈上來的畫中人便是眼前的綠意，乃程雲潤養的外室。若不是他這一探查，竟不知，門第清廉高貴的清寧侯養出來的世子不過一個渾小子，小小年紀在外面養外室。

寧伯瑾腦子裡閃過一個念頭，摟著月姨娘，目光堅定道：「月兒不怕，三爺替妳做主。」

綠意見此，低頭提著裙襬匆匆忙忙離去。世子今日招惹了不該招惹之人，她清楚府裡老夫人的手段，估計她也自身難保了。

寧櫻果然不識路了，不得已朝外面走，繞了大半個時辰才找到住處，走得急了，身上出了汗，貼著裡衣，渾身不舒服。

黃氏站在院子裡，看寧櫻髮髻稍顯凌亂，焦急不已。「妳去哪兒了？我讓吳嬤嬤出門找妳也不見妳回來，是不是出事了？」

月姨娘和寧伯瑾回來了，黃氏擔心寧櫻遇著壞人，放心不下，出門尋了一圈也沒找著人，回來和寧伯瑾說一聲，又準備出去繼續找人。

「娘，我沒事，迷路了，在園裡逛了許久，彤妹妹呢？」寧櫻頭上、肩上灑落許多梅花。

黃氏拉著她，發現她手心起汗，輕聲訓斥道：「臘梅園大，各處景致相同，妳別亂跑走岔了，冰天雪地的，娘去哪兒尋人？」

寧櫻挽著黃氏，連連認錯，進屋後，看丫鬟們都不在，估計是出去尋她了，心中愧疚。「吳嬤嬤她們出門找櫻娘去了？」

「嗯，出去好一陣子了，待會兒我出門瞧瞧。」黃氏替寧櫻整理著衣衫，懸著的心才算落到實處。

這時，門口傳來一陣腳步聲，寧櫻轉頭，看見是月姨娘和寧伯瑾。月姨娘眼眶紅紅的，眼角周圍也腫著，給她和黃氏行禮時，不自覺落下淚來。「妾身和三爺準備回府了，六小姐喜歡此處，有夫人陪著住幾日，十三小姐年紀小，一天內來回奔波身子吃不消，不知夫人能否讓她留下？」

黃氏鬆開寧櫻，扶月姨娘起身，嘆息道：「今日妳受了驚嚇，回府好好休息幾日，靜彤跟在我身邊不會出事的。」

月姨娘心中感激，抬手掖了掖眼角，站起身，扯了扯寧伯瑾的衣角，示意他開口說話。

寧伯瑾面上不自在，卻也沒辦法，開門見山道：「妳剛回府，有的事情就別摻和了。月兒說得對，靜芸自小養在母親膝下，眾星拱月般長大，未來夫婿竟做出如此欠缺禮數之事，實乃家門不幸，這種人配不上靜芸，回府後我便與母親說退了這門親，靜芸值得更好的。」

黃氏看寧櫻好奇地望過來，聲音無悲無喜，道：「你知道自己做什麼就好。清寧侯府家風不正，被退親乃咎由自取，你素來沒有主見，別讓母親說幾句就把你糊弄過去，以後靜芸回娘家，你讓靜彤如何看待欺負她姨娘的姊夫？」

寧伯瑾也想到自己的小女兒，得知自己姨娘受了驚嚇，寧靜彤寸步不離守在身旁，紅著眼，眼淚在眼眶裡打轉，委屈的模樣令寧伯瑾心中不忍。「我心中有數。我和月兒先回府，靜彤醒來怕要鬧一場，妳身為主母，善待她才是。」

黃氏默不作聲，寒暄兩句，送寧伯瑾和月姨娘出門，正逢吳嬤嬤她們從外面回來，神色著急，看清黃氏身後跟著的寧櫻後，緊繃的神色才放鬆下來。「我的六小姐啊，天寒地凍的，您去哪兒了，害得嬤嬤們好找。」

「奶娘，打點水，櫻娘想沐浴。」

聞嬤嬤擦了擦額頭的汗，走近了，拉著寧櫻回屋，抱怨道：「月姨娘出了事，您又不見蹤影，是要急死夫人呀！往後不管走到哪兒都要丫鬟跟著，萬事有個照應。」

「櫻娘記著了，園中的路長得一模一樣，櫻娘迷了路才耽擱了。奶娘，妳歇著，叫金桂進來伺候就好。」

「老奴給妳打水去。」聞嬤嬤折身出去。

很快，金桂走了進來，湊到寧櫻耳朵邊，鉅細靡遺地說了月姨娘的事。「看三爺的意思，五小姐和清寧侯府的親事，怕是要作罷了。」

寧櫻挑眉。「誰說的？」

「您不在，三爺扶著月姨娘回來時，臉色不太好，和夫人說了月姨娘的遭遇。夫人說可憐十三小姐，年紀小，不知怎麼安慰月姨娘，一直守著月姨娘不肯離開，哭淚了，趴在床邊睡著了。三爺氣憤難平，說清寧侯世子欺人太甚，即使是誤會也該留下來解釋清楚而不是逃之夭夭；三爺還指責世子衝撞了月姨娘害得十三小姐受了驚嚇，得了便宜還賣乖要娶五小姐……」說到這裡，金桂頓了頓，之後黃氏屏退所有人，具體說了什麼，金桂也不清楚，不過以三爺的性子，估計是問黃氏退親的事宜，如何不讓清寧侯府藉此事往寧府潑髒水？

畢竟寧國忠的前途重要，府裡不敢有一絲污點，否則落到御史臺那邊，隨便一個罪名下來就能叫寧國忠與內閣無緣。

如此和寧櫻的預料八九不離十，然而，憑寧伯瑾一人之力想要退親，鐵定是不可能，她尋思著如何幫寧伯瑾一把，叫寧伯瑾堅定退親的心思。

褪下衣衫，正欲吩咐金桂差人送消息回寧府，卻聽金桂壓低了聲音道：「小姐不用擔心，月姨娘走之前說了，夫人待她恩重如山，她不會眼睜睜看著五小姐嫁給那種人。有月姨娘在，三爺不會退縮的。」

寧櫻斜睨金桂一眼，笑道：「妳倒是個心思通透的。」

月姨娘心思單純，黃氏心裡應該是早就清楚的，所以上輩子哪怕月姨娘處處針對，黃氏仍然沒有傷害她，最後還把她送去蜀州的莊子。莊子裡的人對黃氏言聽計從，月姨娘在那邊會得到妥善照顧。

寧靜彤醒來，不見月姨娘和寧伯瑾，果然癟著嘴，泫然欲泣。

黃氏替她穿上衣衫，慢慢解釋道：「父親和姨娘有事情先回府去了，靜彤聽話，住兩日，我們就回去了，下午叫六姊姊領著妳去外面轉，摘些臘梅回來，回府送給姨娘，姨娘會高興的。」

黃氏聲音輕柔，寧靜彤哭了一會兒，擦乾臉上的淚，聲音哽咽道：「她們說母親很凶，母親一點都不凶。」

黃氏失笑，揉了揉她的腦袋。「和妳姨娘一樣直腸子。起床吧，吳嬤嬤端膳食去了，吃過後，和妳六姊姊出門轉轉。」

不甚明朗的天這會兒有紅光乍現，清澈透藍的天空下，成片的臘梅成了最吸引人的風景，黃氏看著心情大好，起了做梅花香胰子的心思。

寧櫻和黃氏說起與薛墨去後山摘梅花的事，對薛墨，黃氏心情有些複雜。薛府和寧府沒有絲毫牽扯，她懷疑自己和寧櫻在回京途中被人下毒，是薛墨救了她們，熊大、熊二沒有消息傳來，她不敢妄下定論；可黃氏警覺高，派人偷偷查過她們回京坐的馬車，毫無聲息地被人處理掉了。除了她身邊的人，和佟嬤嬤一道去的丫鬟、車伕也不見蹤影，黃氏想直接問薛墨，又怕將薛墨牽扯進來，薛墨拐彎抹角為她和寧櫻看病就是不想牽扯其中，對救命恩人，黃氏怎敢給他添麻煩？

黃氏帶著吳嬤嬤出了門，準備摘些臘梅做香胰子，同時叮囑寧櫻小心路滑別摔著了。

「娘別擔心，我知道的。」寧櫻牽著寧靜彤，緩緩朝梅樹下的薛墨走去。

宅子後是一片山，越往上，積雪越多，薛墨走在前，不時折斷兩側的枝椏，以防刮傷臉，到了一處亭子，他轉身道：「去亭子坐會兒再走吧，出了汗，吹冷風容易著涼。」

寧櫻氣喘吁吁，她牽著寧靜彤，剛開始還行，漸漸就落後薛墨一大截。

薛墨說完，抬眸望去才意識到兩人離得有些遠，挑眉道：「十三小姐年紀小，積雪深，在外面玩耍還成，跟著繼續往山裡走只怕更吃力，六小姐出門前怎就不想想十三小姐身子吃不消？心思該多留給自己關心的人才是。」

顯而易見，薛墨指的是她算計月姨娘之事。寧櫻不知薛墨從哪兒聽來的風聲，她的確想借月姨娘和寧伯瑾的手破壞寧府和侯府的聯姻，可是對月姨娘，她沒有絲毫惡意，如果不是迷了路，她早就找著月姨娘了，月姨娘滿心都是寧伯瑾，離開院子，除了寧伯瑾的住處不會去別處。

「小太醫提醒得對，櫻娘銘記在心。」到了亭子，寧櫻鬆開寧靜彤的手，手心不斷地冒汗，她就著披風胡亂擦了擦，蹲下身，輕輕替寧靜彤整理衣衫。「好玩嗎？」

寧靜彤有些累了，可一雙眸子仍格外神采奕奕，重重點著腦袋，淺笑道：「好玩，府裡也有雪，可奶娘不准靜彤玩，踩在上面咯吱咯吱的，好玩。」

寧櫻直起身子，憑眺望去，藍天下臘梅成林，嬌豔欲滴，分外壯觀。

歇息片刻，一行人繼續往裡，寧櫻牽寧靜彤的手時，被眼前的丫鬟搶了先。「六小姐，十三小姐年紀小，走久了，身子吃不消，奴婢抱著她吧！」

寧櫻繼而看向丰神俊美的薛墨，聽他道：「妳帶來的丫鬟力氣不小，妳牽著十三小姐估計走不了多遠，交給她吧！」

寧櫻低頭問寧靜彤的意思，得到點頭後才應承下來，感激道：「給小太醫添麻煩了。」

「這點若算麻煩，那之後的算什麼……」薛墨雲淡風輕說了句。

寧櫻一怔，薛墨已轉過頭，輕聲道：「走吧，今日天氣好，說不定會有不少收穫呢！」

不用牽寧靜彤，寧櫻輕鬆不少，有意無意，身後的丫鬟已經隔著幾步遠的距離，不遠不近，寧櫻暗暗思忖，抬眸望著身前的男子。「小太醫是不是有話要說？」

薛墨沒有回頭，走過處，枝椏斷地，臘梅隨之掉落。「薛某好奇，六小姐所謀之事可與府裡老爺、老夫人商量過？有些事牽一髮而動全身，六小姐不計後果，可知到頭來折損的不過是自己和身邊人？三夫人不是胸無城府之人，六小姐年紀輕輕，切莫操勞過甚才是。」

薛墨這番話堅定了寧櫻的懷疑，他果然知道她的謀算。寧櫻低下頭，蔥白般的手撫過粉色花籃，苦澀地嘆了口氣。若有選擇，她寧可在莊子上平平淡淡過日子，粗茶淡飯好過山珍海味，可惜天不從人願，走出第一步，她不得不小心翼翼應付接下來的每一步，妳不招惹別人，麻煩也會主動找上妳。

她抬起頭，臉上是與年紀不符的酸楚，叫薛墨一怔。

「若生活平順，櫻娘何須步步為營？人一輩子太短，總得少留些遺憾，櫻娘所做所圖不過為了心安，不害人性命，如果一輩子不踏入京城，櫻娘或許一輩子不會主動算計人，然而形勢不由人，害人之心不可有，防人之心不可無，可整日惶惶不安警惕外人有何用？對方攻擊十次，妳栽了一次可能就是丟命，兩相比較，櫻娘更喜歡主動出擊，早日了結，換幾日安寧。」

薛墨沈默許久，搭在梅花枝上的手輕輕用力，枝枒應聲而斷，他輕呼口氣，唇邊露出輕鬆的笑來。「六小姐真性情，多少人為了博個好名聲，私底下鬥得你死我活，面上卻一派和睦，六小姐倒是與眾不同，既是如此，薛某幫六小姐一把。」

寧櫻清楚薛墨的本事，他開了這個口正好省去自己很多麻煩，寧櫻不是扭扭捏捏之人，爽快地道謝。「多謝小太醫。」

「不用，幫朋友一點小忙而已，不足掛齒。聽說我送妳的玉珮被寧老爺放在祠堂供著了？玉珮是皇上賞賜的不假，寧老爺的做法未免過了，皇上心裡只怕不會喜歡。」

寧櫻不明所以地抬起頭，薛墨點到即止。「回府，寧老爺問起，妳原話傳給他，寧老爺清楚怎麼做。」

他不欲多說，寧櫻便不多問。

下山時，寧靜彤趴在丫鬟背上睡著了，薛墨解下身上的披風蓋在寧靜彤身上，籃子裡裝滿臘梅，黃得喜人，寧櫻愛不釋手，曬乾了泡茶，茶水帶著臘梅的清香，對身子大有裨益。

與薛墨揮手別過，寧櫻由衷感謝道：「謝謝小太醫……」

「回吧，回京後，有機會再見。」薛墨心裡不喜歡太會算計的女子，然而查清楚寧櫻的身世以及她從小生長的環境後，薛墨卻討厭不起她來。他想，譚慎衍眼睛毒，竟能發掘寧櫻這樣有趣的女子。

薛墨往回走，迎面走來一名小廝上前躬身施禮，接過薛墨手裡的籃子，順勢遞上手裡的信封。「譚爺來信了。」

薛墨看了眼信封。「他還真是魔怔了，去年還和我說刑部關押了幾名頭髮花白的老頭子，罪名是拐賣孩童，賣到一些孌童的府裡去，莫不是他和那些人打交道的時間久了，心思跟著扭曲了？」

小廝憋得滿臉通紅，看四下無人才道：「主子是不是想多了？」

薛墨耐人尋味地搖了搖頭。「他光明正大要我幫她呢，你覺得誰想多了？」

小廝訕訕一笑，笑而不語。

寧櫻不知有這件事，回到屋裡，看府裡的管家也在，覺得奇怪，到了門口，吳嬤嬤迎出來解下她身上的披風，愁眉不展地望著寧櫻。

「管家說府裡出了點事，夫人吩咐人收拾東西正準備回去呢，小姐摘了這麼多梅花，可是要做香胰子的？」

「小太醫說臘梅曬乾了泡茶喝對身子好，我便摘了些。府裡出什麼事了？這會兒天色不早了，回京的話城門都關了，不如明日再回吧！」寧櫻沒想到寧伯瑾真的硬氣了一回，然而退親的事情牽扯甚大，老夫人不會同意的。

對方是侯府世子，若無意外，就是將來的侯爺，誰不願自己女兒嫁得好？

老夫人是想把爛攤子丟給黃氏，這才急不可待地叫管家接她們回府，寧櫻心思一動，道：「母親，小太醫披風落下了，母親請人送過去吧！」

金桂手裡拿著件披風，管家眼力好，大步走上前，從金桂手裡搶走披風，恭順道：「小太醫對六小姐諸多照顧，老爺一直想找機會好好答謝小太醫，老奴先將小太醫的披風送過去，稍後回來。」

黃氏蹙眉，對管家的冒犯多有不悅。寧櫻走過去，輕輕捏了捏她的手，朝黃氏搖頭。

黃氏沒有計較管家不懂規矩，朝寧櫻道：「妳坐著，讓聞嬤嬤端碗薑湯喝了，別吹風受了涼。」

管家走後，寧櫻喊肚子餓，叫吳嬤嬤弄吃的，黃氏看她面露疲憊，本想回府瞧瞧情況，可不忍寧櫻趕路。「吳嬤嬤，去做點吃食，我們明日回府。」

吳嬤嬤哎了聲，又看了寧櫻一眼，不動聲色退了出去。寧靜彤醒來，看見她籃子裡的臘梅，樂不可支，繞著黃氏說起下午摘臘梅的情形，黃氏認真聽著，不時附和兩句，見寧櫻手托著下巴打盹，提醒她去床上睡。

「我不累。」能結交薛墨，她很是高興，舒展眉頭，緩緩說了與薛墨之間發生的事。

黃氏先是一怔，隨後才回過神來，微微一笑道：「妳人緣好，能結交小太醫是妳的緣分。」

薛府受皇上器重，加封侯爵乃早晚的事，不過……

「小太醫畢竟是男子，薛府和寧府沒有往來，小太醫對妳好，妳不可到處張揚以免被人利用，有什麼事和娘說，知道嗎？」

寧櫻點頭，旁邊的寧靜彤開心起來。「薛哥哥是個好人，他對靜彤也好的。」

寧靜彤說了薛墨吩咐丫鬟揹她的事，小臉上盡是得意。「薛哥哥懂很多，我額角的傷就是薛哥哥治好的呢！」

寧櫻想起月姨娘一哭二鬧三上吊的把戲，忍俊不禁。

半晌，管家從外面回來，和寧櫻預料的相同，說是天色晚了，明日再動身。

三個兒子中，老夫人最是偏愛寧伯瑾，哪怕寧伯瑾鬧得再厲害，老夫人也捨不得訓斥半句。老夫人的做法無非是安撫住寧伯瑾，等黃氏出面阻攔，可是寧國忠沒那麼好的性子，這回，寧伯瑾不得不吃些苦頭了。

她想得不差，剛回府，府裡的丫鬟來說老夫人一宿沒睡，在榮溪園等著，黃氏望著寧櫻，張了張嘴，寧櫻知曉黃氏是要打發她，自己去榮溪園應付老夫人，先開口道：「正好，我和靜彤去榮溪園給祖母請安，娘，一道吧！」

一路上，丫鬟透露昨晚寧伯瑾被老爺罰關祠堂了，不准人送被子，老夫人心疼不已，半夜頭疼發燒折騰一宿燒才退下了，寧櫻撇嘴。老夫人捨不得拿捏自己兒子，對付其他人倒是不遺餘力，丫鬟是榮溪園的人，故意透露給黃氏聽。

「祖母身子不好可請了大夫？之前祖母就說府裡有人得了瘟疫，祖母這會兒又不好了，該請個厲害的大夫瞧瞧才是。」

丫鬟聽寧櫻意有所指，立即閉上了嘴。上回，老夫人暈倒後鬧了笑話，若再請大夫把脈，不知會被傳成什麼樣子呢？

走進門，撲鼻而來淡淡的藥味，老夫人躺在床上，保養得當的臉略微蒼白，柳氏和寧靜芸守在床邊，小聲說著什麼。寧櫻促狹地揚起了眉，只看柳氏回過頭，認出是她和黃氏，湊到老夫人耳朵邊輕輕說了兩句。

緩緩地，老夫人睜開眼，精明的眼神有些渾沌。「小六來了，臘梅園可好玩？」

寧櫻牽著寧靜彤上前給老夫人見禮，回道：「算不上好玩，臘梅開了，煞是漂亮，跟世外桃源似的。」

「祖母年紀大了，有心無力。」老夫人朝柳氏招招手。

柳氏會意，扶著她坐起身，往她身後放了一個墊子，餘光望著黃氏道：「三弟妹回來了，昨日三弟和妳們一塊兒出門，回來怎麼就只有他和月姨娘？」

黃氏臉上無波無瀾，聲音沈靜如水。「我也不知怎麼了，聽丫鬟說三爺在祠堂跪了一晚，發生什麼事了？」

黃氏語氣平淡，寧櫻想，換作她鐵定要一臉擔憂，將好奇表現得淋漓盡致才是。

柳氏一噎，看向老夫人，頓道：「其實，我也不知發生何事，三弟回來時正晌午，差人請清寧侯來咱府裡要退親，說是世子品行不端，配不上靜芸。這可真是誅心之語了，靜芸這門親事，母親和父親費了九牛二虎之力才說來的，之前也多方打聽過，世子潔身自好，斐然成章，將來是個有出息的。」

「三爺什麼性子母親最是明白，祠堂陰暗潮濕，三爺身子嬌貴，那種地方三爺哪吃得消？」黃氏蹙了蹙眉，擔憂起寧伯瑾的身子來。

這話可說到老夫人心坎上了。「是啊，也不知他怎麼樣了？來人，快去請三爺過來，就說三夫人回來了，有什麼話當著三夫人的面說清楚。」

門口的丫鬟離開，一溜煙沒了人影，寧櫻站在旁邊，一言不發。寧伯瑾在祠堂跪著，不知月姨娘如何了，在寧伯瑾心中，月姨娘和其他人不同，這些年若不是有寧伯瑾護著，月姨娘的遭遇只怕和十年前那位姨娘差不多，早沒了命。

也是這個原因，寧櫻才將心思動到月姨娘身上。緊了緊寧靜彤的手，她忽然為月姨娘擔心起來。老夫人包容寧伯瑾，實因寧伯瑾是她最疼愛的小兒子；月姨娘不同，一個小小的妾室入不了老夫人的眼，若月姨娘因為這次的事有個三長兩短，她心裡過意不去。

「彤妹妹，妳不是還惦記月姨娘嗎？祖母身邊有母親陪著，六姊姊帶妳去找姨娘。」寧櫻牽著寧靜彤，不著痕跡打量著老夫人的臉色，看她蒼白的臉上未起一絲波瀾，心下咯噔。

老夫人最是厭惡府中姨娘，寧國忠年輕時，妾室多，老夫人手段好，收拾得一眾姨娘服服帖帖的，庶子、庶女也早早打發出去，留在京城的只有她三個兒子。

換作平日，聽人說起府裡的姨娘，再表現得慈祥和藹，眉宇間都會露出少許不耐煩之色，今日卻面不改色。

寧櫻牽著寧靜彤，小小地往後面退了兩步，見老夫人朝她擺手道：「小六覺得待在祖母屋裡無聊就帶靜彤回去吧，靜彤年紀小不懂事，妳多多照顧些。」

昨日寧伯瑾退親態度堅決，老夫人懷疑有人唆使，差人一打聽，才知原本寧伯瑾只打算帶黃氏和寧櫻出門，是寧櫻提出要帶寧靜彤一同前往的。她在後宅多年，為了震懾府裡的人沒少使手段，然而，卻不敢將這件事和寧櫻聯繫起來，只因為寧櫻不過才十二歲，花一樣的年紀，懵懵懂懂，大字不識幾個，怎會有如此城府？

寧櫻故作不懂，臉上漾著如花綻放的笑，聲音更是如黃鶯出谷般悅耳。「昨日月姨娘和父親撇下彤妹妹回府，彤妹妹醒來哭得上氣不接下氣的，回來的路上，彤妹妹左一句姨娘、右一句姨娘，櫻娘不忍心，不知月姨娘做錯了什麼？」

寧櫻吐字清晰，問得老夫人頭疼，手撫著額頭，不耐煩道：「我說一句，妳頂撞十句。我和妳祖父說了，過兩日請個教養嬤嬤回來，禮儀不可廢，明年在京中走動的次數多，別丟了寧府的臉面。」

「祖母說得是，櫻娘記著呢！看祖母身子不舒服，櫻娘不打擾您休息了，這就帶彤妹妹出去。」寧櫻看似低眉屈膝，言語對老夫人卻極為不屑。

老夫人是聰明人，哪會聽不出寧櫻心裡頭也不耐煩了，不由得動怒道：「妳從哪兒學來的陽奉陰違？」

黃氏站在寧櫻身前，擋住了老夫人的目光，解釋道：「櫻娘是看靜彤夜裡睡得不安生，想早早見到月姨娘罷了，她答應過靜彤回府後……」

「真以為我老眼昏花了是不是？妳自己養出來的閨女什麼德行，妳會不清楚？清寧侯府這門親事不能退，至於是誰在背後教唆老三和家裡鬧，事後我會查清楚。」老夫人應該是氣急了，臉色脹得通紅，端莊富貴的氣質被氣憤取代，面目猙獰，嚇得寧靜彤大哭起來。

「娘何必為難兩個孩子，沒有人教唆我，退親是我的意思。」此時，寧伯瑾掀開簾子走了進來，跪了一夜祠堂，英俊儒雅的臉略顯疲憊，眼圈下一片黑色，鬍渣冒了出來，衣衫凌亂，舉手投足間頗有幾分落魄書生的氣質。

老夫人見寧伯瑾面容憔悴，不由得紅了眼。「快過來，娘好生瞧瞧，你爹就是那個性子，你說兩句軟話就好，靜芸這門親事，當初你爹從中奔走多少次你又不是不清楚，我看著靜芸長大，還能害她不成？」

寧伯瑾大步上前，撲通一聲跪在床邊，跟著紅了眼眶。「娘，您自幼疼我，這門親事不能應，您估計不知道，程世子不是什麼好東西，在外面養外室不說，再過幾月都要當爹了，但凡是懂規矩的人家，哪會在主母進門前叫小妾懷孕的？何況，那不是小妾，還是登不上檯面的外室。」

老夫人胸口一顫，不敢置信道：「你說什麼？」

在床邊服侍老夫人的寧靜芸也難以置信地抬起頭來。

「程世子在石井巷養了名外室，叫綠意，已有身孕了，程世子買了丫鬟、婆子伺候她，您若不信，派人去石井巷一查便知。」寧伯瑾跪在地上，握著老夫人的手。「您最是疼靜芸，那種家風不正的人家，哪能叫靜芸過去吃苦？這事我還沒和爹說，爹想要入內閣也不能是非不分，否則入了內閣，也會被御史臺彈劾賣孫求榮。」

老夫人還沈浸在程雲潤養外室的事情中回不過神來，愣愣地又問了一遍。「你說的是真的？」

「兒子何時騙過您？」寧伯瑾抬頭，盯著不知所措的寧靜芸道：「妳從小聰慧過人，這門親事究竟如何妳也看清楚了，往後，爹給妳找門好親事，妳先和小六去外面，爹和妳祖母有話說。」

寧國忠進屋，瞧屋裡氣氛不對，沈聲道：「誰讓你出來的？繼續去祠堂給我跪著，這些年縱容得你越發沒個正經是不是？」

寧櫻抓著寧靜彤的手，躡手躡腳退了出去，看金桂站在院子外探頭探腦，她將寧靜彤交給聞嬤嬤。「靜彤先和聞嬤嬤待在這裡，六姊姊很快回來。」

說完，她快步走向金桂。「是不是月姨娘出事了？」

「月姨娘被關在柴房，聽老夫人的意思是要發賣出去。小姐，您看眼下如何是好？」榮溪園的消息捂得嚴實，多虧了大夫人和二夫人鬧矛盾，榮溪園有二夫人的人才讓她打聽出來。

寧櫻皺眉，湊到金桂耳朵邊。「妳以夫人的名義，回三房叫人把月姨娘接出來，搶的也行，隨後把老夫人要發賣月姨娘的事情散播出去。」

金桂不懂，如此一來，三房可算徹底得罪老夫人了。

「照我的話辦。」

老夫人最疼寧伯瑾，這次的事情，寧伯瑾對老夫人多少會心存隔閡，次數多了，母子離心乃早晚的事。

聞嬤嬤站在臺階上，兩人的對話她聽得不甚清楚，但看寧櫻先是眉頭凝重，隨即又展顏一笑，明明應該是明豔動人的微笑，卻莫名叫人遍體生寒，笑裡彷彿藏著尖銳的刀，聞嬤嬤以為自己看花了眼，眨眼再細看，寧櫻已收起臉上的笑，神色淡淡地走了回來。

「小姐，屋裡的事夫人會應付，您和十三小姐先回吧，奶娘守在這兒。」聞嬤嬤見寧櫻面露疲態，聲音不由得軟了幾分，吩咐兩側的丫鬟送寧櫻回桃園，眼角瞥見寧靜芸臉色煞白地站在門口，面無血色。

聞嬤嬤見過寧靜芸小時候粉裝玉琢、乖巧懂事的模樣，現在見寧靜芸這般，於心不忍，轉身走向寧靜芸，小聲道：「五小姐莫太過憂心，夫人和三爺都是為了妳好，程世子品行不端、傷風敗俗，哪配得上您？」

寧靜芸心思恍惚，雙眼無神地望著聞嬤嬤，再看看不遠處的寧櫻，只感覺寧府上下都等著看她的笑話，真正關心她的人又有幾個？

聞嬤嬤看寧靜芸的臉色還有什麼不明白的，分明是連著她們一併恨上了，她心下嘆息，招來門側的丫鬟，叮囑道：「扶五小姐回屋吧！」

丫鬟猶豫地伸出手，被寧靜芸用力甩開，但看寧靜芸挺直脊背，身形筆直地往外走，背影倔強而落寞。

聞嬤嬤無奈。「五小姐是恨上所有人了。」

寧櫻不置可否。寧靜芸從小養在老夫人膝下，優越感十足，所有姊妹中她的親事最好，寧靜芸嘴上不說，心裡卻暗自得意，誰知，盡如人意的親事被人攪黃了，她如何不恨？

寧櫻冷冷一笑，聲音不由得大了。「奶娘憐惜她也沒辦法，親事自古以來都是父母之命，媒妁之言，祖父和父親在，退親與否也是他們說了算，其他人愛莫能助。」

寧靜芸身形一僵，頓了頓，繼續往外走。

聞嬤嬤心思一轉便明白了寧櫻的用心良苦，感慨道：「五小姐知書達禮，會體諒夫人的苦心。」

寧櫻看了聞嬤嬤一眼。仇恨能擊潰一個人所有的隱忍和教養，她見識過寧靜芸的瘋狂，無論如何都不該由黃氏承受她的怒氣，真要恨，就恨當初為她挑選這門親事的人。

聞嬤嬤收回目光，看寧櫻往裡面走，伸手攔住，啞聲道：「老爺也在，小姐回去吧，五小姐的親事有夫人和三爺，您進屋也幫不上忙。」

寧靜芸的親事，萬沒有寧櫻插手的道理，聞嬤嬤語氣溫和，儘量和寧櫻說明其中利害。

這時候，裡面傳來杯子碎裂的聲響，緊接著是寧國忠渾厚的怒氣聲。「孽障！不管什麼事，家裡有我與你大哥撐著，什麼時候輪到你自作主張了？」

寧靜彤嚇得身子一顫，害怕地躲到寧櫻背後。寧櫻牽著她，不住地輕拍著她的後背，輕聲道：「靜彤別怕，六姊姊進屋瞧瞧，妳和聞嬤嬤回去將摘的梅花分些出來，給府裡的姊姊各送去一些。」

寧伯瑾把清寧侯請到府裡，單刀直入說了退親的緣由，清寧侯算不上德高望重，可也有幾分威望，他一門心思全在朝堂上，對後宅之事缺少管理，自己兒子什麼德行，清寧侯是不清楚的。

寧伯瑾貿然打開天窗說亮話，揭開事實塑造了一個在清寧侯心目中截然不同的世子形象，清寧侯難以接受，叫程雲潤過來對峙是少不了的；而程雲潤是程老夫人的命根子，寧伯瑾所言足以毀了程雲潤和整個侯府，昨日那番刀光劍影，可見一斑。

寧靜彤伸出腦袋，害怕地看了眼緊閉的大門，猶豫地走向聞嬤嬤。

聞嬤嬤勸道：「小姐，老爺注重規矩，您進屋，只怕……」

「奶娘，我心裡有數，妳別擔心，我很快就回來了。」寧櫻順了順額前的幾根碎髮，將其攏至腦後，冷風一吹，又隨風飛揚，她也不管了，抓著衣角，一步一步走了進去，厚重的門吱呀一聲，寧櫻毫不遲疑地邁進一隻腳。

聞嬤嬤看得搖頭，彎腰抱起靜彤，喃喃道：「都是主意大的，奶娘勸不住了。」

屋裡，茶杯、花瓶碎了一地，寧國忠坐在上首，不怒而威的臉本就有幾分磣人，何況怒火中燒的時候。

寧伯瑾和黃氏跪在地上，寧櫻看見，黃氏手背劃傷了口子，猩紅一片，頓時，她冷了眼。

「父親，孩兒不懷疑清寧侯的為人，可世子金玉其外，敗絮其中，清寧侯府家風不正，假以時日落到御史臺手裡，寧府只會被拖累，與其這樣，不如早點抽身，博一個好名聲。」寧伯瑾低著頭，臉頰被碎裂的茶杯劃破，周身更顯狼狽。

聽了這話，寧國忠臉上不見絲毫鬆動，明顯還在氣頭上。「拖累？不日清寧侯就會領兵去邊關，朝堂都在議論，此番回來，清寧侯府的爵位恐會加封，你懂什麼？」

寧伯瑾不再多言，低下頭，不知怎麼辦。

寧國忠的目光又看向從他進門便沒開過口的黃氏身上。「妳怎麼看？」

黃氏雙手撐著地，沈靜如水的眸子隨著寧國忠的話閃了閃，冷靜道：「靜芸的親事當初是您和母親做的主，我回來時日尚淺，知曉得不多，父親忽然問我，我心裡也沒個主意。」

寧國忠猜想黃氏給不出什麼答案。自己這個兒媳不是泛泛之輩，昨日之事他派人查了，若和黃氏有關，別怪他翻臉無情。餘光發現屋裡多了一抹豔麗的身影，寧國忠不悅地皺起眉。「長輩說話，誰允許妳進屋的？平日的規矩學到哪兒去了？」

一屋子人這才留意到不知何時，寧櫻站在角落冷眼打量著他們，眉目間多有促狹之意，好似嘲笑他們一般。

寧國忠看了好幾眼才認出是剛回府的寧櫻，沈聲道：「出去。」

老夫人想起一事，撐著身子，湊到柳氏耳朵邊嘀咕兩句，柳氏站起身，走到寧國忠身後，快速和寧伯庸說了兩句，對三人遞話的方式，寧國忠越發陰沈了臉，怒斥道：「什麼話不能好好說，支支吾吾做什麼！老大，什麼事？」

寧伯庸遲疑了一瞬，難以置信地瞥了眼角落裡的寧櫻，光透過門縫的罅隙灑進來，寧櫻背著光，寧伯庸看不清她臉上的神色，將柳氏說的話一五一十告知寧國忠。

寧伯庸聲音不高不低，寧伯瑾和黃氏也聽見了，黃氏面上波瀾不驚，心裡卻起了洶湧波濤。回府後，寧櫻的表現可圈可點，然而，這等事是她能算計的？

寧伯瑾則是全然不信。對這個女兒，他心裡總有那麼一點點愧疚，反駁道：「大哥別說笑了，小六多大的年紀，哪有那等心思？況且昨日，本沒有月姨娘的事，是月姨娘自己跟著，怎懷疑到小六頭上？」

寧伯庸說月姨娘本不該牽扯其中，出門時是小六開口要月姨娘隨行才出了事情，懷疑是寧櫻從中作梗。

寧國忠目光如炬，厲色地端詳著自己這個孫女。昨日的事若真是有心人設計，身邊沒有跑腿的人可不行，就他所知，黃氏身邊總共三個小廝，其中一名在府裡待著，兩名不見蹤影。思及此，寧國忠身形一動。「熊大、熊二去哪兒了？」

「兒媳吩咐他們回蜀州的莊子辦事，這些日子並不在京城。櫻娘整日在桃園和梧桐院，叫三爺指點她練字，去過最遠的地方也是來榮溪園給母親請安，兒媳不知誰要把事情推到三房頭上，若最後要找個墊背的，衝著兒媳來即可，櫻娘不懂事，不該蒙受冤屈。」黃氏抬起頭，意味深長地望著老夫人。

柳氏回到床榻前，扶著老夫人坐直身子，默不作聲。

寧國忠轉向老夫人，老夫人神色一噎。她只是懷疑，並沒有切實的證據，憑黃氏對她的忌恨，攪黃寧靜芸的親事算不得什麼。老夫人想到黃氏說兩人回蜀州莊子為她辦事，辦什麼事？是不是黃氏發現了什麼，要他們查個究竟？

寧國忠看老夫人臉色蒼白，怒斥道：「活了一輩子，無根據的話也拿出來指責人，是當長輩該做的嗎？」

老夫人心緒紊亂，沒有反駁，只是臉色越來越難堪。

屋裡人靜默，一時針落可聞，半晌，寧國忠才道：「親事作罷，老三你做事不計後果，往後三個月給我去祠堂住著，好好反省反省。」

寧伯瑾昨日若是找程老夫人的話，還能將程雲潤做的醜事遮掩過去，然而，清寧侯目無下塵，事情鬧到他跟前，程雲潤估計要挨頓板子，程老夫人心疼孫子，會因此恨上寧府，若一門親事不能帶來好處，堅持下去便沒有意義。

寧靜芸長得花容月貌，上門求娶的人數不勝數，不差清寧侯府。明年科舉在即，寧國忠想，可以在科舉名單中選一位清廉人士，一則挽救寧府名聲，二來若對方中舉，對寧府來說依舊是個機會。

「明日，你出面和侯老夫人說清楚退親事宜。靜芸年紀不小了，年前，我會尋思著為她另選一門親事。」

寧國忠聲音醇厚，寧伯瑾哪敢反駁。如願退了親，月姨娘就沒事了，退親對兩府名聲來說都算不上好，留著月姨娘便是抓著清寧侯一個把柄，有朝一日，若清寧侯翻臉不認人，他們也有應對的招數，這才是寧伯瑾的目的。

老夫人何嘗不明白，事情商量出結果，老夫人懸著的心放下，神色一鬆，面露疲態。「沒什麼事就回吧，過兩日我給小六請個教養嬤嬤。」

寧櫻上前扶著黃氏起身，對老夫人的話置若罔聞，寧國忠想到寧櫻不經通報就進屋，追究道：「這個年紀也該懂事了，做事隨心所欲，驕縱蠻橫，哪兒學來的作風？去祠堂抄寫《女誡》。」

寧櫻抬起頭，臉上不見一絲慌亂，明亮的眸子熠熠生輝，順勢道：「祖父，昨日在園中遇見薛小太醫，說起他送給櫻娘的玉珮，小太醫直言玉珮乃佩戴之物，放祠堂供著有些小題大做了。」

寧國忠眉頭一皺，沈吟道：「玉珮乃皇上之物，皇恩浩蕩……」

說到這，寧國忠眉頭皺得更緊了，若有所思一會兒，擺手道：「罷了、罷了，若妳喜歡，待會兒讓管家去祠堂拿過來。妳說，薛小太醫也去臘梅園了？」

寧國忠看向寧伯瑾，寧伯瑾不知，輕輕搖了搖頭。昨日月姨娘出事，他哪會留意到其他，且他和月姨娘回來得早，其間並未遇著薛小太醫，應該是他們離開後，薛小太醫才到臘梅園。

寧櫻點頭，聲音輕柔道：「嗯，他知曉櫻娘剛回京，說了好些京中的趣事，還說往後有機會，請櫻娘去薛府做客呢。不過，他說要等過年那會兒才行，做客不是下個帖子邀請對方就成嗎，為什麼要等過年？」

寧國忠沈眉思忖，臉上的怒氣稍微消了些。「薛府和寧府不同，小太醫說什麼妳聽著就是，明日讓布莊再給妳做兩身衣衫，在小太醫跟前不可廢了禮數，丟我寧府的臉知道嗎？」

寧櫻不懂薛墨話裡的意思，寧國忠卻是清楚的。薛怡和六皇子明年春天成親，過年那會兒，拜年走動的人多，寧櫻去薛府不會被人懷疑推向風口浪尖，想到這點，寧國忠眉目舒展開來。「妳祖母請的教養嬤嬤，妳好好跟著學。罷了，妳們剛從外面回來，先回去休息吧！」

寧國忠目光落在傷口流血的寧伯瑾身上，話鋒一轉。「小六年紀小，功課不得落下，你搬去梧桐院，好好教導她功課。」

雖然與清寧侯府的親事作罷，可如果能拉攏薛府，也算塞翁失馬，焉知非福了。

寧伯瑾心下一喜，面上不敢露出分毫，恭順地磕了個頭。「孩兒明白了。」

寧國忠淡淡嗯了聲，叫上寧伯庸去書房議事。

寧櫻扶著黃氏，拿巾子替她擦了擦手背上的血，迎著老夫人吃人的目光，笑盈盈道：「祖母，母親受了傷，櫻娘扶著她回梧桐院找張大夫看看，冬日傷口癒合得慢，櫻娘還等著母親替櫻娘做新衣呢！」

老夫人氣得臉色發紅，嘴裡卻關切地應道：「扶著妳娘回去吧！老三，你臉流血了，快過來，娘給你看看。老大媳婦，快請太醫過來看看，留疤可就糟了。」

寧伯瑾抬手輕輕撫了下受傷的地方，疼得他齜牙咧嘴，道：「娘，我沒事，我先回梧桐院收拾收拾，下午再過來看您。」

他身上穿的還是昨日出門那身，他得先回梧桐院洗個澡，換身衣衫。

自己兒子是個注重儀表的，老夫人知道攔不住他，耳提面命道：「記得找大夫看看，抹點藥。」

「記著了。」

喧鬧的屋子又安靜下來，老夫人把玩著手裡的鐲子，回憶寧櫻離開時得意的眼神，朝床邊的柳氏道：「小六可不簡單，她走時的目光妳看見了吧，是在向我挑釁呢！」

柳氏小心翼翼走出去，吩咐丫鬟進屋收拾地上的殘局，回老夫人道：「小六年紀小，沈不住氣，約莫是小太醫對她青睞有加，得意忘形了吧！」

往後分家，老宅都是長房的，加上柳氏管家，平日裡有事，老夫人喜歡找她商量；與其說是商量，不過是敲山震虎罷了，柳氏管家，日子久了難免生出不該有的心思，老夫人儘量睜隻眼、閉隻眼，如果不是牽扯到成昭、成德和布莊的事，老夫人不會給柳氏難堪。

「不說話，誰看得出她才十二歲？老爺都拿她沒轍呢，她是清楚府裡的境況才有恃無恐。」老夫人轉著手裡的鐲子，總覺得手裡頭差了點什麼，道：「把我的佛珠拿過來。」

柳氏打開抽屜，從一個黑色鏤雕花的盒子裡拿出一串佛珠，遞給老夫人。

見老夫人目光直直地望著她，柳氏心驚。「母親，還有事？」

握住佛珠，老夫人舉起手，手指撥弄著上面的珠子，振振有辭道：「妳是長嫂，管著家，小六和她娘目中無人、心思毒辣，我們若是一而再、再而三向她們低頭，她們只會越發不把我們放在眼裡，有的事情妳心裡該有數。」

說起這個，柳氏有自己的考量。之前她管家管得好好的，如今被秦氏橫插一腳，雖說秦氏管的都是些雞毛蒜皮的小事，她卻不痛快，如果三房在管家的事情上再橫插一腳，府裡不知會亂成什麼樣子，黃氏的手段她是見識過的。

「三弟妹剛回京，身邊就小六陪著，對小六嬌縱些實屬正常，母親不是請了教養嬤嬤嗎？待學了規矩，明白的道理多了，小六自然就懂事了，我是長嫂，凡事多包容些才是。」

老夫人細想覺得柳氏的話有理。如果柳氏和秦氏那樣凡事喜歡斤斤計較，府裡不知如何烏煙瘴氣了，笑道：「妳心裡看得開，我就踏實了。回去替靜芳置辦兩身衣衫，過年那會兒，和小六去薛府做客，不能寒磣了。」

柳氏心下一喜，面上依舊端莊沈穩，不疾不徐道：「兒媳記著了，說起來，靜芳比小六小點月分，又都是府裡的嫡女，關係該更親近才是。」

昨晚憂心一宿，老夫人身子撐不住了，把佛珠放在枕頭下，拿開靠枕躺了下去，臉上隱隱露出老態。「明日的事還要妳多費心，妳回去吧！」

柳氏點頭，替老夫人蓋好被子，叮囑打掃的丫鬟輕聲點，交代好了，才緩緩退了出去。

第十二章

芳華園。

寧靜芳望著桌上三房送過來的一小袋梅花，只覺得分外刺眼。昨日的賞梅宴，她是嫡女本該受到更多關注，結果所有的比賽皆落了下乘，且成了墊底的。抬手拂過桌面，袋子裡的梅花灑落出來，落了一地，香氣溢開，寧靜芳越發煩躁。

柳氏進屋瞧見的便是使勁踩著一地梅花撒氣的寧靜芳，她蹙了蹙眉，問道：「怎麼了，誰惹妳不快了？」

寧靜芳抬起頭，不解恨地又踩了兩腳。「娘來了。六姊姊身邊丫鬟送來的梅花，說是自己摘的，果真是莊子裡來的，這種禮虧她送得出手。」

柳氏左右看了兩眼，一身黃色衣衫的丫鬟上前，將事情前前後後說了，提起昨日的比賽，寧靜芳面色一沈，尖著嗓音道：「誰讓妳胡說八道的……」

柳氏清楚自己女兒什麼性子，拉著寧靜芳在窗戶邊的椅子坐下，嘆息道：「妳總覺得妳六姊姊長於鄉野，比妳先出生幾個月搶了第六的排行，妳可知，妳六姊姊如今身後有人撐腰了？」

「她能有什麼人撐腰？娘不是說三嬸娘家沒有兄弟姊妹嗎，她還有一眾表哥不成？」寧靜芳賭氣地低著頭，不看柳氏的眼睛。

柳氏搖了搖頭。若那人真是寧櫻的表哥就好了，大房也能跟著沾光，然而不是。薛太醫和薛小太醫名聲在外，寧櫻若真入了薛小太醫的眼，對三房和寧府來說是好事，然而對大房來說卻不盡然。柳氏有兩個女兒，做事自然有自己的私心。

「妳聽話，別和妳六姊姊作對，她送妳梅花便是她的一番心意，妳該好好謝謝她才是，妳年後就十三，做事該分得清輕重。」

昨日的事情，老夫人懷疑是寧櫻和黃氏在背後作祟，若真是如此，寧櫻和黃氏一樣，都是不好得罪的。寧靜芳仗著是府裡的嫡女，行事多張揚，她管家，有她護著沒什麼不妥，下面的人也不敢亂嚼舌根，可如今管家的還有秦氏，柳氏馬虎不得。

見柳氏面色不由得沈重起來，寧靜芳看得心裡發虛。平日柳氏雖縱容她，真遇著事她卻不敢忤逆。「娘望著我做什麼？您說什麼我照做就是了，不過要我討好她是不可能的，滿身銅臭味，一千多兩銀子白白給了她，我心裡吞不下這口氣。」

柳氏揉了揉寧靜芳腦袋，抿唇笑道：「那點銀子算不得什麼，這些日子妳好好和妳六姊姊相處，妳五姊姊那邊也別忘記了。」

寧靜芳不情不願地點了點頭。

回到院裡，寧櫻讓吳嬤嬤打水先將黃氏的手洗乾淨，金桂不見人影，寧櫻知會一聲走了出去，還沒到柴房，便看金桂扶著月姨娘，和一眾丫鬟、婆子從柴房出來，聲勢浩大，寧櫻不由得咧嘴笑了。

寧靜芸的親事作罷，月姨娘勢必不會出事，寧伯瑾知道月姨娘會沒事，她又何嘗不知？左右老夫人若要發賣月姨娘，她和黃氏再將人救下便是。

月姨娘一宿沒有進食，嘴唇乾裂，滿頭珠翠被人搶得一支不剩，髮髻散亂地披在肩頭。見著她，月姨娘嚶嚶哭了起來。「六小姐，您要為妾身做主啊，那些刁奴，竟將三爺送的朱釵頭飾全部搶走……」

寧櫻安撫地笑了笑，輕聲道：「月姨娘別怕，什麼話妳和父親說，父親會為妳做主的。不過昨晚父親被關了祠堂，惹了祖父不快……」

月姨娘六神無主。「那可如何是好？」

「月姨娘若信得過我，事情就交給我，妳少了什麼我分毫不差地給妳拿回來，父親那邊就別打擾了，否則如果因為這事鬧起來，只怕父親也沒好果子吃，妳覺得呢？」

月姨娘細想，哪敢給寧伯瑾添麻煩，連連點頭道：「小姐說得是。昨日的事情是因妾身而起，哪敢再給三爺添麻煩，妾身先回去拾掇拾掇。」

寧櫻點頭，瞅了眼最後面站著的婆子，看對方面色不自然，月姨娘的東西怕就是被她們搶了。寧櫻不急著尋她們問話，而是跟著月姨娘一道走了。她和月姨娘說話的聲音小，那些丫鬟、婆子擔心事情鬧大，會乖乖把東西還回來的。一路上，寧櫻吩咐大家不得將今日的事情傳出去，有人如果問起，只說是老夫人下令放了月姨娘。

月姨娘認為寧櫻的法子極好，寧伯瑾與老夫人母子情深，若因為她兩人有了隔閡，她真是罪該萬死，側著身子，不忘幫忙敲打身旁的丫鬟，叫她們務必管好自己的嘴，別說漏了嘴；只是，她心裡仍是不滿意老夫人的狠辣就是了。

北風呼嘯，園中初露的花兒被漫天飛舞的雪花迅速覆蓋，沒過兩日，寧府和清寧侯府退親的事情就傳開了，眾說紛紜，不過兩府達成默契，退親乃兩人八字不合，與其他無關，不會影響兩府的關係，明面上這般說，其他人心底作何感想，寧櫻無從得知。

正失神間，一荊條落在她後背上，耳邊傳來嬤嬤嚴厲的聲音。「坐有坐姿，還請六小姐多多用心，老夫人差老身來教導您，老身不能得過且過，對您不負責，對老夫人也是種敷衍。」

教養嬤嬤是今日剛來的，寧櫻睡得正熟被人從被窩裡拉出來，心裡已抱怨頗多，這會兒荊條落在後背上，火辣辣得疼，她來了氣，怒氣衝衝瞪著嬤嬤。上輩子，她嫁入青岩侯府，青岩侯府上上下下沒人敢指責她規矩不好，如今，被一個不知從哪兒冒出來的老婆子打，火氣尤甚。

寧櫻一下站起身，冷冷道：「嬤嬤說櫻娘坐姿不好，那嬤嬤坐給櫻娘瞧瞧。」

聞嬤嬤在旁邊微微變了臉色。教養嬤嬤不該動手打人，見此，上前為寧櫻辯解道：「小姐昨晚看書看得晚，睡眠不足，做事難免力不從心，嬤嬤為了小姐好，老奴不懷疑妳的好心，小姐畢竟乃千金之軀，打人是不是不太好？」

京裡的教養嬤嬤，聞嬤嬤有所耳聞，像青娘子這般嚴厲的還是少見。聞嬤嬤拉著寧櫻，想回屋檢查她的後背有沒有留下青紅，誰知青娘子又一荊條落下，不過是拍在旁邊茶几上，面不改色道：「小姐規矩不好便是因為身邊一群人縱容，久而久之，做什麼都得過且過，規矩教養彰顯一個人的氣質，怎麼能馬馬虎虎應對？」

青娘子不近人情地坐在椅子上，雙手放在膝上，脊背筆直，目不斜視。「小姐瞧瞧老身，雙腿著地，膝蓋放平，手穩穩地擱於膝蓋上，挺直脊背……」

寧櫻沒吭聲，別開臉，臉色陰沈得可怕。聞嬤嬤扯了扯寧櫻衣袖，見沒用，抽回手緩緩退了出去，朝梧桐院走。

聽聞嬤嬤說青娘子動手打櫻娘，黃氏不悅地蹙起眉頭。「是不是櫻娘使性子得罪了嬤嬤？」

看青娘子舉手投足透著不俗，不像是不分皂白打人，黃氏不由得想起寧櫻的性子，太過剛烈，遇事不低頭，這種性子，往後不知要吃多少虧呢，有嬤嬤壓壓她也好。

「妳回桃園勸勸六小姐，教養嬤嬤是為了她好，不過打人這事，教養嬤嬤做得過了，待會兒我去榮溪園問問老夫人……」

話沒說完，秋水急急忙忙從外面跑來。秋水做事素來沈穩，甚少有這般急躁的時候，黃氏皺眉。「怎麼了？」

「六小姐和嬤嬤動起手來了，夫人快去瞧瞧吧！」秋水著急。從小到大寧櫻都是被大家捧在手心上，何時被人打過？言語間有些抱怨老夫人。「奴婢瞧著小姐規矩是個好的，次次去榮溪園給老夫人請安，動作一氣呵成不比府裡的小姐差，若有心人雞蛋裡挑骨頭，咱家小姐豈不是吃了大虧了？」

黃氏已站起身，大步流星地朝外面走，恰好遇上從月姨娘院裡過來的寧伯瑾。

看黃氏臉色不對勁，他問道：「怎麼了？」

聞嬤嬤言簡意賅地說了桃園的情形，顧不得尊卑禮儀，提著裙襬朝桃園小跑過去，後悔她不該過來。有她在，還能為寧櫻擋著也不會鬧成現在這樣。

寧伯瑾身子一顫。「她是越發膽大了，教養嬤嬤什麼人，她怎麼敢？」

教養嬤嬤素來嚴厲，寧櫻敢動手，傳出去名聲就毀了。他下意識看向黃氏，指責道：「瞧瞧妳教出來的好女兒。」

黃氏沒心思搭理他，到了桃園，屋裡亂糟糟的，寧櫻鎮定地坐在椅子上，手裡揮舞著青色的枝條，歪七扭八的桌椅旁，教養嬤嬤蹲坐在地上，摀著額頭，怨毒地瞪著寧櫻。

寧櫻回以一個輕笑。「嬤嬤瞪著我做什麼，快起身，不知曉內情的還以為我欺負妳了呢！」

老夫人請個教養嬤嬤來不過是想打壓她，給她點苦頭吃，寧櫻心裡清楚教養嬤嬤對後宅小姐、少爺不可或缺，然而，她就是不想老夫人如願。

「櫻娘，妳沒事吧？」黃氏憂心不已地走上前，拉著寧櫻上上下下檢查起來。

寧櫻伸展手臂，輕聲道：「娘，我沒事，教養嬤嬤拿荊條抽我，被我搶過來了。」她自小在莊子上長大，曾跟著莊子裡的人野過一段時間，教養嬤嬤那點力氣，她真要反抗，易如反掌。

寧伯瑾站在後面，見屋裡一片狼藉，眉頭皺成了川字，怒不可遏地瞪著寧櫻，訓斥道：「誰教妳這般不懂規矩的！連教養嬤嬤都敢打，妳還真是反了天了……」

黃氏的手碰到櫻娘後背，感覺她小身板顫抖了下，柔和的眸子閃過一絲戾氣，斜睨著教養嬤嬤。「我念妳是老夫人請來的，拿捏得住分寸，櫻娘再不懂事，妳稟明我，我自會訓斥她。女兒家身子嬌貴，身上留不得疤痕，這種荊條是夏季從柳樹上折下來的吧，打人最是疼，櫻娘身板弱，哪禁受得住？」

黃氏摸著寧櫻後背，是真的動怒了，聞嬤嬤和她說起這話她還以為是嚇唬人，誰知下手這般重，說話間，她朝聞嬤嬤招手。「妳扶著櫻娘進屋，仔細給她瞧瞧，別留下疤痕，鬧到老夫人跟前我也不怕。」

寧櫻觀察著教養嬤嬤臉色，當黃氏提起老夫人時，教養嬤嬤臉上並無懼色，她心裡困惑。如果教養嬤嬤是老夫人的人，方才被她下了面子，這會兒聽說要找老夫人，嬤嬤面上該露出得意或者期待之色才對，怎和她想的不同？

聞嬤嬤心中愧疚，拉著寧櫻進屋，關上門窗，掀開她後背的衣衫，紅色的荊條印子顏色已轉青了，總共有兩條，應該是她走後，寧櫻又挨了一次打，這才將寧櫻惹怒了。「老奴以為老夫人叫過來的教養嬤嬤是個好的，因而沒有提防之心，害得小姐遭了這麼大的罪，老奴……」

「奶娘，不關妳的事，她要打我，總會千方百計找到機會的，只是時間早晚罷了，鬧開也好，我若不撒野真以為我是好欺負的。奶娘，妳沒見著我在莊子上的時候，只有我打人的分，誰敢動手打我？」

奶娘找出收藏的藥膏，洗了手，沾了點在指尖，輕輕塗抹在她的傷口處，笑著說道：「您忍著點，搽了藥過會兒就好了。」

外面的說話聲漸漸沒了，寧櫻側著耳朵問聞嬤嬤，聞嬤嬤細細一聽。「教養嬤嬤是老夫人請進府的，出了事，當然要去榮溪園說個清楚，夫人明白這點，估計帶著嬤嬤去榮溪園。要老奴說，嬤嬤下手確實重了，您細皮嫩肉的，瞧瞧，都成這樣子了。」

「聽奶娘這會兒一說，我倒是覺得有些疼了，祖母不會為難我娘吧？」

寧靜芸剛退了親，把自己關在房間裡，誰都不肯見，老夫人送去的吃食寧靜芸都沒吃，這種事還是頭一回，老夫人看在寧靜芸的面子上不會為難黃氏，至少，在寧靜芸另說的親事沒有訂下之前，老夫人都會順著寧靜芸。

搽完藥膏，聞嬤嬤整理好寧櫻的衣衫，轉身收好瓷瓶。「是非黑白，明眼人看得清清楚楚，老夫人再偏袒也不是不講理的，小姐您就別擔心了。」

寧櫻想想也是。背上搽了藥，清涼舒適，舒服多了。「奶娘，將我之前看的《百家姓》拿過來，我還得接著背呢！」

上輩子，黃氏拖著病，府裡不重視她們，並未請夫子、嬤嬤過來教導她，比起如今大不相同，寧櫻不願意細想明日會發生的事，沒有什麼比黃氏和她好好活著更重要的了。

一個時辰左右，外面傳來細碎的腳步聲，金桂掀開簾子，清瘦的臉上憂心忡忡。「小姐，老夫人說了，明日教養嬤嬤還會來，夫人被老夫人訓斥了，還說叫夫人在屋裡反省、反省呢！」

寧櫻從書本裡抬起頭。「仍然是青娘子？」

金桂點頭，將榮溪園的事一五一十說了。「奴婢差人打聽了，青娘子最是嚴厲，在京城是出了名的，且青娘子不懼對方身分，皇親國戚都敢批評，您得罪了她，往後可怎麼辦？」

寧櫻皺眉。難怪青娘子有恃無恐，想必是清楚黃氏不能拿她怎樣。

忽然，聞嬤嬤驚呼一聲，恍然大悟地捶了下自己的腿。「老奴就說京中教養嬤嬤哪有這般嚴苛，原來就是她啊！聽說順親王府的郡主囂張跋扈，硬是讓她扳正過來，閨閣小姐就沒有不怕她的，您公然與她作對，她不會放過您的。」

想當初，順親王府那位郡主是如何恃強凌弱的，如今呢？

看金桂和聞嬤嬤一副提心弔膽的模樣，寧櫻跟著蹙起了眉頭，突然心思一動，道：「奶娘別怕，明日就說我身子不適，妳去薛府看看薛小太醫在不在，請他過來替我看看。」

薛墨瞭解京中的人和事，想問他有沒有法子弄走青娘子？她這輩子沒有野心，不想攀高枝，她是個粗鄙之人就粗鄙地活著吧！

聞嬤嬤嘴角抽動，又忍不住抱怨。「青娘子下手沒個輕重，真傷著小姐了如何是好？」

「我今日忤逆她，她若繼續留下，想必不介意我還手，之後她繼續打我，我還會還手，總不能乖乖由她打一頓吧！」寧櫻不欲攀附那些權勢，自然不會任由青娘子拿捏，這時她也沒興致看書了。「我去看看我娘。祖母光明正大找藉口訓斥我娘，這會兒估計正暗地高興呢！」

聽她口無遮攔，聞嬤嬤只得嘆氣。真不知這位主子的性子隨了誰，精明如黃氏都不曾這般誰都不放在眼裡，性子越張揚，往後吃的苦越多，黃氏用十年的時間來證明還不夠嗎？聞嬤嬤搖搖頭，跟著走了出去。

另一廂，黃氏繼續核對手裡的帳冊，好些帳目對不上，鋪子的銀兩果然叫人暗地吞了，有人隻手遮天，妄圖貪她的錢財，黃氏目光一凜，望著帳目，面露凶光。

「娘。」

黃氏收起眼中凶意，抬起頭，嘴角浮起笑來。「妳來了，背上的傷沒事吧？」

「沒事，金桂說您被祖母訓斥了，我過來瞧瞧，祖母說什麼了？」

黃氏順手抽出桌下的凳子，示意寧櫻坐，細聲道：「青娘子明日繼續教導妳禮儀，妳聽她的話，好好學，學好了，青娘子自會離開的。」

確認過青娘子的身分後，黃氏明白自己想多了，青娘子不是按老夫人意思行事的人。嚴師出高徒，寧櫻跟她學規矩也好，這般恣意妄為下去不是法子，在府裡她能護著，出了府，她鞭長莫及。

寧櫻坐在凳子上看帳冊，黃氏劃掉許多數字，應該是發現帳冊不對。「金桂和我說了，我會跟著青娘子好好學規矩的，娘別擔心。熊大、熊二去莊子上做什麼？」

前兩日，在老夫人屋裡，寧國忠問起黃氏兩人的去處，黃氏說他們去蜀州莊子辦事，可莊子裡的東西不多，回京之前全帶走了，因此說熊大、熊二去莊子辦事說不過去。

黃氏一怔。「沒什麼事，娘有東西落下了，叫他們去取回來。」

見黃氏不肯多說，寧櫻心底起疑。之前問吳嬤嬤，吳嬤嬤說兩人打聽清寧侯府的事情去了，與黃氏說的出入甚大。因黃氏不會騙寧國忠，熊大、熊二去莊子的可能性較大。

寧櫻收斂心思，專心想著明日該如何打發青娘子？

漫天雪花，隨風肆意而墜，屋簷下堆積了厚厚的一層積雪，一身蓮青山襖子的聞嬤嬤匆匆而回，眉毛結了層冰霜。

寧櫻在窗下看書，聽到腳步聲，徐徐迎了出來，看奶娘凍得不輕，螓首微抬。「金桂，快解了奶娘的披風，去廚房端碗薑茶來。」

屋裡熱氣暖，臉上的冰霜化開，聞嬤嬤擺手道：「不用，無甚大礙，廚房離得遠，風大就別去了。」

三房不受寵，大房和二房離主院近，偏生三房被擠在這旮旯兒，聞嬤嬤從懷裡掏出一個綠色的小瓷瓶，低聲道：「小太醫不在，老奴去未見著人，倒是薛太醫得知老奴是寧府的，聽說您傷了後背，給了老奴這個，提醒早晚往傷口處塗抹一次，兩日瘀青就散了，不會留疤。」

聞嬤嬤聽過薛太醫名聲，頭回見著人，本以為是個清冷不易接近之人，她心裡惴惴不安，誰知薛太醫為人沒有半分架子，面容溫潤，如三月春風。

聞嬤嬤催促道：「快讓老奴給您塗上藥膏，過兩日就好了。」

寧櫻拉住她，笑靨如花道：「薛太醫不是說早晚各一次嗎？這會兒還早著呢，不著急。奶娘，櫻娘有一事不明，還請奶娘解惑。」

聞嬤嬤轉頭將瓷瓶交給金桂，不曾留意寧櫻臉上的神色。「小姐什麼話，問老奴就是了，但凡老奴知道的，還能騙小姐不成？」

寧櫻笑得越發燦爛，將她打聽熊大、熊二的事以及吳嬤嬤和黃氏回的話一五一十告訴聞嬤嬤，聞嬤嬤身形一僵，站直身子，望著寧櫻含笑的臉龐，緩緩道：「夫人不會說謊騙您，吳嬤嬤看著您長大，不會有意欺瞞，小姐蕙質蘭心，既聽出有貓膩，何不裝聾作啞，順了夫人的意思？」

寧櫻一看聞嬤嬤神色便知，聞嬤嬤對熊大、熊二的事是知道內情的，她嘆息一聲，不步步緊逼，岔開了話。「罷了，我娘不想我知道那就算了，奶娘回屋歇一會兒吧，薑茶待會兒讓丫鬟送到妳屋裡去，這裡有金桂陪著。」

「老奴無事，小姐功課不能落下，老奴去書閣取書。」

寧櫻聰慧靈動，字認得快，記性好，《三字經》不過五日的光景就倒背如流，府裡鄙夷寧櫻的人多又如何，寧櫻天賦好，有朝一日自會叫那些人刮目相看。

「成，妳去吧！」

夜幕低垂，走廊的燈籠隨風飄蕩，暈黃的光若隱若現，如微風拂過湖面，皎潔的月兒在書中蕩起漣漪，寧櫻準備歇下了，此時，門吱呀一聲被推開。

聞嬤嬤站在門口，布滿細褶子的臉上難掩喜悅。「小姐，小太醫來了，在老爺書房，請您過去呢！」

寧櫻瞥了眼黑漆漆的窗外。「小太醫這會兒過來可是有急事？」

天色黑暗，外面風又大，薛墨如果沒有急事，何不等到明日？

聞嬤嬤小步上前，嘀咕道：「約莫是小太醫不放心您的病，回薛府聽下人說老奴去過，專程過來看您呢！」

聞嬤嬤扶著櫻娘，喚金桂服侍寧櫻換衣裝扮。寧櫻十二歲，明年就能張羅說親事宜，而薛墨聲相貌堂堂，家世清白，可謂不二的人選；雖說年紀長了幾歲，可對寧櫻好，薛府人丁單薄，上面沒有婆婆壓著，沒有妯娌勾心鬥角，那種人家再適合寧櫻不過。

轉念間，聞嬤嬤激動起來，扶著寧櫻的手微微打顫，寧櫻以為她冷著了。「待會兒金桂陪我過去，奶娘早些休息，府裡炭火足夠，別凍著了。」

她哪知，聞嬷嬷是想著她的親事有著落，心裡給高興得不住打顫。府裡待三房寬厚，領的炭豐足，不用算著量過日子。

聞嬷嬷哎了一聲，嫌金桂選的首飾素淨了，叮囑金桂拿那支金色的簪子，寧櫻哭笑不得。「奶娘，都這時辰了，盛裝打扮出門不是叫人生疑嗎？戴金桂手裡的就好，說兩句話就回來，不用太過費心。」

薛墨不是膚淺之人，他待鄉野百姓隨和，反而是對京城裡的人極為不耐煩，她太過刻意未免不妥。

寧國忠的書房在前院，寧櫻到的時候，燈火通明的院子外站著好些人了。大房的柳氏和寧靜芳，二房的秦氏，連閉門不出的寧靜芸也在，寧櫻微不可察地挑了挑眉，重新思忖起薛墨的來意。

寧靜芳應該是細心裝扮過，穿了一身八福淡紫色羅裙，外披著光亮細膩的白色軟毛披風，妝容精緻明豔，清秀的面容如嬌花而不顯嫵媚，彰顯著與年紀相符的亭亭玉立；寧靜芸站在老夫人身旁，面容憔悴得多，不過她原本就生得好看，略施粉黛，便叫人眼前一亮。

「小六來了，咱進屋吧，薛小太醫和妳祖父在書房說話，咱先去西屋候著，待會兒再見過薛小太醫。」老夫人言語溫柔，眉目間盡是為人祖母的慈愛。

寧櫻一一見過禮，淺笑道：「祖母說得是。」

一行人快到走廊，厚重的門忽然從裡打開，寧國忠見這麼多人，皺了下眉頭似有不悅，不過轉瞬即逝，開口時已收拾好情緒，聲音厚重有力。「既都來了，進屋吧！」

屋裡的薛墨擱下茶盞，似是沒料到會來這麼多人，臉上故作詫異與不解；寧伯庸坐在旁邊，也微微吃驚，不過他常年在衙門走動，已懂不顯山露水，一一向薛墨介紹屋裡的人。

薛墨眸色清明，中規中矩給老夫人行了禮。老夫人記著上回的事，面上有些許不自然，但看薛墨舉手投足、氣韻高貴，她的視線不由自主落在寧靜芳身上，更是心生滿意，真能和薛府結親倒不失為一樁好事。

「小太醫有禮了，快請坐，這麼晚過來，可是有什麼事？」難怪京裡人對他逢迎的人數不勝數，單單是身量氣度，薛墨在眾多世家子弟中便算出類拔萃的，更別論家世了。

對老夫人的行徑，寧國忠不甚滿意，當著眾人的面不好表達出來，三言兩語解釋了薛墨來意，老夫人心下愕然，眼神轉動，才發現薛墨身後站著一位五十歲模樣的婦人，面容親切和善、氣質優雅，不愧是宮裡出來的，寧櫻何德何能，竟能入了這位的眼。

薛墨目如點漆，聲似清泉。「家姊聽說櫻娘回京，過年少不得要在京城走動，桂嬤嬤在府裡日漸清閒，家姊便讓桂嬤嬤來瞧瞧，若櫻娘身邊沒有教養嬤嬤，可以指點一二；我明日出京在即，家姊諸事纏身不得空，想來想去，只有連夜過來問候一聲，沒有給貴府添麻煩吧？」

老夫人嘴角噙笑，衣衫下卻雙手緊握成拳。家醜不可外揚，寧櫻卻胳膊肘兒往外撇，桂嬤嬤是宮裡指給薛怡的教養嬤嬤，薛墨帶著此人過來，寧國忠哪拒絕得了？青娘子名氣大但不是宮裡出來的，哪能和桂嬤嬤相提並論？薛墨請她教養寧櫻，是寧府闔府上下的福氣，如何抉擇再簡單不過，寧國忠身為一家之主，萬事以寧府的利益為先，自然會留下桂嬤嬤。

想到這些，老夫人嘴角不由自主抽了抽，輕笑著遮掩過去。

「沒有的事，小太醫想得周到，是小六的福氣。小六，快來謝過小太醫。」寧國忠聞風知雅意，薛墨待寧櫻不同，背後的心思他哪會不懂，眉梢微動，不動聲色打量著寧櫻，少女身材沒有長開，然而已有仙姿玉色之感。薛墨平日望聞問切，眼力非凡，難怪他挑中了寧櫻，窈窕淑女，君子好逑嘛！

寧櫻亭亭玉立站起身，中規中矩施禮謝過薛墨，心下卻存著疑惑。聞嬤嬤去薛府沒有多說，怎麼薛墨對她的處境卻瞭若指掌似的……

不過，自己還是真心感激他就是了。

「櫻娘客氣了，家姊知道妳曾在蜀州住過，新奇著呢！過些日子有空了下帖子請妳過府，妳多與她說說蜀州的人文風俗才好。」薛墨眉色端正，並未多言，府裡的人卻恍然大悟。

薛怡明年便要嫁給六皇子，估算著時辰，秋天就該出發去封地，而封地正是蜀州。

薛怡指婚給六皇子，多少人豔羨嫉妒，這會兒聽薛墨說起，寧國忠猶如醍醐灌頂，再受寵的皇子無緣那萬人之上的位置，再多的努力都是白費。

皇上善待六皇子，估計是心有愧疚吧！

寧櫻看眾人神色各異，心下冷笑，面上卻不顯。「櫻娘記著了，小太醫明日離京過年可會回來？」

薛墨含笑地點頭，看了眼外面夜色，站起身，告辭道：「天色已晚，打擾多時，薛某心下過意不去，這就先行告辭。」

寧國忠仍坐在上首，較之前的態度冷淡了些。「伯庸，你送小太醫出府。」

「是。」

如此，桂嬤嬤就留下了。

老夫人吩咐柳氏道：「桂嬤嬤是宮裡的嬤嬤，不可怠慢了，妳尋處安靜的院落，撥兩個丫鬟伺候著。小六年紀不小了，別沒規沒矩地出門丟人。」

當著外人，老夫人絲毫不給寧櫻臉面，寧櫻懶得和她計較。一群眼皮子淺的，難怪寧國忠入了內閣不到五年就以其年事已高、想告老還鄉退了出來，只想靠攀龍附鳳、巴結討好求來一府富貴，哪會長遠？

桂嬤嬤沈靜如水，並未因老夫人的話而露出一絲一毫異色，不卑不亢站在角落，眼觀鼻，鼻觀心。

老夫人心下覺得沒趣。她說這話無非是想讓桂嬤嬤不喜寧櫻，但看桂嬤嬤波瀾不驚，站起身，問寧國忠道：「老爺可要回院了？一塊兒吧！」

「妳先回去，我待會兒有話和老大說。」寧國忠盯著寧櫻，叮囑道：「往後跟著桂嬤嬤好好學，不可辜負小太醫一番苦心，明白嗎？」

寧櫻稱是應下。薛墨不會害她，寧櫻想說讓桂嬤嬤住在桃園，可青娘子這會兒在，若跟桂嬤嬤遇著了，傳出去會說她當主人的有錯，因而寧櫻並未多話。

另一處，薛墨和寧伯庸別過，俐落地跳上馬車，掀開玉渦色的棉簾，毫不客氣地坐了進去，身子一歪靠在身後的軟枕上，雙手枕在腦後，意味深長地望著對面側躺的男子。

「說吧，怎麼還我的人情……」

只看男子一身褐色暗紋長袍，眉若遠山，目色黑沈，深邃的眼神好似黑暗中急速奔跑的狼，散發森森涼意，平白叫人生出股畏懼之心。聽了這話他動了動胳膊，端起矮桌上的茶杯，輕抿了一小口，美人側臥端得是柔弱嫵媚之姿，而男子動作乾淨如行雲流水，瀟灑至極，即便認識多年，薛墨仍看得面色一怔，端坐好姿態，收起促狹，道：「慎之，你真動心思了？」

譚慎衍不近女色在刑部可謂人盡皆知，薛墨擔心好友身子出毛病，曾暗中為他配置過陰陽調和的藥，誰知好友竟然有心儀之人了，且對方還是個孩子。

薛墨搖搖頭，回想自己在刑部大牢見著的那些人，心中犯噁，損道：「近朱者赤，近墨者黑，早讓你別去刑部你不當回事，這回可好，瞧上個小姑娘，傳出去，你跟那些作奸犯科的老太爺有什麼不同，真真是丟臉……」

男子坐起身，漫不經心投去一瞥，薛墨頓時住了嘴，不過極不認同他的做法，不住地唉聲嘆氣。

譚慎衍掀開簾子，墨色沈沈地望著拔高院牆，坦然道：「是又何妨……」

她原本就是他的，不過他醒悟得早，想早早將她納入麾下護著罷了，這一世，叫誰都不敢欺負她。

薛墨面色訕訕，想到什麼似的，頓時諂媚起來，道：「好啊，你也老大不小了，有個人知冷熱，甚好、甚好。」

心下暗忖。男的威風凜凜、凶神惡煞，女的性子潑辣、心腸歹毒，兩人若成親，實乃……天造地設的一對，往後這寧府，可就熱鬧了。

馬車緩緩駛過喜鵲胡同，沿著朱雀街往裡，車輪輾過青石磚，發出咕嚕、咕嚕的聲響。

薛墨想了想，又道：「你本該身處邊關，這會兒回京，若被六部的人發現，不說你圖謀之事如何，鬧到皇上跟前，沒有你好果子吃，什麼事不能書信傳達，非得走此一趟？」

譚慎衍沈默不語，冷風拂過車簾，冷得人哆嗦不已，他卻紋絲不動，待馬車駛入另一條街，他才緩緩開口。「青岩侯府的事，查清楚了？」

薛墨正色道：「查清楚了。別說，你家老子還真敢，這幾年中飽私囊，荷包裡的銀子都快抵過半個戶部了，你真要對付他？覆巢之下焉有完卵，你想明白，御史臺那幫人無孔不入，皇上怪罪下來，你難獨善其身。」

譚慎衍乃青岩侯世子，青岩侯沒了，他當世子的哪會有什麼好下場？

「這會兒時機正好，他做下這些事的時候就該知曉有今日，只是對不起祖父，他一輩子英明毀在他最喜愛的兒子手裡。」譚慎衍轉著手裡的茶盞，神色不明。譚老侯爺身子骨兒一日不如一日，他本想待老侯爺百年後再清理門戶，可又不想姑息那人，老侯爺走之前，該讓他瞧瞧被重塑的青岩侯府，如此才能叫老侯爺走得沒有遺憾。

薛墨清楚譚慎衍遲早會動譚富堂，父子倆從小不對盤，相看兩厭，然而傳出去可就是弒父的惡名，他不想好友揹負這樣的名聲。

像知道他所想，譚慎衍抬眉，直直地盯著他。「青岩侯府是祖父戎馬一生掙來的，不該毀在他手裡，明日你把消息放出去，他這些年在朝堂得罪了些人，不用咱呈上證據，自會有人樂意效勞。」

譚慎衍望著天色，眉頭輕皺，薛墨以為什麼不好了，湊過去望著外面，問道：「怎麼了？」

「天怎暗得這麼慢。」

薛墨眼神微詫。「你還有事？」

譚慎衍偏過頭，望著背後的宅子，薛墨頓時毛骨悚然。「你不會要夜探寧府吧？那丫頭你放心，她心裡彎彎繞繞比誰都多，不會吃虧的，倒是你，越早出京越好，城門一關就只有等明日了，唯恐露出馬腳來。」

譚慎衍點了點頭，薛墨以為他聽進去了，誰知聽他似嘆息道：「難得回來總要見上一面才行。」

薛墨眉頭緊皺，沒有再勸。

寧櫻夜裡淺眠，守夜的丫鬟在屋裡打地鋪，睡在簾帳外，今夜輪到銀桂，她替寧櫻掖了掖被角，輕輕滅了燈，摸黑爬進自己被窩。黑暗中，呼呼的風聲格外分明，她不敢睡沈了，寧櫻夜裡總咳嗽，撕心裂肺地咳，聲音淒然，起初嚇得她以為屋裡進了不乾淨的東西，後才知曉是寧櫻。聞嬤嬤訓斥她伺候不周，好在寧櫻幫她說話，沒有為難半句，從那之後，銀桂守夜越發小心翼翼。

然而，待她進了被窩竟異常想睡，渾身上下沒力氣似的，她努力地睜著眼，暗暗嘀咕不能睡、不能睡……

迷迷糊糊間，寧櫻感覺有人挨著自己，粗糙的指腹滑過臉頰，刮得她細嫩的肌膚有點疼，她努力地想睜開眼，但眼皮沈重；耳邊有人輕語，好似又回到她病重的那些日子，那人隔著窗戶和她說話，聲音低沈溫柔，她張著嘴淡淡地喚了一聲侯爺……

緊接著，她又開始咳了，她已經習慣了，很多時候她都是這般咳嗽，拿被子摀著嘴，低低壓抑著咳嗽，不敢讓他聽出她已經很不好了。

昏暗的光線中，男子五官冷峻，身形僵住，幽幽望著埋在被子裡咳嗽的女子，心中鈍痛，他伸出手輕輕地拉開被子，手落在女子秀髮上，目光一軟。「別怕，都會好的。」

他輕輕拭去女子眼角的淚痕，輕哄道：「不咳了，很快就好了。」

然而，回應他的是一聲高過一聲的咳嗽，這種聲音陪伴他度過了許多日夜，即使身處金戈鐵馬的戰場，耳邊被撕心裂肺、喊打喊殺聲充斥，仍然沒有能叫他如此沈痛的聲音。

許久，女子的咳嗽才停下，依偎在男子懷中，沈靜安詳地睡去，清麗的小臉因為咳嗽久了有些許紅潤，譚慎衍不捨地放下她，替她蓋上被子。黑暗裡火摺子的光亮起，他目光如炬地盯著屋裡擺設，然後緩緩走向衣櫃，手滑過衣櫃如清掃似的，屋子裡的一桌一椅、一絲一毫都沒落下；然而屋內乾乾淨淨、整潔一新，並無不妥，最後，目光落在床榻上，他皺著眉，托著女子的腦袋，發現枕頭下，有一面巴掌大小的銅鏡，並無其他……

夜深了，床榻的女子翻個身，啞著嗓子喊了句「水」，譚慎衍身形一僵，快速地滅了手裡的火，推開窗戶，一躍而出。

寧櫻知曉她在作夢，夢裡又回到青岩侯府的院子，清醒過來，望著一室黑暗，她有片刻的恍惚。掀開被子，她擦了擦眼睛，眼角濕濕的，她蹙起了眉頭，輕喚了聲銀桂，黑暗中無人應答，索性掀開被子走了下床，點燃燭檯的蠟燭，頓時，屋裡明亮起來。

她習慣地想要照鏡子，手探入枕頭下，鏡子卻不見了。她拿開枕頭，不見鏡子去向，她彎腰將被子全掀起來，以往放在枕頭下的鏡子不知何時滑至床尾，對著鏡子，她細細描摹著自己眉、眼、鼻、嘴巴，確認一番後，才鬆了口氣。

銀桂在被子裡睡得正憨，小臉紅撲撲得甚是可愛。寧櫻搖頭失笑，去桌前倒了杯茶，喉嚨火辣辣地疼。她夜夜咳嗽，已經習以為常了，今夜卻覺得有些莫名，模糊中好似聽到有人和她說話，聲音格外好聽輕柔，她揉揉自己的額頭，一杯茶見底，又在桌前坐了許久，腦子一片清明，睡意全無。

另一府邸，薛墨被人從床上拎起來，屋裡燈火通明，他不適應地揉了揉眼，臉上烏雲密布，不及他開口，一道清冽的男聲搶了先。「你說她中毒不深，毒素全無，怎麼夜裡還會咳嗽？」

聲音如冰霜，激得薛墨身子一顫，睜開眼，跟前的人不是譚慎衍又是誰？

薛墨回味許久才反應過來譚慎衍話裡的「她」指的是誰。寧櫻和黃氏的確中了毒，可是毒素沒有深入心肺，即使不用他出手，對身子也沒多大影響，何況他配置出解藥，連兩人身邊的丫鬟、婆子都送去了。換作旁人質疑他的醫術，薛墨鐵定惱了，但是和譚慎衍多年兄弟，他清楚譚慎衍不會信口雌黃。

薛墨細細想了想。「吃過解藥，她理應沒有大礙才是，今晚我見過她不像又中毒的樣子。」

譚慎衍點頭。他聽得出來，寧櫻是乾咳，並無多少意識，譚慎衍想到另一事，順勢在桌前的椅子上坐下。「你說，她剛回京就找你治病？」

薛墨腦子裡還在想寧櫻咳嗽之事，他信譚慎衍的話，可也信自己的醫術，對寧櫻和黃氏下毒的人可謂心思歹毒，想讓兩人無聲無息地死去，寧府真是龍潭虎穴。

聽了譚慎衍的話，薛墨便將寧櫻來找他，以及他為黃氏看病的事鉅細靡遺地說了，到最後，他感慨道：「那丫頭，心眼多著呢，怕是早知道她娘中了毒，才求我過府診脈。」

譚慎衍沒有說話，沈眉不知想什麼？薛墨瞅了眼外面天色，再過兩刻鐘，城門就該關了，提醒譚慎衍道：「你若不想出城乾脆將就住一晚，明日一早離開。」

回答他的是沈默以及堅決的背影。薛墨習慣他的作風，起身滅了燈，繼續睡。他在寧國忠跟前開口說明日要出城，這兩日自是不好再去寧府，只是不知寧櫻咳嗽是怎麼回事，他想著想著，沈沈睡了過去。

而鴉雀無聲的街道上，一行人揮著鞭子，急急奔出城門，守門的士兵們面面相覷，循著馬蹄聲望去，只餘黑暗中極小的人影，有人好奇地嘀咕。「依方才的形勢來看，像是某位將軍出城了，要不要稟明上面？」

「哪來的將軍？你瞧見哪位將軍出城心急火燎的？」另一士兵小聲地反駁。

這時候，一道渾厚的「關城」聲音傳來，幾人都振奮不已。天寒地凍，上面體恤大家，旁邊帳篷裡備有熱酒，以及一些小吃，夜裡不敢睡，就靠著飲酒打發時間了。

不知何時，天又飄起了雪花，蓋住士兵們的談笑聲，大街小巷靜悄悄的，偶有幾聲狗吠。

第十三章

銀桂睜開眼，外面已微亮了，她身軀一震，快速坐起身，搖了搖有些昏脹的頭，看了眼床榻，見寧櫻閉目睡著，她略微鬆了口氣，輕手輕腳站起身收拾被褥。

寧櫻這一覺睡得晚了，聞嬤嬤在門口來回踱步。昨晚小太醫送了桂嬤嬤來，今日該學規矩了，小姐屋裡卻遲遲沒有動靜。聞嬤嬤作為奶娘，雖說進屋將寧櫻拉起來不會被怪罪，她心裡又捨不得，想到昨日寧櫻挨了打，睡晚些沒準兒對身子有好處，遲疑間，又過了一會兒，屋裡傳來沙啞的一聲「奶娘」，聞嬤嬤忙推開門，走了進去。

約莫夜裡咳嗽得久了，寧櫻嗓子不舒服，說話聲音都變了，聞嬤嬤心疼不已。「是不是又咳嗽了？待會兒我與夫人說，學規矩不急在一時半刻，待嗓子好了……」

「奶娘。」寧櫻打斷聞嬤嬤，紅唇輕啟。「桂嬤嬤是小太醫找來的，不可怠慢，第一天來我便說嗓子不適不學了，傳出去像什麼話？學規矩不用開口說話，不礙事的。」

寧櫻不想學規矩，可薛墨一番好意不好推辭，丟了寧府臉面不打緊，她不想薛墨跟著臉上無光。她穿戴好衣衫，簡單用了早膳，去梧桐院給黃氏請安，隨後再去榮溪園，府裡的少爺、小姐都是這般過來的，她心有不滿也不好說什麼。

因她要學規矩，老夫人並未留她說話。寧櫻回到桃園，桂嬤嬤已經在了，五十多歲的年紀，慈眉善目，甚是慈祥。

寧櫻上前見禮，軟著聲道：「桂嬤嬤好。」

桂嬤嬤上下端詳她兩眼，笑了起來。「其實，六小姐規矩甚好，不用再特意學，京中貴女，各有千秋，若皆被教化成循規蹈矩、溫吞守禮的，反而是拘束了她們，嬤嬤屋裡坐著，小姐忙自己的事即可。」

寧櫻心下震撼，難以置信地望著她。

桂嬤嬤微微一笑，越發仁慈了。「主子說您本該如此，別被環境所束縛，各人有各人待人處世的一套規矩，因此世上才有形形色色的人，今日嬤嬤看來，小姐果然與眾不同。」

忽然被人稱讚，寧櫻羞澀地福了福身。「嬤嬤謬讚了，櫻娘從小在莊子上長大，對京裡的事知之甚少，哪有嬤嬤說得那般。」

桂嬤嬤聽出她嗓音不對，便也不再多言。薛墨請她來本就是做給外人看的，桂嬤嬤心思通透，找了凳子坐著繡起花來，畢竟上了年紀，桂嬤嬤落針的速度極慢，寧櫻瞧她半分不覺得拘泥，心下好笑，做自己的事情去了。

寧靜芳在院子裡瞧見的便是這幕，寧櫻坐在窗戶下緊挨著桂嬤嬤，兩人手裡握著針線，不時說兩句，言笑晏晏，和她想得截然不同。寧櫻不服輸，不管誰教她規矩，以寧櫻的性子，都不會給對方好臉色；而桂嬤嬤是京裡出來的，為人傲慢，高高在上，對忤逆她的寧櫻只會嚴厲、不會鬆懈。寧靜芳本想來看看寧櫻的笑話，沒想到見著這一幕，不過，她精明了，不會上前拆穿寧櫻和桂嬤嬤，和身旁的丫鬟比劃了個手勢，兩人毫無聲息退了出去。

莊子送來許多野物，柳氏列出幾戶走得近的人家準備送些過去，其中便有柳家和秦家。秦氏管家以來，下面的丫鬟、婆子不聽使喚，她頭疼欲裂，正向老夫人抱怨，一邊細細聽著柳氏的安排，生怕秦家得到的比柳家少。

黃氏坐在旁邊，沈默不語，老夫人不讓她們離開。黃氏清楚，老夫人有心拿捏她，不讓她坐半個時辰不會放她離開的。

「妳做事我素來放心，今年將薛府的名字添上去吧！小太醫待小六好，不管如何，都該好生謝謝他。青娘子那邊，妳可說過了？桂嬤嬤是宮裡的老人，咱得罪不起，多花點銀錢，別怠慢了青娘子。」當初請青娘子，老夫人著實費了些工夫，誰知半路殺出個程咬金，老夫人心下過意不去，故而才讓柳氏將青娘子打發了，她避而不見。

柳氏心知老夫人是拉不下臉見青娘子，替老夫人出面回絕的事做多了，她已得心應手，回道：「清晨過來給母親請安，青娘子那邊稍後就去，薛府那邊要送的話，母親覺得多少適合？」

薛府是六皇子的岳家，禮輕了，人家看不上，禮重了則有賄賂之嫌，一時半刻，柳氏拿捏不準分寸。

「依著柳家的來吧，薛太醫和小太醫都不是嫌貧愛富之人，不會因此輕視寧府的。」

柳氏頷首，這時候，寧靜芳一臉驚恐走了進來，小臉被風吹得發白，鼻尖紅紅的。

柳氏輕聲道：「何事毛手毛腳，驚慌失措，娘與妳怎麼說的？」

寧靜芳不過惺惺作態，被柳氏一提點，人清醒了大半，端正身子，屈身道：「孩兒知錯了，這也是沒法，得知桂嬤嬤是宮裡的，靜芳有意想請嬤嬤指點，到了桃園，誰知……誰知……」

說到這裡，寧靜芳咬牙不語，不住盯著黃氏瞧，心有忌憚似的。

老夫人心中不悅，當然，氣不是對著寧靜芳而是黃氏，指責道：「瞧瞧妳，把靜芳嚇成什麼樣子了，當嬸娘就該有嬸娘的樣子。」說完，看向寧靜芳，隨和道：「怎麼了，妳慢慢說，在祖母屋裡，誰敢把妳怎麼樣？」

得到老夫人保證，寧靜芳好像果真有了勇氣，道：「靜芳去六姊姊院子，看嬤嬤和六姊坐在窗戶下，並沒有學規矩，而且兩人有說有笑，一點都不像……」

寧靜芸說一半、留一半，老夫人還有什麼不懂的，心思一轉就明白了。這時候，佟嬤嬤進屋，湊到老夫人耳朵邊說了句，只看老夫人眉毛一豎，瞪著黃氏的目光像要吃人一般。「看看妳教出來的好女兒，知道搬救兵了。佟嬤嬤，妳去六小姐院子把聞嬤嬤叫過來，我倒是要問問她，我寧府的小姐和她有何關係？受了嬤嬤幾句訓斥、幾下荊條就去府外搬救兵丟人現眼，這等背信棄義的奴才，我寧府要不起。」

佟嬤嬤得意地抿唇，躬身退了下去。

黃氏坐在椅子上，不慌不亂，事不關己的樣子，老夫人心裡越發來氣，伸手揮了茶几上的茶盞，頓時，杯子應聲而落，碎裂成片，老夫人被黃氏氣得咬牙。「走，我們都去桃園看看，我倒是要瞧瞧，她一個閨閣女子，我還收拾不了她！」

門口的吳嬤嬤早得了信，一溜煙跑沒影。

寧靜芳回到柳氏身旁，看柳氏不贊同地望著自己，她扯了扯柳氏衣角。「娘，您放心，這回六姊姊鐵定遭殃了。」

柳氏要她巴結討好寧櫻，她怎麼都過不去自己這關。她是寧府最小的嫡小姐，所有人都捧著她，不敢叫她受一絲委屈，柳氏竟然要她討好寧櫻，她如何丟得起這個臉？說出去，不知道怎麼被人恥笑呢！況且今日的事不是她胡說，桂嬤嬤絲毫沒有教養嬤嬤的樣子，不知寧櫻從哪兒弄來的呢！

黃氏仍舊走在最後面，低著頭，態度不明。

吳嬤嬤擔心佟嬤嬤走在前面，她繞遠路急急忙忙跑回來先抵達桃園，累得她上氣不接下氣。看屋裡的寧櫻望著她，手裡繡的花已有雛形，吳嬤嬤叫苦不迭。「我的小姐啊，何時您才能省點心哦！」

她氣息不穩，聞嬤嬤進屋替她順背，笑著道：「小姐學刺繡沒什麼不好，妳怎麼累得滿頭大汗？什麼事急成這樣子了？」

吳嬤嬤沒好氣地瞪她一眼。「昨日妳是不是出府了？傳到老夫人耳朵裡，正要找妳過去問話呢，小姐使性子，妳怎麼就不攔著呢？這回好了，事情鬧大了，可怎麼收場哦！」

聞嬤嬤聽得莫名。她眼中的寧櫻自是千好萬好的，從未使過性子。「妳說什麼？小姐聰慧靈動，外人敗壞小姐的名聲就算了，怎麼妳也這般說？」說話間，聞嬤嬤臉上已有不悅之色。

吳嬤嬤嘆氣，將榮溪園的事仔仔細細說了，話語剛落，外面便傳來佟嬤嬤的說話聲，吳嬤嬤身子一震，朝寧櫻擠眉弄眼詢問她該怎麼辦？

寧櫻莞爾，對吳嬤嬤微微搖頭，示意她稍安勿躁，慢吞吞放下手裡的針線，歉意地看著桂嬤嬤。「待會兒恐要給您添麻煩，還請嬤嬤別往心裡去。」

桂嬤嬤見過不少明爭暗鬥，早已波瀾不驚，跟著站起身，看向外面來勢洶洶的一幫人，面不改色道：「家和萬事興，然而常常是樹欲靜而風不止，逼不得已時，嬤嬤會體諒小姐的難處，縱然如此，小姐年幼，切莫衝動行事。」

來之前，桂嬤嬤已知道一些寧府的事，百行孝為先，皇上重孝道，寧老夫人又是寧櫻的親祖母，鬧大了，對寧櫻百害而無一利。

難得聽人勸寧櫻，吳嬤嬤感激地看了桂嬤嬤一眼，湊到寧櫻耳邊，嘀嘀咕咕說了幾句，而佟嬤嬤已進了門，端得肅穆威嚴。「聞嬤嬤，老夫人請妳過去問話，跟我走一趟吧！」

聞嬤嬤自認為行得直、坐得正，不怕老夫人逼問，可擔心寧櫻為了她鬧事，寧櫻性子隨黃氏最是護短，故道：「還請佟嬤嬤稍等，老奴和小姐說兩句話就跟嬤嬤走。」

即使都是府裡的嬤嬤，等級卻不盡相同。佟嬤嬤是老夫人跟前的人，年紀稍長，聞嬤嬤是寧櫻的奶娘，年紀和黃氏差不多，依著年紀，聞嬤嬤就矮了佟嬤嬤一頭。

「還請聞嬤嬤別叫我為難，老夫人在榮溪園等著呢！」佟嬤嬤一板一眼，竟是不肯給聞嬤嬤和寧櫻說兩句話的機會，退後一步抬起手，身後的婆子上前，左右架著聞嬤嬤往外面拖。

寧櫻冷眼瞧著，忍不住譏誚道：「佟嬤嬤好大的架子，到了我桃園，不由分說帶我奶娘走，我再不受寵、不受人喜歡也是府裡正經的小姐，佟嬤嬤看不起我，不施禮就罷了，身後的粗使婆子竟也眼高於頂，不把我這個小姐放在眼裡，我倒是要問問，誰給妳們的膽子？」

寧櫻聲音不高不低，臉色冷峻，瀲灩的杏眼無半分暖意，冷颼颼地瞪著人，看得人心驚膽戰，即使在府裡多年，佟嬤嬤一行人不由得停下動作，面面相覷。

她們不至於怕寧櫻一個十二歲的小姑娘，可是寧櫻有句話說對了，寧櫻是主，她們是僕，遇著不行禮已是大不敬，又何況現在是在寧櫻的地盤上。

眾人不由得心裡犯怵，目光不約而同地轉向佟嬤嬤。她是老夫人跟前的紅人，她若能和寧櫻對峙，到了老夫人跟前她們還有話說，她若不能……

佟嬤嬤心底思量，臉上青白變色，遲疑一會兒，屈膝蹲下身子，腦子反應極快。「老奴思慮不周，只想著不敢叫老夫人久等，一時失了禮儀，還請小姐高抬貴手，饒過老奴。」

佟嬤嬤的話一出，跟來的婆子心領神會，頓時蹲下身，規矩地給寧櫻施禮。

「妳們是祖母跟前的人，照理說，不該我提醒，可寧府的名聲不能被妳們幾個奴才壞了，該有的禮儀不能少，我一個小姑娘尚且明白，妳們在府裡伺候祖母多年會不懂？」寧櫻沈著眉，擺明不肯善罷甘休。

佟嬤嬤心裡碎罵了句，面上不得不賠著小心翼翼。「老夫人最是重規矩，今日的事是老奴思慮不周……」

「佟嬤嬤。」寧櫻頗有些玩味地喊了聲，目光一挑，杏眼微瞇，變臉比誰都快，方才還一副冷言冷語，這會兒臉上已笑開了花。「妳可是祖母跟前的紅人，妳不會不知道見了主子第一件事是行禮，追根究底，無非嫌棄我從小在莊子上長大，打心底看不起我罷了，府裡的下人們又不是只有妳看不起我，我心裡都明白。」

佟嬤嬤心下大駭，雙腿一軟跪了下去。她們的確看不起寧櫻，但是不敢表現在面上，有的事私底下說說還成，若擱到明面上可是犯了大忌，老夫人對寧櫻和黃氏諸多不喜，尚且不敢明目張膽地為難她們，何況自己不過區區一個奴才？

佟嬤嬤重重磕了個響頭，叫屈道：「六小姐可誤會老奴了，老奴時刻謹守本分，循規蹈矩，從未亂嚼舌根說過主子的壞話，六小姐冤枉老奴不要緊，但求別把髒水潑到老夫人身上，老夫人與人和善，待府裡的少爺、小姐一視同仁，別壞了老夫人名聲。」

寧櫻心下冷哼。佟嬤嬤這會兒腦子倒是轉得快，可她就是不想放過她們呢，如何是好？

「佟嬤嬤若真是個循規蹈矩的，為何一而再、再而三不把我放在眼裡？回京途中是這樣，回府後仍是這樣，佟嬤嬤若說心裡沒有半分輕視，我自是不信的。聞嬤嬤是我奶娘，不管她有沒有犯事，妳帶她走應先稟明我，應不應，我心裡自有數，像佟嬤嬤這般上門抓著人就走的，我倒是頭一回見。桂嬤嬤，您懂得多，不知可否說說京裡誰家奴才是這般行事的？」

桂嬤嬤面色無悲無喜，不偏不倚。「嬤嬤常年在宮中，甚少在府裡走動，然而，小姐說的這等奴才，嬤嬤卻也是頭一回聽說，改日嬤嬤回宮，找姊妹打聽、打聽，說不定，她們清楚。」

佟嬤嬤額頭上大汗涔涔。事情傳出去，老夫人為了名聲不會放過她，佟嬤嬤心知自己在老夫人心中的地位，於一眾奴婢中，老夫人偏向她，然而牽扯到寧府利益和老夫人自己的名聲，孰輕孰重，顯而易見。

佟嬤嬤細想怕極，聲音微顫道：「小姐，老奴錯了，還請您大人有大量，莫與老奴一般見識。」

其他人有樣學樣，跟著磕頭求饒，一時之間，屋裡響起此起彼伏的求饒聲，寧櫻無動於衷，站在屋裡，冷眼瞧著一眾欺軟怕硬之人，這時候，外面傳來說話聲。

「祖母，您瞧，佟嬤嬤被六姊姊罰跪在地上呢！」

老夫人的怒斥聲緊隨而來。「小六，妳好大的膽子！我院子裡的人何時輪到妳做主了？莫以為找著靠山我就拿妳沒辦法！」

寧櫻盈盈一笑，蹲下身看著佟嬤嬤，言語輕佻。「佟嬤嬤，妳聽，祖母要為妳做主呢！」

佟嬤嬤額角已有汗珠滾落。真不該領了這門差事，如今不管怎麼做，在老夫人跟前都討不著好處了。老夫人護短，何嘗沒有借此拿捏寧櫻的意思？而寧櫻不是軟柿子，一來二去，方才之事鐵定會被寧櫻誇大其辭，老夫人臉上無光，回到榮溪園，勢必會拿她撒氣。

不待佟嬤嬤出聲，身後的婆子已轉過身，朝老夫人哭天兒抹淚起來，老夫人臉色越發陰沈，冷冷道：「佟嬤嬤，妳伺候我多年，事有輕重緩急妳不明白嗎？站起來，什麼話好好說。」

佟嬤嬤心下顫抖，唯唯諾諾站起身，退到老夫人身邊不語。老夫人素來囂張慣了，這麼多年，除了黃氏，頭一回被寧櫻落面子，眾所周知，佟嬤嬤是她的人，寧櫻當眾給佟嬤嬤難堪，何嘗沒有羞辱她的意思？

想到這點，老夫人臉色越發沈重。「小六，妳說說怎麼回事？」

換作其他時候，老夫人看有外人在場多少會做做樣子，知道昨日聞嬤嬤去了薛府，薛墨連夜送了桂嬤嬤來，老夫人認定桂嬤嬤是個幌子，目的是不想青娘子為難寧櫻，說什麼宮裡出來的嬤嬤，說不定也是騙人的。老夫人怒火中燒，哪顧得及寧府的名聲。

寧櫻站在原地，微微屈了屈身子，聲音帶著些許沙啞。「不過是請奶娘去榮溪園問話，祖母怎麼親自過來了？風雪交加，您身子多有不適，更該好生養著才是。」她顧左右而言他，隻字不提方才之事。

老夫人看她閃爍其詞，認定寧櫻使性子，站不住理才避而不提，不由得提高了音量。「瞧瞧府裡的小姐，誰像妳這般不懂禮數？念妳不是在府裡長大，什麼金銀細軟皆先給了妳，結果妳成什麼樣子了？」

「祖母說得是，櫻娘眼皮子淺，金銀細軟、綾羅綢緞就能打發了，至於為何去莊子住了十年，櫻娘那會兒年紀小，左右不記事兒，祖母說什麼便是什麼。」

此話一出，好些人都臉色一變。老夫人再不注重場合，多年前的舊事她也不想被人翻出來。她目光微抬，虛張聲勢道：「妳不用顧左右而言他，說吧，到底怎麼回事？」

寧櫻攤手，一臉無辜。「祖母不是都聽清楚了嗎，她們上前拉奶娘，我不肯，就讓她們跪著了，我是主子，她們是奴才，她們跪我難道不是應該的嗎？」

老夫人氣噎，側頭垂眼瞅著佟嬤嬤，佟嬤嬤心下發毛，不敢有所隱瞞，將事情的原委一五一十說了，她站不住腳，因而說這話的時候聲音格外小。

老夫人怒其不爭。不過忘記行禮，竟被一個丫鬟唬得跪在地上求饒，跟著讓自己沒面子，責怪道：「我讓妳帶人請奶娘過來，她推三阻四，妳還由著她不成？做什麼不將人捆了，那等刁奴，就該亂棍打死攆出府……」

老夫人也是怒氣攻心，才會毫不遮掩她對寧櫻及其身邊人的怒氣。

寧櫻咧著嘴，笑靨如花。「祖母說得是，凡事不順您意的人都該亂棍打死。」

桂嬤嬤心下嘆氣。寧府在京城算不得名門大戶，可根基深厚，旁支在朝為官的也有不少，這兩年寧老爺績效斐然，擺明想入內閣，沒想到後宅竟是這種景象，傳到皇上耳裡，寧老爺與內閣大臣的位置怕是無緣了。

桂嬤嬤雖感慨，面上卻不顯露半分，倒是聞聲而來的青娘子站在門口，一臉不認同地看著老夫人，直言道：「上梁不正下梁歪，我以為六小姐性子頑劣與其從小生存環境有關，卻不想是骨子裡帶出來的。老夫人，青娘這就收拾包袱離府，一窩子老的、少的，青娘無能為力。」

眾人不知青娘子也在，猛地聽到後背傳來說話聲，皆回眸去看，老夫人面色微紅，論起來青娘子不過一個晚輩，竟指著她的鼻子罵，她抽了抽嘴角，解釋道：「青娘子誤會了，小六不受管教，我嚇唬她呢！」

然而，回答她的是青娘子不屑一顧的背影，頓時，老夫人面上忽紅忽白，精彩極了。

「小六，妳……」

寧櫻聽不懂似的，傾著身子，細細聆聽的模樣。「祖母說，小六聽著呢！」

「佟嬤嬤有我的指令，奶娘不從，她先叫人困住奶娘有何不妥，值得妳大呼小叫，鬧得人盡皆知？」青娘子出了名的鐵面無私，真要讓青娘子將今日的事情傳揚出去，寧府的名聲就毀了，說不定，寧國忠在朝堂上還會被言官參一本。老夫人不敢拿寧國忠的前途開玩笑，壓下心中怒氣，儘量心平氣和道：「算了、算了，妳年紀小，我與妳斤斤計較作甚，奶娘去薛府做什麼我也懶得過問了。」

聞嬤嬤上前一步，跪在地上，沈聲道：「老奴昨日出府是為小姐找大夫。小姐細皮嫩肉的，荊條抽在身上她如何受得了？女兒家身子最是嬌貴，老奴沒有法子，去薛府問小太醫開個方子，誰知，小太醫不在府中，薛太醫拿了瓶藥膏給老奴，老夫人若是覺得老奴擔心小姐身子留疤做錯了，懲罰老奴就是。」

黃氏站在最後，低垂著頭，晦暗的目光隱隱浮過惱意，然而，所有人的心思都在屋裡的寧櫻和聞嬤嬤身上，沒有人看到黃氏的神色。

老夫人沒想到還有這一齣。看聞嬤嬤目光堅定坦然，應該是沒錯了，可是若真的只是尋藥，屋裡的桂嬤嬤為何而來，且不早不晚，剛好在青娘子動手打人後？老夫人狐疑地看了桂嬤嬤兩眼，桂嬤嬤依然是那副尊容，臉上掛著親和的笑，面目和善，比青娘子更端莊，老夫人心下一凜，知曉方才自己說錯了話。

「罷了、罷了，小六身子弱，有妳當奶娘的操心，我為她高興還來不及，只是薛小太醫公務繁忙，別拿芝麻大的事驚動他。」老夫人發了一通火，這會兒冷靜下來，才覺身子發冷。小太醫再護著寧櫻，不會找個嬤嬤作假，桂嬤嬤應該是從宮裡出來的，想了想，老夫人儘量溫和笑了笑，繼而訓斥佟嬤嬤。「往後遇著事心裡有個成見，小六通情達理，妳好好與她說，她會發脾氣？」

佟嬤嬤心下酸楚，急忙給寧櫻賠禮道歉。寧櫻想，老夫人不笨，紅臉是她，白臉仍然是她，從桂嬤嬤嘴裡聽來的青娘子可是個油鹽不進的主兒，老夫人應付那邊還得費些心思，這件事她何須抓著不放。

「佟嬤嬤約莫是仗著祖母您有恃無恐，既然您訓斥過她，櫻娘也不好再說什麼。祖母進屋坐吧，天冷，別吹風著涼了。」寧櫻緩緩一笑，語氣軟下來，竟是再溫順不過。

老夫人嘴角抽搐。「不了，妳好好跟著桂嬤嬤學，我們先回去了。」

她丟了臉哪有心思留下，搭著柳氏的手，惡狠狠瞪了一眼從中挑撥的寧靜芳，徐徐朝外面走。

——未完，待續，請看文創風557《情定悍嬌妻》2

2017年9月出版

情定悍嬌妻

文創風 556～560

她羨慕了兩輩子一世一雙人，
總要尋個良夫讓自己如願才不辜負此生，
可這些打算自遇著了那人之後，
便再也拎不清了，
他，會是老天爺賜給她的良配嗎？

情繫佳人，緣牽兩世／新蟬

重生之後，她寧櫻雖是鄉野來的小姐，
可自莊子回歸寧府這龍潭虎穴，
她也絕非任人隨意拿捏的軟柿子，
這廂反擊惡毒的老太太，
那邊料理心機的堂姊妹，
輕鬆撂倒這些自以為會算計的小人之外，
她還開始走好運，入了貴人的眼而聲勢看漲。
正當日子逐漸混得風生水起，
她機關算盡，偏偏就漏算了會巧遇「故人」。
重逢前世的夫君譚慎衍，
她想來個「一別兩寬，各自歡喜」，
哪曉得這人卻黏上來，還向她表露求娶之意？
不是吧……她這般頑劣不馴的野丫頭，
今生何德何能被他給看上了？

情定悍嬌妻 1

國家圖書館出版品預行編目資料

情定悍嬌妻 / 新蟬著. --
初版. -- 臺北市 : 狗屋, 2017.09
冊 ; 公分. --（文創風）
ISBN 978-986-328-769-8（第1冊：平裝）. --

857.7　　106012041

著作者　新蟬
編輯　黃鈺菁
校對　沈毓萍　簡郁珊
發行所　狗屋出版社有限公司
地址　台北市104中山區龍江路71巷15號1樓
電話　02-2776-5889～0
發行字號　局版台業字845號
法律顧問　蕭雄淋律師
總經銷　知遠文化事業有限公司
電話　02-2664-8800
初版　2017年9月
國際書碼　ISBN-13　978-986-328-769-8

本著作物由北京晉江原創網絡科技有限公司授權出版

定價250元
狗屋劃撥帳號：19001626
網址：love.doghouse.com.tw　E-mail：love@doghouse.com.tw

編輯檯推薦

541《錦繡榮門》1 .... 灩灩清泉◎著
542《錦繡榮門》2 .... 灩灩清泉◎著
543《錦繡榮門》3 .... 灩灩清泉◎著
544《錦繡榮門》4 .... 灩灩清泉◎著
545《錦繡榮門》5 .... 灩灩清泉◎著
546《錦繡榮門》6 完 .... 灩灩清泉◎著
547《斂財小淘氣》1 .... 涼月如眉◎著
548《斂財小淘氣》2 .... 涼月如眉◎著
549《斂財小淘氣》3 .... 涼月如眉◎著
550《斂財小淘氣》4 完 .... 涼月如眉◎著
551《小妻嫁到》1 .... 慕童◎著
552《小妻嫁到》2 .... 慕童◎著
553《小妻嫁到》3 .... 慕童◎著
554《小妻嫁到》4 .... 慕童◎著
555《小妻嫁到》5 完 .... 慕童◎著
556《情定悍嬌妻》1 .... 新蟬◎著

定價250元 love.doghouse.com.tw

寧櫻貴為青岩侯夫人，
年紀輕輕便沉痾纏身，最終香消玉殞；
重生之後，她和娘親本在莊子上平淡度日，
無奈天不遂人願，讓她再次踏入寧府這龍潭虎穴……
上頭有心思歹毒的老夫人，周邊也多是勾心鬥角的堂姊妹，
這些人都當她是鄉野來的沒見識，
她不如就將計就計，來個「扮豬吃老虎」！
一哭、二鬧、三跳河，樣樣她都是強中手，
比心機、論手段更是無人能出其右，
又逢好運加持，為母尋醫結識了薛小太醫這位貴人，
讓平日不聞不問的親爹待她們的態度都大轉，
祖父也盼著她入薛家的眼以換得官運亨通，
如今她聲勢看漲，更得好好把握時來運轉的良機……